運動体・安部公房

鳥羽耕史

TOBA Koji

一葉社

運動体・安部公房　目次

装画／桂川　寛
カバー表「砂の男」
カバー裏「とらぬ狸」
本　扉「革命歌」
（いずれも『壁』初版本挿絵1951年作）
装丁／桂川　潤

［凡　例］

・本書は、第二部と第三部の本文に記述されている事柄を、第一部の輪郭説明と巻末の年表とで立体的に定位させる形式となっている。第一部の記述は人名・会合の列挙が多いため、煩雑に思われる方には第二部から読みはじめることをおすすめする。

・安部公房の文献は基本的に初出に拠り、全集に拠ったものは巻数を、全集未収録のものはその旨を記す。

・安部公房以外の文献は巻末の参考文献リストに示す。文中においては、一点だけの著者については著者名だけを記し、二点以上の著者については著者名とタイトルを記す。

・引用の仮名遣いは原文のままだが、旧字は新字に直すのを基本とする。

・本文中では敬称を略する。

プロローグ

安部公房は運動した。喫茶店で、会議室で、工場で、街頭で、そして書斎で。もちろんスポーツとしての運動のことではない。また石川淳の言うような「精神の運動」に限ったことでもない。安部の運動は、時には画家や詩人や労働者と共同の運動であり、時には孤独な運動だった。芸術運動、サークル運動、政治運動、革命運動、記録運動、といった様々な言葉で呼ばれうる彼の運動は、しかし今日それらの言葉が背負っている記憶やそれに伴うイメージと必ずしも一致するものではない。

運動体は辞書にない言葉である。五〇万語を収録した『日本国語大辞典　第二版』をはじめ、知る限りの辞書に「運動体」の項は見あたらない。一方、インターネットで検索すると一〇万件を超える検索結果が見つかる。広く流通し機能してはいるが、公式に定義されていないこの言葉ほど、安部公房という、広く知られてはいるが不可解な文学者を語るのにふさわしいものもないだろう。

本書では、この言葉を、そのあり方にふさわしく多義的に用いる。政治や芸術の前衛をめざして運動するグループとして、また、それに参加した安部公房をはじめとする個々人を、まさしく運動する体として捉える局面もある。運動体の基本イメージとしては、戦後初期から一九五〇年代にかけて、芸術や政治の前衛を目指して活動したグループを念頭に置いている。ある点では、それは芸術家たちの集うサロンや、日本共産党の末端組織である細胞、そして地域や職場を単位とした文化サークルとも重なってくる。しかしそれを単にサロン、グループ、サークル等と呼ばないのは、運動体がある固定したまとまりではなく、常に動きつづけ自らを更新しつづける運動の中にあるからだ。

安部公房の運動体は、まず芸術の革命を目指すアヴァンギャルドの運動体だった。第一章と第二部においては、芸術運動における営みを振り返り、そこから生じた安部のテクストを解読する。マルクス主義の昂揚と日本共産党の武力革命路線の中にあって、安部の運動体は政治的な革命を目指す方向に再編成された。第二章と第三部においては、そのための安部の運動とテクストのあり方を検証する。運動体の最終段階において、革命は政治的なものから、〈記録〉と認識によって現実を変革する方向へとシフトする。第三章と第三部において、安部の運動体によるそうした〈記録〉の実践とその到達点とが明らかになるだろう。

運動体は新陳代謝をつづけ自ら変わっていくという意味で生物の細胞イメージに近いが、綱領に縛られる共産党の細胞とは違う。良い意味でも悪い意味でも進歩・発展の時代であった二〇世紀の半ばにあって、安部の運動体は進んでいく芸術・政治の最前線に立とうとした。しかし、常にある一定方向を目指して進んだわけではない。運動体内部の個々人も、互いに触発しあいながら変貌していった。そうしたダイナミズムそのものを指すのが運動体という用語であると、とりあえずは理解していただきたい。まずは、二〇世紀半ばの日本における、彼らの運動体の輪郭を見ていこう。

第一部　運動体の中での安部公房

第一章　真善美社からの芸術運動

一、運動体以前の安部公房

一九二四年三月七日に生れ、一九九三年一月二二日に没した安部公房は、その生涯に何度も変貌した。一九四三年二月、一八歳で最初に発表したエッセイ「問題下降に拠る肯定の批判――是こそは大いなる蟻の巣を輝らす光である」(成城高校校友会誌『城』)は「思想の遊歩場」としての高等学校の要求を呼びかける哲学的アジテーションである。その翌月の日付を持つ小説「題未定(霊媒の話より)」は曲馬団を逃げ出した声色使いのパー公が、地主の家の老婆の事故死を目撃したのを幸い、老婆の霊媒として地主の家に住みつくが、罪の意識にさいなまれて失踪してしまう話である。この二編はその後の彼の活躍を予告するような特徴を持っている。前者には運動体を組織し活動していく思弁的なアジテーターとしての萌芽が見え、後者の「声色使い」が老婆の霊という実在しないものを演じていく様は、後述するように他者のテクストを引用しつつ独自の世界を構築していくことになる安部自身の姿を予告している。
しかし、一九四三年前半までに書かれたこの二篇は、安部の初期テクストにおいてむしろ異色である。同じ年の後半から一九四七年前半まで、全集に収録された書簡や詩から見えてくる安部の姿は、やや同性愛的な気配を漂わせた抒情詩人といった面持ちである。安部は成城高校の同級生だった中埜肇と、一級下だった高谷治らとの間で定期的な会合を開いていたらしい。一九四三年一〇月一四日の中埜宛書簡に「あの切角《ママ》の会も、あれで最後になつて終ひさうです」「僕達の手で本当に最後にふさはしい会を開いて君を送り度いと思ひます」といった記述が見える他、一二六日の書簡には次のようにある。

僕はあの会を創め、今それから遠ざかつて見て、如何に生命を持つた人間が少いかを　つくづく知りました。君と澤口と、高谷と服部の他は、どれもこれも皆幽霊です。此の四人を心から愛し尊敬すると同じ程度に他の人間を軽蔑します。

運動する安部の起点とも前史とも呼べる会合は、前月の戦時下繰り上げ卒業と共に終り、安部は東大医学部へ、中埜は京大哲学科へと進学していた。しかし安部はほとんど通学せず、中埜や高谷に手紙と詩を書き送る生活をしていた。この年の一二月には高谷の「美を恐れて」（一九四四年一月九日中埜肇宛書簡）絶交を申し入れ、翌年一月にかけて東北と北海道を旅したが、高谷への詩は送りつづけた。この年海軍の高級将校から敗戦が近いと聞いた安部は、友人金山時夫の勧めもあって馬賊の仲間入りをしようと共に旧満州へ渡った。しかし意外に平穏だった旧奉天（瀋陽）で開業医の父の手伝いをするうちに敗戦を迎え、「苛酷な無政府状態」（「年譜」『新鋭文学叢書2安部公房集』筑摩書房、一九六〇年一二月）を体験したというが、この時期の詳細について安部は生涯語らなかった。冬に発疹チブスの大流行があり、診療にまわった父・浅吉は四二歳の若さで亡くなった。

翌一九四六年には一家で市内を転々としつつ弟・春光とサイダーを製造して生活費を稼いだ。一〇月に大連から引揚げ船に乗るが、船内でコレラが発生し、長崎佐世保港外に一〇日近く繋留されたという。一一月初めに一家で北海道の祖父母の家にたどり着いた後単身上京し、同じ東大医学部に進んでいた高谷の家に居候した。最初の詩集『没我の地平』は高谷がノートに清書したものであり、この頃まで高谷との親密な関係は続いていたらしい。上京前の手紙で、旧満州で七月に病死した「金山の伝記を書き度い」（一九四六年一一月五日高谷治宛書簡、全集29）とも打ち明けているが、これは金山への献辞を持つデビュー作『終りし道の標べに』の最初の構想であろう。後の安部は高谷に「初期の詩が安部文学と無縁である」（全集1作品ノート）ことを話していたそうだが、書簡のやり取りや清書など、互いに書きあう作業を通じ、高谷とのコラボレーションから安部はスタートを切ったと言えそうである。

二、〈夜の会〉と〈世紀の会〉へ

一九四七年に入って高谷の家を追われた安部は、街をさまよって暮らす中、三月に中野の音楽茶房で出会った山田真知子と翌月結婚した。後に安部公房作品の舞台装置や装幀を手がけることになる安部真知もまだ女子美術専門学校を出たばかりで、二人は友人の別荘や部屋を転々としながら行商や紙芝居の絵描きをしていた。そんな中で自費出版したのがガリ版刷の『無名詩集』である。「真知の為に」という献辞を持つ詩「リンゴの実」や『没我の地平』から改稿再録した散文詩「ソドムの死」、それにエッセイ「詩の運命」を含む一冊は、ささやかながらも公刊された安部の唯一の詩集であり、これまでの詩人としての活動の集大成になっている。これ以降安部はしばらく詩を書かず、『終りし道の標べに』の草稿となる小説『故郷を失ひて』を三冊の大学ノートに書きつづけた。九月一日に書き上げられた第一のノートは、「粘土塀」と題されて成城高校の恩師・阿部六郎に送られ、そこから作家の埴谷雄高の許に送られた。戦後文学をリードした雑誌の一つである『近代文学』の同人であった埴谷は、「求めていた作家の一人が現れた感じ」(「安部公房のこと」)を受けたが、同人の一人でも反対すれば掲載されない『近代文学』では「「落ちる」のはまた確実」であると思い、原稿を雑誌『個性』編集の青山庄兵衛に渡した。しかしなかなか掲載されないので、存在論的な内容に納得できないという編集長の片山修三と二時間論争し、「断定的な頑固な思想家片山修三でなく、新しい作品を求める多彩な編集者片山修三たるべきだ」(「『近代文学』の存続」)という意見でようやく承諾させ、翌年二月号に掲載されることになったという。ちなみに創刊二号のこの雑誌では他の頁に安部真知子のカットも掲載されており、夫婦が揃ってデビューしたことになる。

一九四八年一月には、前年に『錯乱の論理』(『自明の理』)を介して出会った岡本太郎と花田清輝によって計画された〈夜の会〉が発足。花田、岡本の他、野間宏、椎名麟三、埴谷雄高、佐々木基一らが加わり、安部公房と、花田の下で真善美社の『綜合文化』の実質的な編集を行っていた関根弘が若手として参加した。ここから安部は本格的に運動体の中で活動するようになっていく。〈夜の会〉はメンバー宅を転々とした後、二月一六日、東中野の喫茶店「モナミ」での最初の公開研究会を行い、以後月曜午後二時のここが定例の会場となった。最初は画家・詩人の中野秀人が「神について」報告するが、討論者が真面目でないとして中野はすぐに会をやめてしまう。第二回は埴谷が「悪魔について」報告、以下記録のある六月からは、花田「リアリズム序説」、関根弘「社会主義リアリズムについて」、七月佐々木基一「フィクションについて」、野間宏「実験小説論」、八月椎名麟三「人間の條件について」、九月埴谷雄高「反時代的精神」、安部公房「創造のモメント」、翌年二月岡本太郎「対極主義」、三月に小田切秀雄「現代詩の問題」(1)といった報告がなされていく。埴谷「「夜の会」のこと」は「ところで、花田清輝はこうした芸術運動と組織の「真のヴェテラン的実際家」であったから、この公開研究会にも既にちゃんと、月曜書房と奈良の一出版社が資金的後ろだてとして「組織」されていたと述べている。実際、奈良の三興出版部の東京代表として来ていた五味康祐は一九四八年春から〈夜の会〉の会計係をし、五月からは銀座の交詢ビル三興出版部に〈夜の会〉事務局を開いたし(2)、これらの報告集は『新しい芸術の探求』として一九四九年五月に月曜書房から刊行された。戦後まもなくから真善美社の編集権を握り、経営者である中野正剛の遺児たち（達彦・泰雄）に父の巨額の遺産を吐き出させてきた花田だったが、この頃にはこれらの出版社へのシフトを進めていたといえよう。

それはともかく、〈夜の会〉で自らの方法論を実践する若手と出会った花田と、該博な教養と鋭い頭脳を持つ先輩と出会った安部は急速に親しくなり、真善美社は安部のサポートをしていくことになる。『終りし道の標べに』の「第一のノート」が『個性』に掲載された一九四八年二月の翌月には、『近代文学』に採用されなかった「牧草」を『綜合文化』に掲載、七月には「名もなき夜のために」

の連載開始、一〇月には中村眞一郎命名の「après-guerre créatrice」（戦後のクリエイター〔なぜか女性形〕）の文字を表紙にあしらったアプレゲール叢書の8として『終りし道の標べに』を刊行する。『綜合文化』同月号に載った広告には「三十代の作家たちが期待する二十五歳の新人の処女傑作・大陸を漂泊する孤独な魂の記録」とあり、当時三九歳の花田清輝や三八歳の埴谷雄高による期待の大きさを伺わせる。一方、同じく『近代文学』同人で「壁」を評価する本多秋五も、この小説については「得体の知れぬ晦渋な作品」としてまともに評価していない。また、「人間が問題にするのは本当に自分自身なのか、それとも自分の名刺なのか」という問いを立てて「壁」のはるかな源流となったとも言える小説「悪魔ドゥベモオ」は、四月七日にやはり三十代の編集者・平田次三郎に預けられたまま『近代文学』に掲載されず、生前未発表に終った。同じく三十代の『人間』編集長・木村徳三は、一九四六年頃に安部を紹介されたが「全く理解の外」で、一九五一年五月の「バベルの塔の狸」掲載に至ってようやく理解し期待するようになったと回想している。三十代の間でも、この新人への期待にはかなりの温度差があったようである。

『綜合文化』八月号に掲載された安部公房・上野光平・小林明・関根弘・中田耕治・中野泰雄・宮本治「二十代座談会　世紀の課題について」は大きな意味を持つものとなった。ここでの安部と中野泰雄がファッシズムやコンミユニズムについて丁々発止のやりとりをしていたり、宮本治（いいだもも）が安部の「魂の平和」や実存主義について問いつめていたりするのも興味深いが、この座談会は前年から活動を開始していた運動が〈世紀の会〉と名付けられ、本格的に動き出すきっかけとなった点において重要なのである。おそらくこの座談会が行われた日であろう五月三日の「MEMORANDUM

1948」（全集1）に安部は「〈世紀〉決定後、関根、中野（泰）、宮本、中田諸氏と話したことの中、無意識、又は潜在意識について更に考えて見る必要がある」と記している。

この年、〈世紀の会〉は法政大学において月二回の研究会を開催、安部公房「二十代の方法について」、宮本治「民衆について」、中野泰雄「インテリゲンチャ論」、関根弘「技術と芸術」、当時の共産党員でのちに読売新聞社長となる渡辺恒雄の「哲学の運命について」、椿実「シュールレアリズム」といった発表を行った。一一月二〇日には東大で〈世紀の会〉発表記念会を行い、約三〇〇名を集めたが、関根弘「二十代の逆流」、岡本太郎「ピカソについて」、荒正人「何を為すべきか」、花田清輝「罪と罰」という〈夜の会〉の三十代中心のラインナップであった。一方、『綜合文化』一二月号には「世紀について」というマニフェストを掲載する。「世紀は二十代のための二十代による二十代の文化である。戦後の断絶と錯乱のなかから新しい世紀の創造を目指す意志であり、実践である」とはじまることの宣言は、「戦後三年、アプレゲールの時代も去ろうとしている今、二十代は自ら不毛に終ることを堪えられなくなつてきた。二十代こそが世紀の主導力であるという自覚が目醒めてきた」として、研究会や共同研究の開催を提案している。翌年三月にはガリ版刷りの『世紀ニュース』も刊行開始、安部は「三十代の作家たち」の教えから離陸をはじめ、二十代中心の芸術運動を形成していくのである。

一九四八年一〇月一〇日に綜合文化協会編で加藤周一・原田義人・中野泰雄・小野十三郎・梅田晴夫・中野秀人・杉浦明平・関根弘・花田清輝共著の『二十世紀の世界』を刊行した後、『綜合文化』は一九四九年一月号をもって休刊し、〈綜合文化協会〉もその役割を終えた。しかし既に研究会は前年一月二五日の同人雑誌『世代』との共同研究会「小林秀雄の問題」を最後に行われなくなっており、別れて『方舟』（河出書房）を創刊したマチネ・ポエティーク同人、〈夜の会〉を結成した花田たちに見放された同協会はとうに開店休業状態だったと言うこともできよう。中野泰雄「真善美社始末」が「文化活動とは名ばかり、出版のためにそこばくの交際費を出版社が負担する関係以上のものにはならなかった」と嘆くのも無理からぬところである。しかし、戦後初期に、当時の金額で一千万円を越えたという潤沢な資金をもって、見返りを求めない出版活動を行った真善美社の孵卵器《インキュベーター》としての役割は、決して小さなものではなかった。少なくともそこからは〈世紀の会〉という芸術運動の雛が、そしてその後の一〇年間を運動体の中で生きることになる安部公房という作家が歩きだしたのである。

三、〈世紀の会〉の芸術運動

一九四九年三月二五日、〈世紀の会〉は『世紀ニュース№1』を発行、パンフレット『行方不明』（未刊に終る）の刊行予告をすると共に、事務所を真善美社から月曜書房内に移転したと告知した。同月の一三日には東大で第七回研究会を開催し、関根弘が「兵隊文芸の展望」を発表、のちに岩波書店常務となる石崎津義男をはじめ若い新会員一〇人ほどを集めていた。しかし、ニュースでは岡本太郎、花田清輝らの〈アヴァンギャルド芸術研究会〉との四月合流、花田、埴谷、佐々木、岡本、椎名、野間の六名を特別会員とすることを発表する。二十代の運動体であるべきか、三十代の生徒であるべきか、揺れ動いていた会の性格が垣間見える。

これに先立つ三月九日、安部は「複数のキンドル氏」というメモと「キンドル氏とねこ」という未完の小説を書き残している（全集2）。カルマさんとコモン氏、幸福の製造販売とソーセージなど、後に「デンドロカカリヤ」「事業」「壁」などの小説で展開される構想が、既にこの時期の運動体の中で芽生えていたことがわかる。後の章で見るこれらの小説における「変貌」は、この時点で準備されていたのだ。

この後も〈世紀の会〉は四月九日と二三日の二〇世紀美術講座を〈夜の会〉と共催し、同月一七日には〈アヴァンギャルド芸術研究会〉と合流して臨時総会、二六日に第一回理事会を開いて新役員を決定する。会長安部公房、副会長関根弘、記録書記高田雄二、通信書記平野敏子（のちの岡本敏子）、会計河野葉子（中野泰雄「真善美社始末」によればちょうどこの月から福田恆存の紹介で真善美社編集部に入った）、会計監査役永田宣夫（月曜書房）、管理人樗沢慎一（瀬木慎一）、理事北代省三、同村松七郎、同藤池雅子、同新貝博という二十代中心の布陣であり、特別会員六名以外は若手の運動体であることが明確になっている。五月一日には北代省三、山口勝弘、福島秀子、池田龍雄らの絵画部も発足し、〈世紀の会〉はいよいよジャンルを横断した芸術運動としての展開をはじめた。六月一五日には詩の研究会を開き、一八日には絵画部会で岡本太郎ら三〇名が議論、同日から二〇日までは会員の南美江と北條（城）まきが文学座現代劇研究会（於毎日ホール）でサルトル「出口なき部屋」とアヌイ「アンチゴーヌ」に出演するなど、多ジャンルの活動が展開されている。七月一〇日からは岡本太郎、村井正誠、瀧口修造、花田清輝、阿部展也らを講師として上野毛の多摩造形芸術専門学校でモダンアート講習会が開かれる一方、文芸講座や討論会も定期的に開かれた。絵画の実作も順調で、九月二三〜二九日には第二回「モダーン・アート展」（三越本店）に岡本太郎、北代省三、北見和夫、村松七郎、池

『世紀群』制作メンバー——前列左より時計回りに、安部公房、桂川寛、鈴木秀太郎、藤池雅子、瀬木慎一、勅使河原宏（1950年12月、勅使河原宅で）

田龍雄、柳田美代子、山口勝弘、福島秀子というこの時点での〈世紀の会〉の主要メンバーが参加した。翌一九五〇年二月一八～三月八日の第二回読売アンデパンダン展には新たに加わった桂川寛が「開花期」、清水正策が「おどけの生態」を出品、他に山口勝弘、池田龍雄、石川勇、福島秀子、福田恒太、井上千鶴子、村松七郎、田原太郎、石館敏子らも出品して、絵画部は順調に発展していった。

　しかしこの展覧会の開会日、二時半より美術館食堂にて行われた岡本太郎の対極主義宣言に反発した画家たちが退場するという事態になって状況は一変する。四月二九日には池田龍雄、北代省三、山口勝弘、村松七郎、田原太郎、福田恒太、山野卓造（山野卓）、瀬川昌二、西村悟、北見和夫ら画家たちが一斉に退会し、彼らを中心に翌月 Pouvoir というグループが結成されることになる。残った画家は最近入会した桂川寛、勅使河原宏、大野齊治のみとなった。皮肉なことに、瀬木慎一『戦後空白期の美術』が「創造時代」と名付けた通り、これ以降が〈世紀の会〉が最も活発にその成果を発表していく時期となる。これまでの出版物は計画のまま実現しなかった『行方不明』や『夜』を除けばガリ版刷の『世紀ニュース』が五号と一九四九年一一月発行の機関誌『あるてみす』が一冊あるのみだったが、まず一九五〇年六月には活版の機関誌『BEK』が発行される。続いて八月にはナンバーを改めた『世紀 news 1』を発行して投げ込みで『世紀群』の発刊を予告。そして九月二九日から年末にかけて刊行されたのが、のちに伝説となったガリ版刷りのパンフレット『世紀群』である。以下にナンバー順に整理しておこう。

1　花田清輝訳、桂川寛挿絵『カフカ小品集』一九五〇年九月二九日
2　鈴木秀太郎著、大野齊治美術『紙片』一九五〇年一一月（推定）
3　ピエト・モンドリアン、瀬木慎一訳『アメリカの抽象芸術――新しいリアリズム』一九五〇年一一月（推定）

4　安部公房著、勅使河原宏美術『魔法のチョーク　世紀群4』一九五〇年一一月（推定）
5　安部公房著、桂川寛表紙、勅使河原宏扉、鈴木秀太郎・桂川寛挿絵『事業　世紀群5』一九五〇年一二月（推定）
6　関根弘著、桂川寛表紙、安部公房扉、勅使河原宏・桂川寛・大野齊治・安部公房挿絵『詩集　沙漠の木』一九五〇年一二月（推定）

7　ア・ファーデエフ（訳者不明）、瀬木慎一美術『文芸評論の課題について』一九五〇年一二月二七日以降

別冊　勅使河原宏・鈴木秀太郎・大野齊治・桂川寛・安部公房『世紀画集』一九五〇年一二月

1・2・4・5が小説、3・7が評論、6が詩集、別冊が画集という構成である。これらの本文のガリ版は国会図書館の印刷部にいたプロの筆耕の手によるものだが、絵はメンバー自身による手作りのガリ版である。

これらのパンフレットを一見して気がつくのは、粗末なガリ版印刷にもかかわらず、美術・絵画的な要素の比重が非常に高いことである。3は未見だが、1・4・5・6には挿絵が付され、中でも4には多色刷りの挿絵が貼付されている。また、安部が6に扉絵と挿絵を描いたり、瀬木慎一が7の扉絵を描いたりといった形で、画家以外のメンバーも積極的に絵を描いている。その中でも注目すべきは鈴木秀太郎の存在である。理科大の物理学専攻の学生であった彼は2の小説を書き、安部にコメントをもらったりもしている一方で、別冊の画集にも参加して絵を描いているのである。別冊には安部も絵を寄せており、このようにジャンルの垣根にこだわらない形で、絵を媒介としたコミュニケーションが成立し、仲間意識の醸成がなされているのがこの運動体の特徴である。絵をモチーフとした「魔法のチョーク」や「事業」といった、後に単行本『壁』に収録されることになる小説も、こういった芸術運動の中でこそ生まれてきたと言えるだろう。

『世紀群』の刊行中にもニュースの刊行や研究会は継続されていた。一〇月二二日に『世紀ニユゥス2』発行、二八日に『カフカ小品集』を中心としたカフカ研究会、一一月四日に創作方法に関わる技

術研究会、一八日に『紙片』合評会など、精力的な活動が続いている。一二月二三日には九段・家政学院で総会を開き、二七日に『世紀ニユゥス№3』と『世紀画集』刊行、最後に『文芸評論の課題について』を刊行して『世紀群』は終り、同時に〈世紀の会〉も終りを告げた。管見の限り、これ以降に実質的な活動はなされなかったようである。

この運動体のリーダーであった安部公房は、一九五一年以降、芸術の前衛から政治の前衛への傾斜を強めていく。瀬木慎一『戦後空白期の美術』の指摘する通り、次章で見る〈人民芸術集団〉の結成をもって〈世紀の会〉の「最終的解散時」とすることができるだろう。しかし、〈世紀の会〉が政治と無縁だったわけではない。『世紀群』の最後に刊行された『文芸評論の課題について』は、一九五〇年二月四日の文学新聞『リテラトゥールナヤ・ガゼータ』に掲載されたソ連邦作家同盟本部第一三回総会における同盟書記長ア・ファーデエフの報告である。桂川寛の回想によれば、どこからともなく持ち込まれた訳稿によるものだそうだが、翌年蔵原惟人訳で代表作『壊滅』が出版されているのを見ても、既に日本共産党との繋がりができていたための企画のように見える。ただし、革命的ロマンチズムの視点からマヤコフスキーを再評価する彼の論理は意外に柔軟であり、硬直した社会主義リアリズム論ではない。安部公房が政治の前衛へと至る通路の一つがここに開かれていたようでもある。

ともあれ、安部の運動体は、次の段階へ向う。次章では、政治の季節における彼らの活動を見ていこう。

第二章　運動体の政治化

一、はじめに

前章では、戦中から戦後にかけて、安部公房の芸術運動、そして戦後の芸術的な運動体のはじまりを辿ってみた。一九五一年の日本共産党への入党前後から、安部は政治的な活動への傾斜を強めていくのだが、その詳細については不明な点が多い。それは、武装闘争方針の下、文書の記録や証拠を残さないようにした党の方針や、身辺雑記や私小説的なものをほとんど書き残さなかった作家の態度、そして、当時の書簡のごく一部しか全集に収録されていないことなどに起因する。

しかし、〈世紀の会〉解散以降の安部公房の活動を考える上でも、また、芸術運動体が政治と不可分になり、政治化された運動体が生まれていった状況を裏付ける意味でも、できる限りの検証はしておくべきであろう。

二、入党から〈下丸子文化集団〉〈人民芸術集団〉へ

安部公房の日本共産党入党は、当時の党東京都委員会ビューロー・キャップであった増山太助の証言によれば以下のようなものであった。一九五一年初夏、朝鮮戦争が峠を越した頃、野間宏からの連絡で増山が入党希望の安部と会った。当時安部（増山の勘違いで正しくは勅使河原宏）が住んでいたのは新感覚派の文学者として有名な故片岡鉄兵の家で、夫人の安部真知、〈世紀の会〉の画家の勅使河原宏、桂川寛も同席、徹夜で話し合い、増山は真知を除く二人の入党推薦人となり、東京都委員会の直属委員として登録した。桂川寛の証言も合わせれば、安部が野間に入党申込をしたのが三月、増山に会って受け入れられたのが五月ということになる。増山によれば、「近代主義」「アヴァンギャルド」批判でいじめられた野間は安部の扱いを心配しており、増山はそれに配慮するつもりでいたが、暮れの「柴又事件」以降、査問・監視される状態におかれ、安部らとの接触を禁じられてしまった。いつのことか定かではないが、「その後の都委員会文化部は野間宏批判を開始し、やがて安部らにも及ぶことになった」と増山は述べている。「柴又事件」とは、一二月二日、関東地方委員会の軍事委員会初会合が摘発された事件のことであり、共産党の軍事闘争路線が混迷していた事態を象徴するものである。

1950年秋、勅使河原宅での安部公房
（撮影・提供／桂川寛）

ともあれ、三人は正式な入党の前から文化オルグとしての活動をはじめていた。三月二五日には『文京解放詩集』をガリ版で刊行、〈世紀の会〉の仲間であった詩人・評論家の瀬木慎一にそれを届けた桂川は、「今、こういう地域闘争をやっていて、次は京浜工場地帯の下丸子地区へ入るんだ」と説明した（『戦後空白期の美術』）。そしてこの春のうちに、「北辰電機の職場サークル『風車』の活動家たちが、職場サークルを下丸子の工場地帯を大きく包含した地域サークルとして発展させるための大きな布石」（城戸昇）として結成した〈下丸子文化集団〉が生まれた。三人は北辰電機をパージになった高橋元弘の部屋に迎えられ、集まったのは北辰電機や東日本重工のパージ組、下丸子から蒲田、糀谷付近の町工場の労働者であったと同集団にいた詩人・井之川巨は証言している。三人の指導と協力により、七月七日には『詩集　下丸子』が刊行された。桂川の版画と題字、そして「ベルリン平和祭参加」の文字が表紙を飾り、安部の詩「たかだか一本の　あるいは二本の腕は」をはじめ、勅使河原の挿絵なども掲載されたが、軍事闘争路線下でもあり、頒布された詩集では三人の名は墨塗りとなった。その後、『詩集　下丸子』は一九五三年五月までの間に四冊刊行され、二号までは桂川が表紙を飾るが、三人が共に関わったのは最初の一冊のみである。三人が去った後の〈下丸子文化集団〉は〈民族解放東京南部文学戦線〉と連携して非合法詩誌『石つぶて』（一九五二年二月創刊）を刊行した後、一九五四年に〈南部文化集団〉として『南部文学通信』を発行、翌年後半から〈南部文学集団〉として『突堤』を発行している（井之川巨）。当初の三人の文化オルグの影響力は大きかったらしく、一九五二年二月の千代田詩人集団『たかなり』五号では「文京詩人集団、下丸子文化集団の経験を学び、十月六日には公安条例テッパイ同盟東京都大会に、文京詩人集団と手をつないで、皆さんの前で詩を朗読、ビラ詩としてまかれました」という記述が見られる。

こうしたオルグ活動と並行するように、安部は新たな運動体として〈人民芸術集団〉を開始した。その第一回集会は、一九五一年六月一〇日、港区田町の社会主義研究所（向坂逸郎主宰）の会議室で行われた。瀬木慎一、画家の池田龍雄、福田恒太、山野卓などが参加した会合の主要な議題は「平和祭」についてであった。これについて、池田龍雄は次のように述べている。

「平和祭」の正式名称は「世界青年学生平和友好祭」で、戦後、主として社会主義圏のヨーロッパ各都市を回り持ちで、隔年ごとに催されることになった国際フェスティバルである。この年はルーマニアのブダペストで開かれることになっており、新しく結成された〈人民芸術集団〉は、その「平和祭」に代表を送ることを当面の運動としたのである。それは芸術運動というより、むしろ社会運動に近かった。

同じテーマの会合は以後七月にかけて何回か行われ、併行して理論研究会も開かれた。集会は、第一回の田町の社研の他、有楽町電産館や西荻窪の勅使河原宏宅などでも開かれた。池田龍雄の記録では、七月三日の一時に会合、一〇日夕方に田町で理論研究会、「平和祭」に関する二〜三の経過報告や打合せ、終わって更に勅使河原宅で仕事の打ち合わせ、といった調子である。七月一七日の日記には「平和代表者会議は弾圧された。平和祭への参加は不可能となった」と記され、二〇日の会合を最後に〈人民芸術集団〉は消滅したようである。瀬木慎一はこの運動について、安部の「オルグ活動」

の一つとして、党に対する実力の表示ともいえる面があり、参集者を充分に納得させることはできなかった」としている。先の「むしろ社会運動に近かった」という池田の感想や、「本当に下らないもの」という桂川の回顧を考え合わせてみても、この評価は妥当と言えるだろう。『詩集　下丸子』を刊行し、〈人民芸術集団〉を解散した後の七月三〇日、安部公房と石川利光の芥川賞受賞が発表される。

安部は大田区下丸子地区の工場街に仮泊しながら文学サークルのオルグに奔走している時に、早朝のラジオ・ニュースで受賞を知ったという（「あの朝の記憶」『文学界』一九五九年三月）。もっともこれは佐藤泉が「記憶をめぐる美しい文」と呼んだ、夢と重ねられた曖昧な記憶をめぐる文章での記述であるため、額面通りに受け取るわけにはいかないかもしれない。ともあれ、この受賞が転機となったかのように、安部は池田の言う社会運動と芸術運動とを統一する方向に動いていく。

三、〈現在の会〉とルポルタージュの実作

一九五二年一月、安部は鈴木創・竹内泰宏らが創刊した雑誌『ESPOIR』（二号から『希望（L'ESPOIR）』）のスタッフ・ライターになる。ただし、スタッフ・ライターとはいっても、安部のこの雑誌への参加はインタビュー、講演速記、座談会といった形態のみである。スタッフは他に芥川比呂志・中村眞一郎・加藤周一・加藤道夫・野間宏・花田清輝・木下順二・福永武彦・堀田善衛・矢内原伊作・白井浩司・白井健三郎・佐々木基一・窪田啓作を合わせた一五名ということで、先の〈綜合文化協会〉と重

なるメンバーも多い。安部にとってはこれまでの交友関係の連続上のものであろう。この年の安部にとって、主要な活動舞台となるのは、〈現在の会〉である。

一九五二年三月、ルポルタージュを志向する会合として前年の冬から準備されていた〈現在の会〉が結成され、最初の総会が開かれた。この時集まった六十数名のメンバー及び最初の年の執筆者たちは、小田三月の指摘によれば「人脈的には二つの系統の合体」であった。一方は戦前の福岡高校出身者中心の同人誌『こをろ』（戦後の後継誌は『午前』）のメンバーである島尾敏雄、真鍋呉夫、小山俊一、吉岡達一、阿川弘之、那珂太郎、庄野潤三、伊達得夫らであり、もう一方は〈綜合文化協会〉〈夜の会〉〈世紀の会〉の若手メンバーであった島尾敏雄、安部公房、安東次男、針生一郎、柾木恭介、勅使河原宏らであったので、島尾は双方に関係があったということになる。この指摘はほぼ正しいのだが、第一回総会には、これらに含まれない戸石泰一、三浦朱門、前田純敬といった人々もおり、彼らを前者に含めるとすれば窪田精の分類による「いわば普通の「文壇文学」的な立場に立つ新人たち」と「「前衛」的、「左翼」的な文学思想をもつ人々」といった分け方が有効になるかもしれない。しかし伊達得夫の証言では真鍋呉夫がかなり急進的な姿勢だったために間もなく阿川、庄野、三浦、前田らの退会者を出したということだし、この正月に窪田精に入党推薦を頼んだ戸石泰一は、五月頃窪田と花田清輝との推薦で新日本文学会に入ったということなので、ことはなかなか単純でない。しかしこうした経緯で窪田の言う「呉越同舟」的であった会合は次第に政治色を強めていくことになる。

安部は六月一日発行の『現在』一号の編集を島尾・戸石・真鍋・吉岡と分担し、創作欄に「プルートーのわな」を掲載した。ねこのプルートーの首に鈴をつけに行くオイリディケとオルフォイスの話は、イソップ寓話やギリシャ神話を下敷きにしながら、安部の目指していた平和運動の困難さを示す寓話になっているように見える。ルポルタージュを志向するはずの会合で、いきなり人を食ったようなパロディをやってみせる安部の姿勢は、経験主義的なルポルタージュは駄目だという持論を、別の角度から示してみせたようでもある。しかしこの雑誌発行の前後、安部はある事件に遭遇し、そのルポルタージュを書くことになった。五月三〇日夜、新宿で目撃した五・三〇事件である。「夜蔭の騒擾」(『改造』一九五二年七月)と題されたルポルタージュの詳細については第九章で後述するが、新宿で目撃した群衆と警察官との「異様な対峙」と、様々な新聞によるその報道との齟齬をつくのが主眼となっている。大井広介はこのルポルタージュについて次のように批判していた。

昨年安部公房が「改造」に掲載した五・三〇記念日の騒ぎのルポルタージュなどは、神田署前に待機していた警官隊に石を投げたというので検挙された、防弾チョッキ代りにゴザをまいた人物を、五つの新聞の記事のくい違いをあげ足とりして、半ばでっちあげのように書いていたが、アサヒ・グラフに写真がでていたじゃないか。安部君が批判能力をもった作家であるなら、ああいう線香花火のような騒ぎを英雄的だなどとおだて、怪我人をだした上、弾圧を誘発するような、指導方針をあやしまないのがいぶかしい。げに忠犬ハチ公のルポルタージュといわねばならぬ。

これは安部が批判能力を封じたかのようになっていて、党中央の意向に従順すぎるという揶揄である。ことの当否はともかく、この時期の安部がこのように見られるほど党員として活発に動いていたことの証左にはなるだろう。

血のメーデーにはじまり五・三〇事件に終わったこの五月の騒動は、八月一日発行の『現在』二号でも取り上げられた。安東次男「証人――うばはれた夜の記念に」という巻頭詩が（五月八日、早大事件のために）とされ、特集では泉三太郎「メーデー以後」、庄司直人「暴民《モッブ》に」、藤家禮之助「悪――五・八早大事件」、海法昌裕「五月三十日の新宿」が掲載された。安部は座談会「危機と文学（続）」（正編とはメンバーが異なる）に出席し、ストライキについて次のように発言している。

いろんな新しい条件が続々と作られて行つてるンだ。例ばえ《ママ》去年だつたら、この政治ストは絶対できなかつた。今度の労働者が立上るまでの過程の苦しさと云うものは大へんなものなんだな。基幹産業の全部があらゆる分裂工作をおしのけて立上つた。日本の労働運動じや空前のことだよ。これには、アメリカでもフランスでも驚いてるんだ。日本のインテリだけなんだな。ピンとこないのは、大へんなことなんだということをね。

「日本のインテリ」の呑気さを指摘しながら海外での反応も織り交ぜて労働運動について語る安部は、芸術の前衛としてよりも政治の前衛としての誇りを持っているようである。こうした座談会やルポルタージュの特集は、官憲の睨むところともなった。発行人であった伊達のところに刑事が聞きこみに訪れたため、三号からは発行所を〈現在の会〉に変え、住所は製本所のものとした。「そのころから編集会議には細胞会議めく切迫した空気が漂い、同人会には炭坑の組合や共産党からアジテーターが出席し、また、有志の間でスターリン言語学の読書会が持たれた」と伊達は回想している。

一九四九年一月の第二四回衆議院議員総選挙で三五の議席を獲得していた共産党は、一九五二年一〇月一日、独立後最初の第二五回総選挙で全員落選という事態となった。一九五〇年のコミンフォルム批判以来の分派闘争や武装闘争路線が国民に愛想を尽かされたということであろう。それから間もない一〇月一五日発行の『現在』三号に、安部は「課題――衆除《ママ》選挙のあとに」を発表した。「平和を守るために、全世界の隅々からわきおこつているレジスタンスの斗いを、人間としての誇りと感じない文学者はありません」とする安部は、「人民の誇りであるレジスタンスの魂を民族の中によびさます仕事」こそが文学の課題であるとする。「特別待遇のドレイ」としてのわずかな特権にしがみついている「鎖につながれた作家諸君」を解きはなたねばならないとし、次のように文章を結んでいる。

意識変革、思想変革の重大さと、その長い困難な斗いの途を、私はつくづくと思つた次第、これが総選挙直後の感想でした。魂を解放する斗い、しかし現実の外にではなく、絶望から現実に向かつて、斗う人間の方向に、解放する斗いが、今日ほど要求され、また大きな意味を与えられている時代はないのです。

こうした安部の認識は、総選挙後も大きな路線転換をすることなく、中核自衛隊活動を中心とした軍事行動について、「その発展の成果を否定することはあやまりである」（小山弘健）とした共産党指導部のそれと近いようにも見える。ただし、安部の発言はあくまでも「平和を守るため」という点を基調としており、安部にとっての「斗い」は言論とオルグ活動に限定されていたのだ。それは四月一七日に国会に上程され、七月四日に成立することになる破壊活動防止法について、六月二一日に『早稲田大学新聞』に寄せたコメント「闘いは明日から始まる　破防法は人々を黙らせはしない」（全集未収録）にも表れている。「わたしは作家として主張します。闘うことは作家であることをやめないことです。書くこと、創作すること、それ自身が闘いであるような時代、これは驚くべき時代です」と言論での闘いを主張する安部は、「今日は、明日のための、陣痛の痛みなのです」という認識を示した上で、「本当の闘いはむしろ破防法が国会を通過したその日から始まるのだというべきでしょう」とまとめている。九月八日現在の「アジア太平洋地域平和会議日本代表候補氏名」（四八六名）の中に、「アジア太平洋平和会議日本文学者準備会（一〇名）」として、梅崎春生、石川淳、安部公房、藤森成吉、徳永直、江馬修、檀一雄、深尾須磨子、大田洋子、江口渙の名が挙げられており（平野義太郎・畑中政春編『アジアはかく訴える』）、平和会議について必ずしも党員でないメンバーと名を連ねていたことにも安部の姿勢が表れているだろう。同じように党にコミットしたと言っても、破防法反対デモでの火炎ビン事件の現行犯で逮捕された小林勝のように、安部が実際に武装闘争に参加することはなかった。

しかし闘争の形は異なれ、政治活動に積極的だった安部は、翌一九五三年の二月、〈現在の会〉の『こをろ』系の会員であった真鍋呉夫を説得して共産党に入党させ、(3)同じ月の半ばには巣鴨プリズンの戦犯K氏を訪ねて話を聞いた。これは理論編集部編のBC級戦犯手記集『壁あつき部屋』をもとにした同題の映画シナリオを理論社社長・小宮山量平の依頼で書くためでもあったが、その成果は安部の二番目のルポルタージュとしても表れた。「裏切られた戦争犯罪人」（『改造』一九五三年四月）である。これについても第九章で詳述するが、注目すべきは「政府は釈放運動が平和運動と結びつくことを、なによりも恐れているのだ」とするその分析であり、平和運動としてのBC級受刑者釈放運動を孤立させるべきでないとする提言である。すべてを平和のための運動につなげていこうとした当時の安部の姿勢がここにも表れていると言えるだろう。

六月一五日には内灘で米軍による試射が再開され、入党した真鍋呉夫は伊達得夫と語らってその取材に出かけた。同じ月の二五日から二六日にかけて、渋谷公会堂で行われた軍事基地反対全国大会を安部は傍聴し、感想を次のように記した。

私にはわかった。見えるような気がした。ウチナダは日本という民族の心臓。そこからフットウする血液をみたした血管が、八方にあふれだし、浅間にたたかう人びとをつらぬき、全国の基地にたたかう人びとをつらぬき、すべての平和をもとめる人びとをつらぬき、私をつらぬき、さらにこれは全世界の労働大衆につながっているのだと……

（神田正男・久保田保太郎『日本の縮図　内灘』、全集未収録、初出未詳）

ここでの米軍基地と日本民族とを対置する観点は、後に安部が編集委員をすることになるルポルタージュ・シリーズ『日本の証言』の通奏低音となっていく（鳥羽「ルポルタージュ・シリーズ『日本の証言』について」）。シリーズを刊行した一九五五年の一二月一七日には、文化人グループの一人として米軍基地のある砂川町を訪問してもいる（谷真介）。前年八月二二日の《国民文学をどう見るか》公開座談会参加にはじまる国民文学論への一連の発言も、同じ文脈上にあるものと見ることができよう。

一九五三年九月発行の『人民文学』で、安部は〈現在の会〉の柾木恭介と真鍋呉夫を伴い、六月にストライキを行った日鋼赤羽の労働者たちとの現地座談会を行った。重松恵美の指摘する通り、これは座談会というより安部による労働者たちへのインタビューのような形式となっている。読書サークルをはじめとする様々な文化活動の行われ方について聞いた安部は、「いろいろきいていますと、文化工作といつた面が、重点的にしかも非常に重要な問題として出ているん《ママ》と思うんです」と述べ、そうしたものと「良心的な文学者の動き」とが結びついていくべきだと主張する。

左翼勢力を警戒していた監視側の出版物である国民文化調査会編『左翼文化運動』は、六月の日鋼赤羽のストライキ勝利の基礎をなした「労組団結」の中核となったのは青年行動隊であるとし、「以上の争議の中心組織であつた「青年行動隊」こそ、映画サークル・読書サークルなどの文化サークル組織が、その発生母体となつていたことを見逃してはならないのである」としている。つまり、安部がインタビューしていた相手こそ、安部の行っていた言論や文化の面での闘争を政治的な勝利に導いた英雄たちなのである。サークル誌『無限軌道』について、九〇人で三〇円ずつ集め、配布分も含めて百二、三十刷っている、一割の人が文化活動に参加したら大成功だと語る彼らに、「新《ママ》丸子なんか見ても、なかなか、それだけの人員は獲得していませんね」と応ずる安部は、労働者たちの自発的な活動に対して、自らの〈下丸子文化集団〉への関わり方の敗北を認めているようでもある。同じ月に出た同集団のメンバー・高島青鐘の詩集『埋火』に寄せた序文は、「するどい感受性と、ゆたかな体験と、それに不思議な表現力をもったこのプロレタリア詩人を、ぼくは愛し尊敬する」と書き出されている。二年後には下丸子文化集団叢書としての個人詩集も出す詩人に対しての「尊敬」も同じ根に発しているだろう。昭和初期のプロレタリア文学運動当時からのジレンマである、労働者対知識人作家の構図が、ここでも反復されていると考えることができる。

一一月四日、仙台高裁で開かれた松川事件公判を傍聴に行った安部は、しばらくこの問題に取り組む。これから翌年三月までの間に、松川事件をテーマにした映画シナリオ「不良少年」の取材のために福島近辺の農村をまわる。川俣という紡績工場で人身売買の実情を調べたり、子供を売った家で話を聞いたりした（「常識と違う農村意識」『一橋新聞』一九五四年五月一〇日）。その成果は、まず録音ルポルタージュ「社会の表情　人間を喰う神様」（文化放送、一九五四年三月六日）にまとめられ、さらに一一月一日、『シナリオ文庫第二六集　不良少年』（映画タイムス社）として刊行された。この本の見開きには松川事件対策委員会の名で「それはあなた一人から始まる」という文章が掲載されており、「シナリオ「不良少年」は立派な上告趣意書である。これによって製作される映画はさらに偉大な力を持った上告趣意書となるであろう」といった宣言の後、本文のページとなる。しかしそこにはまず「このシナリオは未定稿である。大方の批判を得たいために、ここに印刷して配布することとした。監督は家城己《ママ》代治氏が当ることになつている」という安部の前書きが記されている。また、「あとがき」では登場人物が「国鉄労働者の典型的な人物に形象し得ていないのは否めない」として、「この点は、私が国鉄の職場の実態を知らないことが根本の原因になることなので、今後みな様、特に国鉄労働者の方々のご批判を得て書き改めてゆきたいと思っております」と述べている。「立派」さや「偉大」さには遠いように見えるこの謙虚さも、やはり労働の現場や、主体となる労働者への尊敬の表れと見ることができるだろう。シナリオは一九五六年の再刊時に大きく改稿されており、企画進行の形跡はあるのだが、この映画は結局実現しなかった。

再び〈現在の会〉の周辺に戻ろう。一九五四年四月四日、〈夜の会〉の舞台ともなった東中野のモナミで、真鍋呉夫『嵐の中の一本の木』と安部公房『飢餓同盟』の合同出版記念会が開かれた。[4] 入党以来の真鍋と安部の親密さを感じさせる会合である。安部は同月二五日、一〇ヶ月ぶりの発行となった『現在』六号の責任編集を分担、「二十世紀文学の潮流（一）地図の地図」を執筆した。また、巻頭には前年一一月二八日ウイーンの「世界平和評議会より国際緊張の緩和を望むすべての団体と個人にあてたメッセージ」に応え、「われわれ「現在」編集委員会は上掲のメッセージにたいし満腔の支持を与えるとともに、会員各位はもとより、平和活動家、文化諸団体、文化人各位におかれても、世界平和大集会への参加要請にふるつて御賛同下さらんことを切望するものである」というメッセージを掲げた。積極的に平和運動に関わっていく姿勢を改めて示したものである。

一九五四年九月下旬から一〇月上旬まで、安部は日本製鋼室蘭製鉄所の労働争議支援のため室蘭に赴き、労働者の家に泊めてもらっていた。[5] 管見の限り、これが労働運動や文化工作に直接安部が関わった最後の記録である。これ以後、党の批判をはじめるまでに二年、除名されるまでにはまだ七年ほどあるのだが、安部が党において最も活動的だった時期はこの頃までであろう。

一九五四年一一月の総会後、二回の編集委員会で〈現在の会〉の委員の役割分担が決まった。研究会担当が安東次男・針生一郎・宇留野元一、雑誌担当が真鍋呉夫・泉三太郎、ルポルタージュ・シリーズ担当が安部公房・戸石泰一、事務局が柾木恭介・増永香。「この各部門を常に掌握し会内・会外に対する責任を負う会の議長を安部、副議長を柾木・真鍋と選挙で決定しました」と一二月発行の『現在』七号には記されている。以下、『現在』一三号（一九五五年八月）に掲載された研究会の記録をたどってみると、一二月、宇留野元一「あこがれとしての革命概念――太宰治と田中英光」、一九五五年一月、針生一郎「ブレヒトとスタニスラフスキー」、二月、竹内実「魯迅と趙樹理」、三月、小林勝「ルポルタージュ方法論」といった順で、文学、演劇、ルポルタージュなどが扱われている。四月二九日の泉三太郎「雪どけ」は、一三号に要約が載っているので様子が分かるが、林光、戸石泰一、安部公房、真鍋呉夫、藤池雅子が討論している。一九五五年五月、関根弘「アレゴリイについて」が研究会の記録の最後である。他に若手会員の読書会、安東次男宅における『経済学教科書』の学習会、柾木恭介の提唱による文学芸術理論研究会、雑誌『現在』の合評会などがあったと小田三月は記録している。

ルポルタージュ・シリーズ『日本の証言』は、二月二三日の戸石泰一『夜学生』にはじまり、七月一二日の齋藤芳郎『米作地帯』をもって増補版を除く第一期八冊の刊行を完結した。七月一四日の六時から九時まで、豊島振興会館にて『日本の証言』出版記念会「未来への出発」が開かれ、五百人を超える盛会となった。講演は安部公房「ルポルタージュの方法」、安東次男「詩と現実」、戸石泰一と真鍋呉夫はそれぞれの創作体験に即して語った。最後に野田真吉の解説でソヴィエトの総天然色記録映画「極地の生態」を上映した。「会の事業としては珍しく黒字になった」が、「講演の内容が突っ込み不足であったこと、映画が記録芸術のリアリズムを示すには不適当だったことなどが、会内で反省された」という（小田三月）。

〈現在の会〉の仕事はここまでで一区切りを付けたと言えよう。九月に出た一四号が『現在』の最終号となり、九月五日発行の増補『ルポルタージュとは何か？』をもって『日本の証言』もその刊行を終えた。一九五六年に『婦人画報』に掲載された二つのルポルタージュ、[6]一九五七年に『日本読書新聞』に連載された三つの座談会「ミュージカルス」（一月二一日・二八日）、「ハード・ボイルド」（二月四日・一一日）、「ドキュメンタリー」（二月一八日・二五日）がその後の仕事の全てである。これらのうち特に「ミュージカルス」には〈記録芸術の会〉に発展していく要素があるのだが、それについては一二章で述べよう。一九五七年一一月には、柾木恭介が「芸術運動紹介2現在の会」を『新日本文学』に掲載し、会は六月に一度解散の上再編されたとしているが、小田は「このメンバーによって新たな運動が展開した事実はない」としている。この時期には安部を中心とした事実上の後継運動体である〈記録芸術の会〉が始動していたわけで、〈現在の会〉はそれと入れ代わりに消滅したのである。

四、『人民文学』から日本文学学校まで

『人民文学』とは、一九五〇年のコミンフォルム批判への対応によって所感派（主流派）と国際派（非主流派）の二つに分れた日本共産党の所感派が、『新日本文学』に対抗して一九五〇年一一月に創刊した雑誌である。この創刊当時の状況について、近年では紅野謙介が整理を行った上で、「『新日本文学』と『人民文学』の対立は、党内分裂を契機としたものだったが、その分裂を引き起す文脈を、大文字の政治だけでなく探っていくことが必要ではないか」と問題提起している。ここではこうした

問いかけに充分には答えられないが、この雑誌への安部公房の関与とサークル運動との関わりといった観点から、この時期の文学と政治について少し整理しておきたい。

一九五二年三月、つまり〈現在の会〉結成と同じ月に、アンケートへの答という形ではあったが、安部は『人民文学』に最初の寄稿をした。この月は編集委員となったサークル詩運動の雑誌『列島』創刊の月でもあり、安部は政治的・芸術的前衛としての活動を本格的に推進していたということになろう。分派闘争時の『人民文学』への参加について、のちに安部は「野間宏と親しかったし」「自動的に」（古林尚との対談「共同体幻想を否定する文学」『図書新聞』一九七二年一月一日）といった消極的な回想をしているが、この翌月に『新日本文学』の編集長となった花田清輝からの本格的な自立という面もあったかもしれない。安部は五月にエッセイ「恋愛詩か思想詩か」を寄せた後、一〇月からは座談会の司会などで『人民文学』の誌面運営に関わっている。座談会では一〇月の「日本文学の中心課題は何か」と一九五三年一月の「映画「真空地帯」をめぐつて」で司会、そして前節で挙げた九月の「戦車工場と文化のたたかい」ではインタビュアーのような役割を果していた。また、一九五二年一二月に書評「「静かなる山々」をめぐつて」、翌年四月にエッセイ「文学運動の方向」を寄せるなど、かなり積極的な関わり方である。

一九五三年七月四、五日にひらかれた新日本文学会臨時中央委員会で『新日本文学』には新執行部がうまれ、それによって会の再編・再組織が行われはじめた。三一日には、お茶の水雑誌会館で『人民文学』の安部公房、野間宏、真鍋呉夫、広末保らと『新日本文学』の常任幹事中野重治との間で『人民文学』廃刊などについて密かに会合があったという（谷真介）。しかし安部らが新日本文学会に加入したのは翌年の四月二五日の中央委員会においてであり、さらに徳永直らも常任幹事に迎えて新日本文学会の統一が完了したのは一九五五年一月一八〜二一日の第七回大会でのことになる（窪田精）。『人民文学』の後継誌である『文学の友』が廃刊されるのはその翌月、さらにその後継たる『生活と文学』が新日本文学会の編集で創刊されるのはその年の一一月のことである。つまり、一九五四年末まではまだ分派闘争の名残があった状態だと言えるだろう。

『人民文学』一九五三年一〇月号には、八月二〇日付「日本文学学校設立趣意書」が準備委員徳水直《ママ》と野間宏の連名で掲載された。講義草案も載せ、「この案に対する皆さんの御意見、御批判を事務局あて、どしどし送つて下さい。」としている。翌一一・一二月合併号には「日本文学学校開校のおしらせ」という学生の募集案内が載った。修業年限は六ヶ月、週二日の夜間講義で、学校所在地は渋谷区千駄ヶ谷の日ソ図書館だが、連絡事務所は人民文学社と同じ千代田区飯田町となっている。校長阿部知二、講師として阿部知二、安部公房ほか三五名を「以上決定」、花田清輝、中野重治ら一一名を「交渉中」と全員のリストを掲げ、「願書〆切りは十一月二十日（金）ですから連絡事務局宛申込金二百円をそえて至急申込んで下さい」というアナウンスをした。『人民文学』はこの号をもって終刊、翌新年号からは通巻号数を共有しながら『文学の友』と改題した。

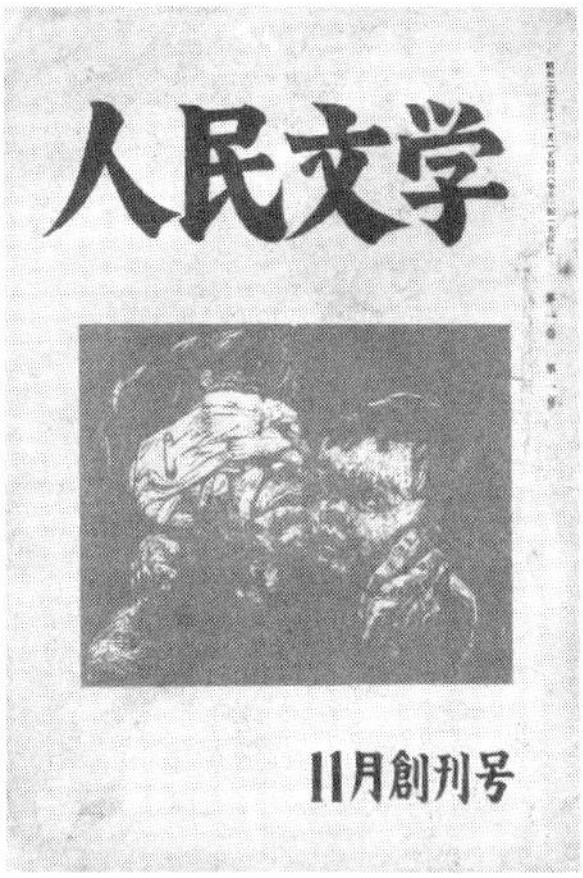

『人民文学』創刊号

『人民文学』と『新日本文学』の抗争についての文献は

『文学の友』創刊号

多いのだが、『文学の友』や日本文学学校について書かれたものはほとんど見あたらない。『日本近代文学大事典』でも、「共産党が分裂を克服して統一の方向にむかうとともに、新日本文学会との関係を明確にし、「文学の友」（昭二九・一創刊）に発展的解消をとげた」（伊豆利彦）とされるのみであり、他の文献でも『文学の友』は過渡期の産物といった扱いで重視されない。そんな中、窪田精は座談の中で、『人民文学』の時期区分について興味深い提言をしている。

『人民文学』といっても、創刊当初の江馬修、藤森成吉、島田政雄、豊田正子などといった人々が中心になっていた時期。つづいて岩上順一や、徳永直などが加わり、日文協の人たちなどが参加していった時期。それから野間宏とか、安部公房などという人たちが積極的に参加していって、やがて『文学の友』というふうに変化していく時期など、いくつかの時期に分れていたのではないかな。（リアリズム研究会編『現実変革の思想と方法』）

ここで言われている『文学の友』への変化において、日本文学学校が重要な役割を果していたように見えるのである。引き続き、日本文学学校の創立と『文学の友』の創刊について見ていこう。

先の学生募集は大きな反響を呼び、定員百名のところ四八〇名の入校希望者となったため（「誌上日本文学学校」『文学の友』一九五四年二月）、一九五三年一一月二二日、やむを得ず試験をすることとなり、入学試験作文として「わたしの生いたち」という課題が出された。そのうち三名分が一九五四年一月の『文学の友』創刊号に掲載されているが、この欄は目次で「日本文学学校（1）入学の記」となっており、本文でも「今後この欄は継続する予定だ」となっていることに注目したい。編集後記でも、「サークル誌サークル文学運動を、もつと的確に反映してゆくための欄」や「文学運動を国際的な視点からとらえてゆく欄」をつくり、「日本文学学校とも緊密な連絡をとつて、誌上講座を常設する」ことが述べられている。つまり『人民文学』から『文学の友』への改題には、インテリの作家が人民を書く、あるいは人民に向けて書く文学雑誌といったスタンスから、労働者自身による文学創造の友となる雑誌といったスタンスへの変更が見られるのである。

予告通り「誌上日本文学学校」の欄は二月号でも設けられ、入学試験にはじまる学校行事が記録されているので、以下それを辿ってみよう。一一月二九日午後一時には「勤務その他の事情で試験をうけられなかつた七十名のために追試」があり、同日午後六時から開校式、阿部知二校長から祝辞、諸講師列席。一二〇人が入学し一二月一日開講（無署名「日本文学々校の経過」）、「文学とは何か」阿部知二、野間宏「文学者の生き方」とあり、二回目以降は回数と講師・題目（および授業の様子）だけが記録されている。しかし予告通りこの講座が毎週火・土の二回開講されていたとすれば辻褄が合うので、その仮定に従って日付を補ってみたい。五日（土）第二回、岩上順一「リアリズムについて」、山岸外史「文学の対象としての真実」、八日（火）第三回、佐々木基一「リアリズム文学理論」、除村吉太郎「二葉亭四迷について」、一二日（土）第四回、寺田透「近代文学」、壺井繁治「詩とは何か」（この回の頃より生徒の質問は、次第に、講師に肉薄しはじめる）、一五日（火）第五回、瀬沼茂樹「島崎藤村」、安東次男「詩の言葉」（この回の討論、快適となる）、一九日（土）第六回、瀬沼茂樹続講、野間宏「短篇について」、二二日（火）第七回、山田清三郎「プロレタリア文学史」、徳永直「自作働く一家について」（生徒の質問、肺腑をえぐるものあり）、二六日（土）第八回、神山彰一「国民文学」、徳永直「自作妻よ眠れ」（生徒の質問、ますます好調）、という講師と題目である。やはり日付はないが「第一回学生自治委員会七時間に及ぶ」というのはおそらく二六日の放課後のことであり、第二回が三〇日にあったことも記録されている。また、二一日（月）には校外生ほか一般によびかける科外講座として、椎名麟三、木下順二、安部公房による講義が聴衆三〇五人を集めて行われた。この時かどうかは不明だが、安部先生の「条件反射の話」があったと第一期卒業生の菅野和子は記録している（八月号）。これらの講座のうち、安東次男「詩のことば」は一九五四年二月号に、同じく安東の「講座2詩はどうして創るか」（末尾に一九五四・二・二とある）は三月号に掲載された。

また、安部は一月より四月まで「わたし達の文学教室」を連載し、「花は美しいか」「ふたたび美について」「人間はなぜ笑うか?」「サークルをめぐる問題」といったテーマについて啓蒙的な文章を書いた。一回目の附記に「職場で働いている友人たちと、いろいろ話しあいながら、まとめるつもりでいたが、時間がないのでそれもできなかつた。次回から、もつと日常的なものもとりいれて、友人たちの意見をききながらまとめたいと思う」とあるように、サークル運動などと関わりながら、日本文学学校の講座とも連動する意図があってなされた企画だっただろう。この附記の目論見通り、四月号には座談会「働くことと書くこと」も掲載された。先の『人民文学』で日鋼赤羽の労働者たちにインタビューをしたように、「国鉄労仂者」の足柄定之、「五・三〇被告」の小林勝、「元駐留軍労仂者」の春川鐵男たちの話を、安部と野間宏が聞くという形になっている。

五月号には氷川九「マンガルポ　日本文学学校をのぞく」が載り、「松村講師の毛沢東の思想についての講義」と「安東講師の詩についての講義」の様子が、マンガ風のスケッチと文章で紹介された。想像していたような「文学青年」の集いではなく、「たつた今職場から、学校から、家庭からかけつけてきたばかりの「仂く人」や「学生」そのものの姿」であったこと、その「火花を散らさんばかりに白熱した教室の空気」が強調されている。六月一日には日本文学学校第一期卒業式が行われ、九一名が卒業、文学学校機関誌『海燕』も発刊された。引き続き六月一五日には第二期生入学（八月号）。試験は五月二〇日前後に行われたようである（別冊第一集）。七月号では山岸外史「日本文学学校　第一期生の一つの成果」というコラムで、「文学のほんとの基礎は、あくまでも人間としての実生活にあることに気がついてきた」二三歳裁縫師の「娘さん」の話が紹介されている。八月号では「文学学校第一期をおわる」という特集が組まれ、阿部知二校長、山岸外史主事、山田清三郎講師による文学学校についての文章と並び、卒業生菅野和子の「かくこととは」と、三人の卒業生による卒業制作としての詩と小説が掲載された。また、この号の「祖国の山河」欄には第二期生の工場勤務記録のような文章も載り、新旧学生の競作といった観がある。卒業制作の小説には針生一郎講師によるコメントも付されているが、一九七〇年代の針生の回想によれば、前年秋に〈現在の会〉に加わった彼は、一九五四年四月に安部に誘われ、党員となることを条件に日本文学学校の教務主任となったのであった。

一二月に発売を予告されていた『講義録シリーズ第Ⅰ集』は、日本文学学校事務局編『日本文学学校文学講座（第一集）』（日本文学学校）として翌年二月二〇日に発行された。一二月の予告では、阿部知二「序文」、野間宏「今日の社会と文学」、佐々木基一「国民文学とリアリズム」、安部公房「芸術的認識について」、菅原克己「勤労者と詩」収録の予定だったが、安部公房のものは収録されなかった。

一九五五年一月一一日には日本文学学校第三期が開講（一九五四年一一月、一二月号広告）。同月一八日、先にも述べた通り新日本文学会第七回大会が『人民文学』グループとの統一大会として開かれ、旧『人民文学』グループから徳永直、野間宏、安部公房が常任幹事に選ばれた。安部は新日本文学会の幹事として国民文化会議の文学部常任委員となり、総評と共催の「現代文化講座」の講師を引き受けた（谷真介）。

同月二五日は『文学の友』別冊第四集の刊行予定日であった。一九五四年一〇月発行の別冊第三集では、次の別冊のために「特集 新しい人生観のために――あたらしい人間像の確立を」というテーマを決め、一〇月一五日〆切で原稿募集をしている。本誌（一九五五年一月）では「愛と友情の記録――平和をもとめる人間像」として「二五日発売」を予告し、二月の最終号では発売中であるかのような広告が出ている。しかし「再び全読者の皆さんへ」という欄で株券発行を予告し、「「文学の友」の実情は新年号でお知らせした通りで、財政的に非常に困難になり、十二月中に発行する予定であった別冊四集も紙が買えなくて一月末にしか出せません。編集部はどんな困難があつても、発行を続けていく決心で頑張つておりますが編集部一同がどんなに努力しても、それだけでは決して解決されず、募集にはどうしても読者の皆さんにお力を借りる外はありません。」としており、結局そのまま休刊、別冊も出せずじまいとなったようである。

七月の第六回全国協議会、いわゆる六全協を経て党が再編された後の一一月、『文学の友』後継誌として『生活と文学』が創刊され、安部は編集委員に名を連ねている。同月五日発行の新日本文学会編『日本文学の現状とその方向』(河出書房)巻末の同会役員リストに、安部は常任幹事として掲載されてもおり、今までの経緯からも適任とされたのであろう。しかし安部がこの雑誌に関わった形跡はほとんどない。そもそも安部は一九五四年六月号に「人間の心をおそう死の灰」、一〇月号に「水爆と人間　思想のたたかい」を載せた後、『文学の友』や『生活と文学』に書いていない。一九五五年一月号三五頁には「来月から相談室をもうけます／相談役になつてくださる方は作家の安部公房氏、詩人の菅原克巳《ママ》氏です。どんな相談にも応じて下さいますから、質問を編集部へ送つて下さい」という「おしらせ」が出るが、二月号で質問に答えているのは菅原と松川事件被告の鈴木信の二人である。『文学の友』はこの号で休刊になってしまうので、相談室は一回限りの企画となった。しかし、続いていたとしても安部が書いていたかどうかは微妙である。安部が書かなくなったのには、次のような編集部の姿勢が関わっているようにも思えるからだ。

一九五四年一二月号の「読者だより」で、「「文学の友」十月号にのつていた《水爆と人間》安部公房氏の論文を、私たちの療養文芸「詩歩」にのせたいと思いますが如何でしようか。」という投書に対し、編集部は「どうぞ転載なさつて下さい。文学の友の内容の一つ一つが、お読みになつた方の様々な創意によつて日本のすみずみにまで伝えられ、勇気と励ましを与えるようになることを編集部は心から望んでいます。」と答えている。著作権・版権よりも運動を優先させる姿勢がよく表れた対応と言えるだろう。先に引いた古林尚との対談において「『人民文学』でも非常に失礼な扱いを受けていた」と回想したことの中には、こうした対応が含まれていたのかもしれない。

一九五六年二月二日には日本文学学校の第五期開講が予定され、『生活と文学』一九五五年一二月号に阿部知二、安部公房をはじめとし、「その他七十数名」に至る講師が予告されている。しかしこの人数が半年の間に全員関わるはずはないので、可能性のある者か、あるいは一度でも講師となった者を全員リストに挙げていたのであろうか。のちの回想で、第一期生として郷静子が、第三期生として作家の岩橋邦枝が、第四期生として山本良夫が、そして開校前からの事務局員として作家の黒井千次が当時のことを書いており、講師についてのコメントもあるが、安部に関するものは見あたらない。当初から科外講座となっていた通り、講師としての安部の関わりは限定的なものだったのであろう。

一九五六年八月号の「編集室から」には次のような記事が載っている。

> 編集委員で作家の安部公房氏がチェコ、ルーマニア、フランスなどの旅から帰って来た。色が黒くなり、鼻ひげをはやして帰って来た。ひとまわりたくましくなり、まるでメキシコ展の中でぼくらの心に衝撃を与えたたくましいメキシコ人のようだ。新日本文学会の事務局では幾人かの人々をよんで安部氏の話をいろいろと聞いた。もう少し落ち着いたら、本誌にも安部氏のものがぽつぽつ掲載されはじめるだろう。(中略) 十月号は全編集委員を中心とした掌編小説(約三枚半) 特集をする予定。野間宏、安部公房、長谷川四郎、藤原審爾、佐多稲子、山田清三郎の各氏をはじめ、広く書いていただく予定だが、期待していただきたい。

しかし予告された中で実際に書いたのは編集委員の野間宏と長谷川四郎二人だけだった。『生活と文学』に安部が全く寄稿しなかった理由は推測するしかないが、先にも述べた作家の権利よりも運動を優先する姿勢の他に、生活記録運動との連携を深めていく雑誌への違和感があったかもしれない。ルポルタージュに現実を切り裂く解剖刀としての役割を求め、素朴な実感に基づく生活記録に苛立ちをみせていた安部は、ある時点で『文学の友』や日本文学学校の活動に愛想を尽かしていたのではないだろうか。

第一一章で後述する通り、このチェコ旅行は、安部が日本共産党と決定的に袂を分かつ契機ともなった。帰国記事の翌月から二回に分けて発表された記事「東ヨーロッパで考えたこと」「日本共産党は世界の孤児だ――続・東ヨーロッパで考えたこと」（『知性』一九五六年九・一〇月）において、安部は日本共産党を「世界の孤児」として批判する。この時点で、安部は以前の主流派／国際派といった内部分裂と抗争を相対化する視点を得た。きわめて政治的に文学運動を行ってきた安部は、これ以降、文学者としての共産党批判を持続し、一九六一年末には除名処分を受けることになる。そこに至るまでの経緯には他の多くの要因がからみあっているが、この時期の『人民文学』との関わりの中に、その一因を見ることができるように思う。政治と文学についての熱狂と、やがて来た幻滅とあきらめ、というのは、この時代の多くの文学者が辿った道筋だが、安部公房は、それを最も大きな振幅で体現してみせた作家の一人であろう。

第三章　〈記録〉と運動体の拡散

一九五〇年代、「記録」という言葉は、今日の目で見ると異様に思えるほど、奇妙に熱を帯びていた。記録映画が流行し、美術の世界ではルポルタージュ・アートが主張され、それらに呼応するように文学の世界においても記録文学、ルポルタージュが盛んに書かれた。ここではまず、その背景となった時代状況を簡単にふりかえってみよう。

一九五〇年六月、朝鮮戦争勃発時の反米的報道を理由にマッカーサーから命ぜられた『アカハタ』の発行停止処分は、GHQによる占領最終日である一九五二年四月二七日まで続いた。これは罷免・解雇という形での直接的なレッド・パージとあいまって、共産主義者に対する抑圧という点で強いインパクトを持っていたといえる。その間に警察予備隊が創設され、対日平和条約・日米安全保障条約が承認された。戦後民主化に対する、いわゆる「逆コース」である。一九五二年五月一日、『アカハタ』が復刊されたまさにその日に起った「血のメーデー」事件は、「逆コース」の危険を人々に印象づけた。その後の破防法の成立によってこの流れは決定的となり、戦前のファシズムの記憶が浮上してくる。

そういった国内政治状況と対照的に、国際政治・経済面における一九五〇年代は、高度成長への入口でもあった。朝鮮戦争のいわゆる「朝鮮特需」による契約高は一六億ドルにも達し、日本経済を復活させた。一九五三年からはテレビ放送がスタートし、一九五五年にはガット加入、一九五九年には同理事国入りを果たす。いわゆる神武景気により、経済白書が「もはや戦後ではない」と述べた一九五六年には国連に加盟、一九五七年の鍋底不況を経て一九五八年には東京タワーが完成、一九五九年からの岩戸景気へと向い、戦後の混乱を脱してゆく時代となる。

こういった激動する政治経済状況のなかで、何が起ったかを記録することへの関心が芽生えたのは当然の流れであったとも言えよう。この時期、記録についての関心が最初に高まったのは、映画界であった。一九五〇年、記録映画専門の岩波映画製作所、新星映画社、記録映画社が相次いで設立されたのは象徴的である。老舗の理研映画社や日本映画社もそれらの会社としのぎを削るようにして記録映画を製作し、ディズニーをはじめとする外国の記録映画も次々に上映された。記録映画が流行するなかで、事実の記録を唱える今村太平と、記録映画は芸術にあらずという岩崎昶の論争が起るのは一九五七年のことである。一九五八年六月には雑誌『記録映画』も創刊され、記録映画についての論議はますます熱を帯びてくる。そういった時代の流れとともに、ここでの関心事である一九五七年の〈記録芸術の会〉設立に向かってゆくなかでの重要な出来事が、一九五三年から一九五四年にかけて、『映画評論』誌を舞台にした今村太平と佐々木基一の論争であった。

佐々木基一は、「記録映画に関するノート」において、まず、今村太平の「この中心なき構図がロッセリーニの現実主義から生じていることは明白である」(今村太平『イタリア映画』)という発言をとりあげる。そして、「歴史的事件も社会的事件も、ロッセリーニにとっては無慈悲で不動な自然と同じように見えていたのではないか」「ロッセリーニの方法を、彼の現実主義や社会的観点から説明する今村太平の方法に、わたしはその意味で或る疑問を感じる。ロッセリーニの記録映画的画面は、彼の人間観、彼の思想の象徴であって現実の深い本質の象徴ではない」として、今村に疑問を呈するのである。しかしながら、佐々木の主張をよく見ると、困惑を覚えるほど今村の主張と似通っている。今村が「現実主義」と呼んでいるものを、「「状況」の描写」と言い換えているだけである。二人とも、ロッセリーニの方法が記録映画的方法であり、一人の主人公をクローズアップするものではない、ということを主張しているのだ。当然のことながら、今村は「イタリア映画はドキュメンタリズムか――佐々木基一の所論によせて」において、佐々木に反論する。彼はまず座談会（山本薩夫ら「映画におけるリアリズム」）において、佐々木が記録文学、ドキュメンタリー映画に注目していたことに共感を表する。『映画の綜合形式』以来、様々なかたちで記録映画の重要性をアピールしてきた今村としては、同志を得た気持だったのかもしれない。ところが、その佐々木によって自説を否定された今村は、佐々木の言葉尻をとらえようとする。佐々木が戦後イタリア映画を「ドキュメンタリズム」＝記録主義の映画と呼んでいるのはおかしい、これはリアリズムであって、記録主義などという主義はあり得ない、というわけである。佐々木は、「記録映画に関するノート（2）――今村太平の駁論にふれて」において、「記録映画に関するノート」に対する、花田清輝と今村太平による二つの批判にふれる。花田の「笑い猫」については、ポール・ローサの「アクチュアリティの創造的劇化」を引用した主張に賛成し、前の論文ではアクチュアリティをないがしろにしてリアリティにこだわりすぎたかもしれないと反省する。一方、今村の反論については、「わたしは、前のノートのなかで、イタリア映画をドキュメンタリズムなどとどこにも規定していない」「記録映画的方法―ドキュメンタリズム―が今日のリアリズムにとつてどのような意義をもつかを探求してみたいと思つたのである」と述べ、今村の反論を「全くのブコクであり、単なる揚足とりにすぎない」としりぞけるのだ。たしかに揚足とりの側面が強い主張ではあったが、ここに、後に〈記録芸術の会〉に集まることになるメンバーの弱点を読むこともできる。会のメンバーの主張でさえあれば、どんなに食い違っていてもそれを許容し、会の外部の人間の主張については、どんなに似通っていても差異ばかりを強調して独自性を主張するのが彼等の常套であった。今村太平は戦時中から記録映画の重要性を唱え、『記録映画論』などで記録芸術という用語まで用いていたし、戦後には「記録芸術論」という論文も著していた。〈記録芸術の会〉のメンバーは彼の主張のエッセンスを受け継ぎながら、それに対してオリジナリティを主張する彼をはぐらかし、対立してしまうのだ。理論的には当然連帯し得たはずの今村太平とさえ、オリジナリティを主張するあまり反発しあってしまうような点に、この会の運動の不幸があった。これでは、運動の広がりの幅を自ら狭めてしまうようなものである。

今村と佐々木はこの後それぞれ「もはや私には興味がない」「もはや今村に答えるつもりはない」と述べながら、互いを貶めあっている（今村太平「私の映画論――佐々木基一に答える」、佐々木基一「ネオ・リアリズムの発生について」）。同志になり得たかもしれない二人の出会いは、完全に物別れに終ったわけである。

〈記録芸術の会〉の母胎となる会合が始まったのは、一九五六年一二月である。この会合をはじめるにあたっては、佐々木基一から花田清輝への強い働きかけがあったらしい。花田は「わたしは、佐々木基一が、運動をはじめるか、さもなければどこかに隠遁してしまいたい、といって、わたしに協力を求めにきたときのことを、いまでもあざやかにおぼえています」(「現代芸術運動裁断」)と回想している。会のメンバーは花田清輝、安部公房、佐々木基一、野間宏、長谷川四郎、玉井五一の六名に、武井昭夫がまもなく加わった。このうち花田、安部、佐々木、野間の四名は〈夜の会〉から共に活動してきた仲間である。月一回の研究会の第一回には佐々木基一「映画のドキュメンタリー」、第二回には花田清輝「民芸と伝統とデザインと美」、第三回には安部公房「ステロタイプとその崩壊による危機意識の発生」という報告がなされた。これらの研究会の具体的な内容は不明だが、ここにおいても、テーマが映画からスタートしている点に注目したい。「記録」について考えるとき、何よりもまず、彼らは映画というものを思考の手がかりとしたのである。以前の〈夜の会〉のメンバーによる野間宏他『文学的映画論』という本も出版されたのも、ちょうど一九五七年の一月である。これには野間宏「大衆映画論」、佐々木基一「芸術としての映画」、花田清輝「映画監督論」、安部公房「映画俳優」、埴谷雄高「古い映画手帖」、椎名麟三「シナリオと映画精神」が収録されており、佐々木基一の「あとがき」によれば、安部公房の発案による本だということである。こうした出版にも結びついた研究会のなかで、佐々木基一が〈記録芸術の会〉規約を起草し、これを準備委員会案として、七名の全員一致で勧誘を決めた人々に参加を呼びかけた。

一九五七年五月一九日、〈記録芸術の会〉の発起人会ならびに第一回総会が開かれた。ここに集まったメンバーは、安部公房、井上俊夫、小林勝、佐々木基一、関根弘、玉井五一、徳大寺公英、中原佑介、野間宏、針生一郎、花田清輝、長谷川四郎、埴谷雄高、長谷川龍生、羽仁進、真鍋呉夫、柾木恭介、村松剛、吉本隆明、武井昭夫、奥野健男、大西巨人、清岡卓行、瀬木慎一、井上光晴の二五名である。岡本太郎、林光、武田泰淳、瀧口修造、杉浦明平、鶴見俊輔、勅使河原宏の七名は、会員ならびに発起人になることを承諾したが出席できなかった（長谷川四郎「経過報告」）。「各ジャンルの閉鎖的ワクを打破り積極的な交流を促進する」ことを任務に掲げる会だけあって、文学にとどまらず、映画、美術、音楽界からも、会員を募っていたことが見てとれる。ところが、この総会において、〈記録芸術の会〉の将来を決定するような出来事が起った。吉本隆明の回想では、次のようなことである。

村松さんのような非政治的な文学者を含めるか含めないかで、マルクス主義的な文学者が、「ああいう人たちを含めるのはおかしい。進歩的じゃない」と言い出したんです。僕らは「バカなことを言うな」と思って盛んに抗弁したんですが、なかなか受け入れられない。村松さんは孤軍奮闘して、「私は参加するつもりできた。発会式の集まりで、なぜこんな意見が出てくるのか理解できない。私はマルクス主義者を排除する考えはない。だから、私を排除するという考えは理解できない」と主張していました。

長谷川四郎および武井昭夫の報告によれば、そもそもの問題は全員一致によるべき会員勧誘が、原則通りに行われなかったことに起因していた。村松剛の勧誘は、武井昭夫の承認を得ずに行われてしまったのだ。長谷川によれば「意識の不分明」のために、武井によれば「闇取引的話合い」のために、村松の名は名簿に入ったという。そのとき武井は「村松剛がいるのならぼくははいらん。井上光晴も奥野健男も吉本隆明も清岡卓行もはいらんだろう」（前掲長谷川四郎）と発言したということなので、吉本隆明自身の立場も、右の回想にあるほど中立的なものではなかったと思われる。ともあれ、このために吉本隆明、武井昭夫、奥野健男、井上光晴、清岡卓行、大西巨人の六名は退場し、村松剛、瀬木慎一の二名は入会を保留した（前掲長谷川四郎）。この出来事により、会の規模が縮小したのはもちろん、日本共産党内部における会の位置づけも、傍流的なものとならざるを得なかった。これは、後の花田らの日本共産党除名にまで影響するのである。また、この時の対立の図式が花田・吉本論争を準備し、吉本が花田を政治的に葬っていく遠因になっていたともいえる。こうして、〈記録芸術の会〉は多難な前途を予感させせながら出発した。

会発足後の研究会では、次のようなテーマの報告がなされた。一九五七年六月は長谷川四郎「ハンガリイ問題――ペテフィ・クラブをめぐって」、七月は野間宏「実行と芸術の問題――啄木の自然主義批判の批判」、八月は羽仁進「日本映画はどう変つたか――シナリオ批判の必要」（玉井五一「芸術運動紹介1記録芸術の会」）。この題目だけでも、社会問題、文学、映画にまんべんなく目を向けていこうとする会の志向が感じられる。『記録芸術の会月報No.13』（一九六〇年一二月）には「61年度研究会おしらせ」として、一月の江藤文夫「芸術のヌーベル・バーグについて」、二月の花田清輝「構造的改良と革命の問題について」の予告があるので、この月例研究会は一九六一年二月頃までは続いたようである。一〇月五日にはお茶の水の雑誌記念会館で公開討論会を開催、花田清輝「現代芸術の課題1記録芸術論」という報告に関して、佐々木基一、鶴見俊輔、関根弘、野間宏、安部公房、日沼倫太郎、長谷川龍生、岡本太郎が討論をした。(7)

定期刊行物としては、長谷川四郎編集の『記録芸術の会月報』を一九五七年八月から一九六〇年一二月までに一三冊発行している。(8)そして、一九五八年一〇月には、佐々木基一編集の機関誌『季刊現代芸術』をみすず書房から刊行、翌年六月までに三号を出した後、一九六〇年一〇月からは安部公房編集の『現代芸術』を勁草書房から月刊で刊行、一九六一年一二月の終刊までに一三冊を数えた。その間、メンバーは次第に増え、一九五七年一〇月までに小沢信男、東野芳明、開高健、堀田善衛、山本薩夫、水野繁が参加し、入会を保留していた村松剛が入会した（前掲玉井五一）。その後も、竹内実、江原順、佐藤忠男、宮内嘉久、中薗英助、塩瀬宏、内田栄一、木島始、重森弘淹、小林祥一郎、檜山久雄、東松照明、椎名麟三、小島輝正、和田勉、岡田晋、瓜生忠夫、江藤文夫、市川崑、武満徹、岩田宏、飯島耕一、第一回総会では退場した大西巨人といった人々が参加し（『花田清輝全集第七巻』、『記録芸術の会月報No.13』、大岡昇平・埴谷雄高『二つの同時代史』による）、一九六一年一〇月までに、その数は五三名にまで達している。(9)当初の目論見通り、文学・美術・映画・演劇・音楽・写真・放送といった、多彩なジャンルのメンバーが、一堂に会したかのように見える。しかし、実際のところ、その人数は「会員二名の推薦により」入会が認められるという手軽な入会規定と、なかなか発動されない除名規定によるものであった。五三名の中でも、実際に活動する会員は少数で、会費を納める会員はさらに少数であったらしい。長谷川四郎は次のように述べる。

会費を二ヵ月滞納したものは除名す、という規定をもうけなかったのは、千慮の一失というべきであろう。もしそういう規定があれば、運営委員を初めとし、今ごろはとっくのむかしに、全会員がめでたく除名となり、会は自然消滅の形をとって、解散宣言式の費用がはぶけるだろう。

（長谷川四郎「ありなしの風に吹かれて」）

一九六一年一〇月一五日、〈記録芸術の会〉は雑誌会館での総会を「解散宣言式」として解散する（谷真介）。解散後の一二月に刊行された『現代芸術』終刊号の編集後記において、安部公房は「雑誌が出せなくなったことと、会が解散決定をしたこととのあいだには直接関係があるようでもあり、またないようでもあり、一口には言いつくせない微妙なものを含んでいる」と口を濁している。長谷川四郎が述べていることと考えあわせると、機関誌刊行の資金繰りがつかなくなったのが、解散の直接の理由だったのかもしれない。

さて、ながながと〈記録芸術の会〉の輪郭をたどってきたが、それではこの会において、「記録」とはどのようなものだったのだろうか。戦後、『近代文学』創刊号における第一声「変形譚」において、戦後文学の一連の変形譚を準備したように、花田清輝はここでも華麗なる第一声を放っていた。「林檎に関する一考察」(10)である。

要するに、わたしは、内部の世界と外部の世界との関係を、その差別性と統一性においてとらえた上で、これまで内部の現実を形象化するためにつかわれてきた、アヴァンギャルド芸術の方法を、外部の現実を形象化するためにあらためてとりあげるべきではないかと思うのである。さもなければ、わたしには、あるがままの林檎のすがたが、われわれの眼にふれる機会など、永久にこないかもしれないという気がするのだ。

武井昭夫の「政治のアヴァンギャルドと芸術のアヴァンギャルド」や針生一郎の「ヴィルヘルム・テルの林檎」による反応以来、政治と芸術という文脈でのみ捉えられることの多い文章だが、この文章の核心はむしろこの部分にある。方法意識の対象を、内部から外部へと向けかえること。アヴァンギャルドの眼をもって外部を見ること。この主張が〈記録芸術の会〉における「記録」を準備したのだ。この後の「記録」に関する議論も、ほとんどがこの文章の延長線上にあるといえる。さらに花田は、「二つのスクリーン」において、「これからあらわれる、アヴァンギャルド芸術の否定の上に立つ、あたらしいレアリストは、あるいは、映画的思考の持主かもしれません」と述べ、映画によって考えることの重要性を説く。一九五二年頃から佐々木基一が盛んに映画を論じはじめ、翌年今村太平と論争をするのも、この影響下のことであった。

〈記録芸術の会〉が発足すると、その規約にもある通り、「記録」は一種の綜合芸術の呼称としても使われるようになる。

今日のもっともアクチュアルな芸術上の課題を追求すること、そのためには従来美的ないし芸術的と考えられていたものを破壊し去ることも敢て辞さないこと、「記録」という言葉はそういう野蛮な精神を象徴する記号にほかならない。それだからこそ、記録音楽などというものは絶対にないと考えている林光のような作曲家も、記録芸術の会に入っていて少しもおかしくないのである。（佐々木基一「記録芸術の会について」）

会発足後まもなく会を紹介した文章の一部であるが、従来の芸術ジャンルを破壊する態度として「記録」を考えている。このようにして芸術ジャンルを横断していこうという志向が、後述するミュージカルスへの夢にも結びついていくのである。

会員同士の共同制作というのも、〈夜の会〉をはじめとする様々な会を通じて花田清輝が夢見つづけ、なかなか実現できなかった目標の一つである。個人主義をこえると一口にいっても、執筆という密室の行為をどのように共同で行うか、具体的な制作方法の困難さを考えれば、当然であったともいえる。〈記録芸術の会〉において、その目標が実現したイベントがあった。シュプレヒコール「武器のない世界へ」である。

安部公房は、一九五八年八月二〇日、第四回原水爆禁止世界大会宣言決議発表大会（於日比谷公会堂）の第二部にあたる新劇合同公演で上演されたシュプレヒコール「最後の武器」の脚本を執筆した。ヴァイゼンボルン作「ゲッチンゲン・カンタータ」にもとづくシュプレヒコールということで、原水爆禁止のテーマを正面切って訴えた脚本は、千田是也の演出、林光の音楽によって上演された。この改訂版は翌年も第五回の大会において上演され、第六回にあたる一九六〇年、大会側から千田是也に新作の依頼があった。千田は七月一六日、〈記録芸術の会〉に台本制作を依頼し、その日の運営委員会で、長谷川龍生・内田栄一・木島始の共同執筆によることが決まった（内田栄一他）。三人は二一、二二の二晩、「できうるかぎり各人の即興性をいかすジャズにおける一種のミッドナイト・ジャム・セッションのごとき」徹夜の執筆をし、二三日にはその批判会が開かれる。そこでの批判者竹内実も加えて第二稿が執筆され、二五日に完成、三〇日からリハーサルが行われたが、プログラムの変更により木島・内田による修正がなされて後、八月九日の上演に至ったというのが、「武器のない世界へ」上演までの経緯である。

安部公房編集の『現代芸術』創刊号（一九六〇年一〇月）に掲載された上演台本を見ると、右記の四人以外もかかわっていたことがわかる。なかで歌われる詩の作者として、関根弘、岩田宏、安部公房の名も記されているのだ[11]。これは、「ジャム・セッション」をベースとした、〈記録芸術の会〉規模での共同製作の実現ということができるだろう。タイトルページには、誇らしげに「作・記録芸術の会」とゴシックで印刷した下に、先の四人を含むスタッフの名前が記されている。編集長であった安部は、共同制作の実現に際して、感無量の思いがあったのかもしれない。玉井五一は、「この試みも安部公房が切りひらいたルートを若い私たちが芸術創造運動の一環としてひきついだものだった」として、この企画の実現にあたっての安部公房の力を評価している（「液体の軌跡」）。ただし、上演される場の性格と、安保闘争直後という時代の性格もあり、

内容的には核兵器反対・安保反対の単純なプロパガンダに終始している。共同制作による新しい芸術といった、花田清輝の夢の実現とまでは言えないかもしれない。しかし、執筆という営みにおいて、〈記録芸術の会〉会員の共同制作による作品が実現したのは、彼らの運動の一つの達成ではあった。この時期、安部公房は草月会館ホールの草月コンテンポラリー・シリーズという場で、林光（一九六〇年三月二二日）や諸井誠（同年一二月八日）とのコラボレーションも試みているが、これらは安部の脚本と音楽とで構成された舞台作品ということで、脚本レベルでの共同制作とは意味合いが異なる。〈記録芸術の会〉結成後、「記録」について考えた野間宏は、花田のいう「映画的思考」を目指していた。彼は内田吐夢の映画「どたんば」の、フィクションを補助手段とする方法に不満をもち、次のように考える。

あるものを記録の方法によってとらえ、ないものをフィクションの方法をもってとらえるという記録の方法とフィクションの方法を同時に用いるということも考えられる。そしてここに成立するものをセミ・ドキュメントと考えることもできるだろう。しかしこの場合において記録とフィクションは全く対等のものであり、記録がフィクションの、またはその逆のフィクションが記録の補助手段になるということがあってはならない。存在と非存在が衝突し対立しているどたんばとしての事実のなかにセミ・ドキュメンタリーの方法をもってはいるには、記録とフィクションを対立衝突させ、存在がただちに非存在になるところを見出さなければならない。

（野間宏「記録について――セミ・ドキュメントを中心に」）

戦後のアメリカで流行したセミ・ドキュメンタリー映画は、彼らの思考に恰好の素材を提供した。セットを離れ、実写を使ってドラマを組み立てる手法には、賛否両論、様々な議論が交わされた。記録とフィクションの関係は、まずこのように衝突としてとらえられ、やがて弁証法として考えられるようになっていく。この翌月、花田清輝は、右の野間宏の議論への皮肉も込めてか、次のように説く。

中途半端なことの好きなやつだけが、シュルというかわりにセミなどというのである。ドキュメンタリー・フィルムとフィクション・フィルムと、どちらが大切だとおもわれますか。ぼくはドキュメンタリーだ、とおもうのです。ぼくはフィクションだとおもうな。——などと今村・岩崎論争みたいな押問答をいくらくりかえしてみたところで仕方がないのだ。といって——だからといって、ドキュメンタリーにフィクションを加えて二で割って、セミというところでいきましょう、といったような安易な方法は、なお、いけない。今日あるところのフィクションをアウフヘーベンしようという意欲がないのなら、創造の問題などにくちをださないほうが無難であろう。（「シュル・ドキュメンタリズムに関する一考察」）

ドキュメンタリーとフィクションを止揚したシュル・ドキュメンタリーという主張は、マルクス主義による弁証法が流行する時代の空気とも調和して、強い支持を受けた。これ以後、まず柾木恭介ら〈記録芸術の会〉内部において、さらに松本俊夫をはじめとする周辺の人々にも、ここでいうシュル・ドキュメンタリーがすなわち「記録」である、という文脈が成立するようになる。この弁証法は、ドキュメンタリー＝外部、フィクション＝内部と翻訳されて先の「林檎に関する一考察」と結び合わされる。例えば、一九六〇年代、記録映画界に大きなインパクトを与えた松本俊夫の「残酷をみつめる眼」には、「偶発的事実に対応する内部世界の意識化を手がかりに、現実と意識の疎外された日常構造を全面的に瓦解させてゆく、おのれの主体を賭けた芸術行為としての方法意識」として、「記録」が描かれている。これは映画にとどまらず、文学、演劇、音楽といったより広範な事象が、「記録」というキーワードで説明されるようになってゆく。〈記録芸術の会〉解散の遠因には、「記録」という概念があまりにも拡大／拡散され、却って無効になってしまうという現象があったといえるだろう。

また、運動体としての〈記録芸術の会〉に関しては、武井昭夫の批判がなかなか的を射たものである。

お互いに決して厳しい批評はしない。さりとて大切に扱って、仲間の仕事をひきつづき発展させる観点から、自分の作品にとりくむのでもない。いいすぎるかもしれないが、ていのよいギルドないしは芸術協同組合のようになっているのじゃないでしょうか。もちろん、こういう現象があるのは、組織はあっても、運動の中味が形成されていないことの反映なんでしょうけれど、それにしても、こういう現象は運動の形成途上にある組織の内部問題としてはあまりにも深刻な問題じゃないかと思うんです。（花田清輝・武井昭夫「芸術綜合化の問題」）

〈夜の会〉から、彼らのグループに共通する傾向ではあった。花田清輝は、〈夜の会〉の『新しい芸術の探求』の序言において、「運動のいかなるものであるかを知らぬ連中の眼には、われわれのすがたが、百鬼夜行のようにうつるかもしれない！」と述べ、相互批判の渦巻く場を想定していたが、実態は必ずしもそうならなかった。会としてのまとまりを作るには仕方ないことかもしれないが、会員同士の差異をあえて無視し、共通する部分だけを拡大していこうとする姿勢の方が目立った。前に掲げた〈記録芸術の会〉はメンバーを大幅に拡大したことで、その傾向がより顕著にあらわれた。佐々木基一による林光の擁護は、その一例といえる。

〈夜の会〉時代からの盟友である安部公房と佐々木基一の「白夜」問題も、その姿勢を体現するものとなった。彼らは〈記録芸術の会〉結成翌年の『群像』誌上において、一年間、映画論および芸術論の連載を行った。安部公房は『裁かれる記録』（講談社、一九五八年一二月）にまとめられることになる「映画芸術論」を、佐々木基一は『現代芸術はどうなるか』にまとめられることになる「現代芸術はどうなるか」の連載を、それぞれ一九五八年一月から一二月まで行ったのである。問題は、連載三回目の一九五八年三月、二人が期せずしてルキノ・ヴィスコンティの「白夜」を同時にとりあげたことによって起った。まず佐々木は「ヴィスコンティの「白夜」は最近みた映画のうち、わたしのもっとも感心したものの一つである」と述べ、「いわゆる「映画らしい映画」の逆をゆくもの」として「白夜」を積極的に評価する。「「白夜」はおそらく人々を讃美者と反対者の二つの陣営にわけるであろう」というのが彼の最初の意見である。対して、同月の安部は「映画はもうそこまで行きづまってしまったのか？」と問いかけ、いわば「反対者」の陣営に立つ。彼は「白夜」を「映画的空間の行きづまりを暗示する」ものだとして否定するのである。二つの陣営に分れた二人が意見を交わすのであるから、次は論争の形式になるのが正常な反応というべきだろう。しかし、翌月の佐々木は、安部とのくいちがいを「かねて予想どおりであつた」として、安部の解釈は「わたしとさしてちがつてはいない」と述べる。否定と肯定の違いはあれ、「白夜」の空間を「文学的空間」と見る点で一致しているというのだ。その翌月の安部も、佐々木との見解の相違は認めた上で、次のように述べる。

私と佐々木基一は、もともと同じ芸術戦線の上に立つものであり、当然共通の言葉をもつているはずだ。この対立だつて、あるいは逆説と正説……メダルの裏と表のようなものにすぎないのかもしれない。つまり、現状に対して、何をいかに主張するかという、戦術上の問題にしかすぎないのかもしれないのである。

そして、あらためて「白夜」についての意見の食い違いを分析した後、「「白夜」という具体的な作品から遠ざかつてみれば、私と佐々木基一の見解は、かならずしも根本的にちがつているわけではない」と繰り返すのだ。肯定と否定の違いが「根本的」でないかどうかは措くとしても、この食い違いが今村太平との間に起ったとすれば、論争の形式になっていたことはまず間違いない。つまり、「共通の言葉」をもつ内部の人間に対しては批判を避け、何であれ認めあう「芸術協同組合」として機能していた一面が、たしかに〈記録芸術の会〉にはあったのである。このような批評の不在が、彼らの運動体としての生産性を低いものにした一因であったことも、また否めない事実であろう。

〈夜の会〉から〈世紀の会〉〈人民芸術集団〉〈現在の会〉などを経て〈記録芸術の会〉へと至る安部の軌跡を眺めた時、〈世紀の会〉と〈現在の会〉における活動が、運動体としての真骨頂を示していたように思われる。〈世紀の会〉においては絵画が、〈現在の会〉においてはルポルタージュが、思弁的な抒情詩人であった安部を揺さぶり変貌させる契機となった。他のメンバーとの間においても、活発に議論をしながら互いの仕事を触発しあう関係が築かれた。メンバーも仕事の内容も拡大に拡大を重ねた〈記録芸術の会〉においては、そもそもこれほど濃密な関係は望めなかったのかもしれない。しかし、その実り少なかった会合にも区切りのついた一九六二年、安部は『砂の女』へと到達することになる。そこに至るまでの一九五〇年代、常に運動体の中に身を置きながら創作をつづけた安部は、どのようなテクストを生み出していったのか。第二部からは、個々のテクスト生産の現場に密着しながら、その内実を探っていこう。

第二部　芸術運動と文学

第四章　抒情詩人の小説――「名もなき夜のために」1948

一、一九四〇年代とリルケ

最初に、いわゆる「変貌」に至る前の安部の仕事を一つ見ておきたい。「名もなき夜のために」である。この小説はドイツの詩人、ライナー・マリア・リルケの影響下に書かれたと言われてきた。そこでまず、日本におけるリルケ受容の点から見ていこう。

戦中から戦後にかけての一九四〇年代、日本の文学青年の間でリルケは盛んに読まれていた。もちろん、リルケの紹介はこの時期にはじまった話ではない。古くは森鷗外が、「倅に持つても好いやうな」年頃の若手作家の作品としてリルケの短篇や戯曲の紹介をしているし、茅野蕭々訳による『リルケ詩抄』が出版されたのも一九二七年のことであった。これらは、堀辰雄をはじめとする四季派の詩人たちによって血肉化されていく。堀辰雄は、一九三四年から翌年にかけ、『マルテの手記』からの断片をいくつか『四季』に翻訳掲載しているし、『四季』の「リルケ研究」号も発行している。しかし、リルケが広く一般に受け入れられるには、一九三九年の大山定一による『マルテの手記』まで待たなければならない。

大山訳マルテは媚薬のようなものだった。私は戦争末期から戦後の一時期にかけてマルテの虜となったが、これは恐らく私と同年輩の文学青年に共通する体験ではなかったか。／ともかくマルテは大変な人気で、同人雑誌の合評会などには、大山訳を読まずには恥ずかしくて出席もできなかった。その後、マルテの新訳がどれほど出ているかは知らないが、ことマルテに関するかぎり、「私のマルテ」は六十歳をすぎた今日でも、つねに大山訳へと帰っていく。(窪田般彌)

若いころの読書における移り気はひどいものであったが、『マルテの手記』は例外だった。わたしはこの本に取りつかれたようになっていた。なにを眺めるにも、マルテの眼でもって見ているような気になっていた。大山定一訳の『マルテの手記』を学校のゆきかえりにたずさえていて、電車のなかで任意のページを開いて読んでみるのがたのしかった。(神品芳夫)

このように、『マルテの手記』が青年層を中心に受け入れられると、リルケのその他の作品も次々と翻訳出版されるようになった。戦時下にもかかわらず、ほぼ毎年リルケの翻訳の新刊が一～四冊ずつ刊行された(神品芳夫編「リルケ翻訳文献」)。

もちろんこの流行には、政治的な力が作用していた。大戦下の文学について、戦後最初の『出版年鑑』は次のように振り返っている。

　翻訳文学はまづ弾圧されロシヤ物はドストエフスキー、トルストイにいたるまで禁止されチエホフが辛うじて難をまぬがれた程度であり、米英ものは敵文字の名の下に殆ど窒息せしめられた。僅かに仏蘭西物が少しづつ企画されたにすぎず、それさへバルザックの如きまつたうなものは遠慮されてゐた。（日本出版共同株式会社編集『出版年鑑　昭和一九—二一年版』）

　こうした状況下で、日独伊三国同盟下の友邦であったドイツとイタリアの文学ならば、まだ翻訳が出しやすいという事情があった。そしてリルケは、ナチス・ドイツの政権下でも発禁を受けなかった数少ない詩人の一人だったのだ。フランスやアメリカをはじめとする連合国側の文学が、戦後、なだれこむように翻訳されるようになるまで、リルケは日本の文学青年たちにとって、西欧文学をかいま見る小さな窓のような存在でありつづけた。

そして安部公房も、そういったリルケ読者の一人であった。

　あれは戦争中のことだった。『形象詩集』や、『マルテの手記』……あのガラス細工のようなリルケの世界は、ぼくにとって、まさにかけがえのないものだったのである。戦争のなかで生れ育ったぼくらの世代は、戦争の哲学しか知らされなかった。反戦などという言葉は、耳にしたことさえなかった。しかしぼくは、なぜかその戦争の哲学になじめなかった。世界を拒み、世界から拒まれているような怖れのなかで、リルケの世界は、すばらしい冬眠の巣のように思われたのである。ぼくはリルケの世界、とりわけ『形象詩集』と『マルテの手記』に耽溺した。銃をかつぎ、雨やほこりの中を行軍練習しながらも、同時にぼくは、あの洗いたての敷布のような、ひんやりとしたリルケの言葉にくるまり、別の世界を感じつづけていられたのである。

（「リルケ　苦痛の記憶・その後」西脇順三郎・金子光晴監修『詩の本Ⅲ詩の鑑賞』筑摩書房、一九六七年一二月）

そして安部は、リルケの『形象詩集』に倣って『無名詩集』（一九四七年）を書き、まず詩人としての出発をした。つづいて『マルテの手記』に取り組んだのが、翌年の「名もなき夜のために」なのである。

二、大山定一訳の磁場で

「名もなき夜のために」は安部公房の初期の「未完の小説」であるということで、従来ほとんど論じられていない。六章からなるこの小説は、一九四八年七月から翌年一月にかけて、花田清輝ら〈総合文化協会〉の雑誌『綜合文化』と、戦後派の拠点となった同人誌『近代文学』にまたがって連載された。『近代文学』に掲載された時の副題「ある夜の窪みに」「音楽と夜への誘ひ」の後者は中田耕治がつけたと証言しているが、『終りし道の標べに』が落ちるのは確実（埴谷雄高「『近代文学』の存続」）と思われた厳しい編集会議を、この小説はなぜくぐり抜けたのだろうか。短篇連載の形をとっていたのが載りやすかった要因であろうが、『近代文学』同人間にもリルケ流行の余波があったのかもしれない。それはともかく、永らく単行本に収められなかったこの小説は、未収録作品集『夢の逃亡』（徳間書店、一九六八年四月）に収録されて一般に読まれるようになった。しかし、この作品集に収録された安部公房の初期作品が、しばしば原形をとどめないまでに改稿されていることは周知の事実である。実際、「名もなき夜のために」も大きく改められており、末尾の「未完」の文字もその時に付された物であった。では、初出の段階でこの小説は「未完」ではないのだろうか。それが、この小説について考える時に、一つの鍵になる問題である。

「名もなき夜のために」は手記形式の小説である。手記の書き手である「僕」は中学の数学教師で、夜ごと山手線に乗って都内をまわりつづけ、見聞きした物事をノートに書きつけている。この「僕」は脳に腫瘍を持つ病人として設定されている。都市を観察する病人による手記、という設定自体が、まず『マルテの手記』を想起させるが、それだけでなく、「僕」は実際に『マルテの手記』について語りはじめるのである。

とりわけ僕はマルテの手記について書いて見たい。勿論マルテの手記を書くことではないのだが、しかしマルテのやうに書くこと丶はそれほど違はないのかも知れない。（I、以下引用にはIからⅥまでの章番号を付す）

この箇所をはじめ、くりかえし言及される『マルテの手記』は、訳語や書物についての描写から見て、この時期までに出ていたもう一つの翻訳（望月市恵訳岩波文庫、一九四六年一月）でも原書でもなく、大山定一訳だと思われる。この大山訳は、往年のいわゆる「名訳」として名高いものだ。その訳文は、例えば以下のようなものである。

HABE ich es schon gesagt? Ich lerne sehen. Ja, ich fange an. Es geht noch schlecht. Aber ich will meine Zeit ausnutzen. (SW6, p. 711)

さつきも書いたが、僕はぼつぼつ見ることから学んでゆくつもりだ。僕はほんたうの最初から第一歩を踏みだすのだ。どうもまだうまくゆかぬ。しかし、出来るだけ極度に時間を利用してゆきたいと考へてゐる。（一一九頁）

原文にかなり忠実な最新の河出書房新社版全集の訳と比べてみると特徴がはっきりしてくる。「ぼくはもう言っただろうか？　ぼくは見ることを学んでいると。そうだ、ぼくははじめたところだ。まだうまくはいかない。だが、ぼくは大いに時間をかけるつもりだ。」というのが塚越敏の訳である。このように、読者に語りかけるような口調で書かれている部分も、大山訳は「僕」一人の世界にしてしまう。また、Ich lerne sehen. という単純な文に「ぼつぼつ」「ゆくつもり」といった修飾を付け加えていったり、ausnutzen（利用しつくす）を「出来るだけ極度に利用」という不明瞭な日本語にするあたりにも、大山訳の特徴が表れている。つまり、大山訳は、原作をそのまま正確に日本語に移しかえようとするのではなく、訳文の中で独自の世界を作ろうとする志向を持っているのだ。

　大山定一は、吉川幸次郎との共著『洛中書簡』の中で、「翻訳」と「通弁」の仕事を区別して述べている。それによれば、「翻訳」とは「飯を嚼んで人に哺するがごとし」といえるものであり、「通弁」とは「そのやうな愛情を失つてただ冷淡に取りすました neutral な態度」で、「そとに現れた言葉をただ表面的に等量な他の国語にうつす」仕事であるという。先に挙げた窪田般彌や神品芳夫は、大山に嚼まれた飯を熱狂的に受け入れたわけであり、「名もなき夜のために」もまた、この文体の影響を明らかに受けているのである。

「名もなき夜のために」の「僕」は、読者に問いかけたりうなずいたりしながら語っていく ich ではない。「僕」一人の世界で延々とノートを綴りつづける、大山訳の「僕」の親族である。文体について定量化して示すことは難しいが、長い文が多い点や、難解あるいは不明瞭な表現が頻出する点で、大山訳と類似している。これは大山訳『マルテの手記』の読解によって成立した小説なのである。では、「マルテのやうに書く」とはどのようなことなのだろうか。


　　もしマルテの手記がマルテ・ラウリツツ・ブリツゲといふ実在の人間によつて書かれたものであるとすれば、僕はやはり逃れながら今日を耐え、そして死を待つよりほかに術もないやうに思ふ。しかしマルテは夜の在り方に対するリルケの責任として画かれた一つの態度なのだ。（I）

ここで語られているのは、記述主体の問題である。安部の最初の長篇『終りし道の標べに』は「私」

の記したノートという形式を持っていたが、「私」と作家安部公房との関係について語られることはなかった。しかしここでは、プラハ生れの作家リルケがパリの異邦人マルテを仮構して『マルテの手記』を書いたように、安部公房が「一つの態度」として「僕」を造形していることを示している。ここに、〈夜の会〉や〈綜合文化協会〉における花田清輝からの影響関係を見ることもできよう。

これからは、わたしという字ばかり書かなければいけない。但し、そのわたしは、あくまで虚構のわたしでなければならない。（花田清輝「わたし」）

「名もなき夜のために」の「僕」は、この「虚構のわたし」の実践とも考えられるだろう。「名もなき夜のために」においては、記述者「僕」について意外に綿密な設定が施されている。「僕」が脳に腫瘍を持っているということは既に書いたが、そのために「僕」はしばしば「発作」に襲われ、「アウラ」と呼ばれる幻覚に襲われる。『世界大百科事典』（平凡社、一九八五年）の石黒健夫によれば、「アウラ」とは「かつては癲癇発作の前ぶれを表す言葉として用いられた」が「現在では、脳の一部分に局在する癲癇発作（部分発作）そのものと考えられている」ものである。症状は「頭痛、めまい、上腹部からこみあげてくるいやな感じ（自律神経性前兆）、きらきらする点が見える（感覚性前兆）、既視感・未視感（側頭葉性前兆）などがある」ということであり、「異様な感覚」（Ⅰ）を感じ、光に満ちあふれた幻覚を見る「僕」の症状とほぼ一致する。また、「僕」が医者から精神分裂症の危険を告げられて手術を勧められるシーンがあるが、これも「慢性癲癇精神病」の「分裂病像を呈する」

「側頭葉障害の役割が重視される」という記述と符合する。「側頭葉性の発作症状をもつ部分癲癇にみることが多い」「脳の器質障害による症状」として、「癲癇者の約半数にみられる」「癲癇性性格変化」というものもあり、「執拗にこだわる粘着性、回りくどく、なかなか話の中核に触れることのできない迂遠さ、不機嫌に怒りっぽくなりやすい爆発性がその特徴である」とされている。これも「僕」の記述の特徴を言い表した言葉になっていないだろうか。「僕」の連用する「ルミナール」（Ⅰ）という薬も、癲癇の発作を抑えるためのものである。以上を綜合すると、「僕」はおそらく大脳側頭葉に腫瘍を持つ、器質性の癲癇患者として設定されているのである。このような記述主体を設定することによって、「僕」にとっての現実を、いわゆる「客観的な現実」からずらしていくことが可能になる。花田のいう「虚構のわたし」や芸術のアヴァンギャルドを実践するにあたり、このような理詰めの設定からスタートするところに、この連載期間中に東大医学部を卒業した安部らしい合理性が表れている。「マルテのやうに書く」とは、一つにはこのような記述者の設定のことを指すのだろう。

さて、大山定一訳『マルテの手記』に戻ろう。大山訳の特徴としてもう一つ見逃せないのは、「第一部」「第二部」という表示である。大山訳は「第一部」と記されたページから始まり、「女と一角獣」のゴブランの話をアベローネへ語りかけるところで第一部が終る。そして「第二部」というページの後、「女と一角獣」のゴブランとむすめたちの話が語られ、放蕩息子の話で第二部が終るのである。もちろん、これは一九一〇年に Insel-Verlag から二冊本として刊行された初版の形態を踏襲しているのだが、その二冊の切れ目については、同じ出版社による全集をはじめ、今回目にした全ての版で、半ページ、あるいは一ページ空けるにとどめていた。最初の出版の際に、出版社によって二冊に分けられたという恣意的な切れ目にすぎないからである（塚越敏）。ところが、大山訳ではこの切れ目に意味を持たせた。第一部と第二部の間のページに「女と一角獣のゴブラン」というタイトルのついた写真ページを挿入し、第二部の始まりの訳文に以下のような仕掛けを施したのである。

NUN sind auch die Teppiche der Dame à la Licorne nicht mehr in dem alten Schloβ von Boussac.
(SW6, p. 830)

これは「女と一角獣」の壁かけと呼ばれてゐるゴブランである。しかし、これもいまはブウサックの城から持ちだされてしまつた。（一九七頁）

塚越訳では「いまではもう、一角獣をつれた貴婦人の壁掛けも、ブサックの古城にはない。」と訳されている通り、原文は一文だけである。ところが最初に「これは〜である」という一文を独立させることによって、大山訳は第二部冒頭が、写真ページのキャプションから始まるような錯覚を起こさせる。そして、第一部と第二部の切れ目を有意なものとする読みを誘うのである。「名もなき夜のために」のマルテ論は、完全にこの大山訳の磁力に引き込まれている。

特にマルテの手記が二部に分れてゐることを忘れてはならぬ。一部から二部へ移つていくもの丶意味は、夜を支点として人間が如何に転身するかの記録でなければならぬだらう。更にその総ての意味が僕自身の夜でなければならぬ。夜が如何にして一切を奪つて行つたか……それからそれをどんな仕方でもと通り、いや場合によつては一そう満ち足りたものとして返へしてくれたか……しかもその後、仕事をし了へて放心したリルケの呟きの中で、もう書き得ないものとして待つてゐた無言の第三部、その空白を流れる限りない日常の悲しみや悦びをふと想ひ浮べることがあつたら、僕たちも転身の意味を本当に悟ることが出来るかもしれない。(Ⅲ)

「僕」が『マルテの手記』の二部構成に意味を見出しているのは確かである。この文章の意味は必ずしも明瞭とはいえないが、そのこと自体、しばしば晦渋である大山訳の訳文を受け継いでいる。とはいえ、ここでの「夜」と「転身」にこめられた意味については考えなければならないだろう。「名もなき夜のために」における夜とは、「日時計の外に在る時間」(Ⅱ)であり、未だ「過去で正確に計量」していない「手許にある現在」(Ⅲ)そのものを表すものだ。その現在そのものである夜の時間の中で、「僕」はノートを記しつづけている。一方、大山訳の第一部において、夜とは「「死」が大ごゑでさけびだす」時間であり、「壁のなかから突然もう一つの手が出て」来る恐怖の時間であったが、第二部では「寒い夜」こそ「ひとりすわつてこれを書きつけ」る時間になる。そして第二部結末近くに登場する「あたらしい言葉で詩をかかうとする青年」たる放蕩息子について、「名もなき夜のために」の「僕」は多くの言葉を費やし、次のように述べる。「何よりも僕の心を打つのはやはり放蕩息子が次第に夜の中で生い育ち、不意にある日詩人として生きなほさうと決心するところだ」(Ⅵ)と。これらを考えあわせると、第二部における夜という、まさに記述している現在において、自分にとっての「満ち足りたもの」を見出していくことが「転身」なのではないだろうか。「僕」は、さらに「無言の第三部」の空白について語る。

僕たちに残された一番確実な遺産は、決してリルケの神のやうな死でもなく、飛翔にも似た転身でもなく、実にあの侘しい空白であつたといふこと……それから後何んな鎖があるといふのだらう。(Ⅲ)

「僕」は書かれなかった「無言の第三部」こそ「一番確実な遺産」であり、その「侘しい空白」を読むことで「転身の意味を本当に悟る」ことができると書いているのだ。そして「僕」は、最後にその「空白」を自ら演ずることになる。

(此処に空白がある。空白の告白がある。これが恐怖なのだらうか。僕は欺瞞が苦しかつた。まだとどまつてゐると思はせる駈引がいやだつた。僕ら人間を物への供物としよう。名もなき夜に生きて昼を織り出すものとならう。／ある日…………。)

この後、「(第一部　をはり)一九四七・十・七」と記され、小説は終っている。これは、先に述べた「未完」とは明らかに違う。大山訳『マルテの手記』の第一部、第二部から「転身」を読み、さらに「無言の第三部」をも読んでしまった「僕」にとって、第一部を終えて第二部を書かないことには、積極的な意味があった。それは来るべき第二部の単なる不在ではない。第二部を「侘しい空白」として残し、そこから「転身」を読みとらせることだったはずだ。しかし、「僕」は単に書かないだけでは「空白」を演じきれなかった。大山訳において「原稿欄外の覚え書き」を表している括弧の中に、「此処に空白がある」という言葉を記すことで「空白」を示そうとしたのだ。

僕は『マルテの手記』といふ小説を凹型の鋳型か写真のネガティヴだと考へてゐる。かなしみや絶望や痛ましい想念などがここでは一つ一つ深い窪みや線条をなしてゐるのだ。しかし、この鋳型からほんたうの作品を鋳造することが出来るとすれば（たとへばブロンズをながしてポジティヴな立像をつくるやうに）、多分大へんすばらしい幸福と肯定の小説が出来るにちがひない。

（四一四頁）

これは、「一九一五年十一月八日附、L・Hに宛てたリルケの手紙」として、大山定一が『マルテの手記』の「解説」の中で引用している文章である。「リルケは、「マルテの手記」のフランス訳を出すとき、作者の写真や註釈など無用な附加物をひどく嫌がつてゐた」（四一五頁）と書きながらこういう文章を引いてきたり、写真を挿入したりするところに、一元的な読みを誘う大山の政治性がある。文中でもしばしば「訳者註」としてリルケの手紙や関連事項などが引かれており、さながら教科書ガイドのように一定の解釈を生み出す仕掛けが施されている。そして、「名もなき夜のために」は、まさにその大山定一の作品たる『マルテの手記』という書物によって要請され、生みだされてしまった小説なのだ。そのため、「名もなき夜のために」は、どうしても「幸福と肯定の小説」とならなければならなかった。

それを考える時、結末近くで「僕」が「病気や発作のことを持出すのは止さう」(Ⅵ)と決意するのはやはり印象的である。かつて「僕」は「健康人の持つてゐる病気」と「病人の持つてゐる病気」とを区別し、たとえ「僕が手術を受けたとしても、癒やされるのは僕の病気ではない」(Ⅱ)と書いていた。つまり、「僕」にとって病気は本質的なものであり、病気なくしては「僕」のアイデンティティ自体が失われてしまうということである。その「僕」がこんな決意をするのは、やはり「幸福と肯定の小説」という要請のためではないだろうか。また、先の「空白の告白」以下にも「幸福と肯定」への志向は見てとれる。「名もなき夜に生きて昼を織り出すものとならう」とは、つまりは記述の現在＝夜において、明るい昼の世界を記述していこうということだ。続く「ある日………。」という結末は、「夜……。」という冒頭と響きあう。これこそが「空白」の第二部にやってくる「転身」を、つまり「満ち足りたもの」が見出されるであろうことを、暗示、ではなく、明示している結末なのではないだろうか。

「名もなき夜のために」は、書かれた時点において、未完の小説ではなかった。それに「未完」と記したのは、一九六八年の時点における安部の批評精神である。安部はこの改稿の時点において、不明瞭な文や過剰な装飾、冗長な思考など、いわば大山訳からの影響を示す部分を大幅に削除し、書き換えている。そして結末の「空白」を、「インク消しで書かれた手記」と呼ぶ。つまり、記述者のみにしか存在せず、読者のいない手記ということだ。そこには当然、「転身」を読みとる読者も存在しない。「空白」の第二部はなく、第一部のみの小説は永遠に「未完」のままとなる。この時点で、ついに「幸福と肯定の小説」は断念されたわけである。

一九四八年の時点における「名もなき夜のために」は、『没我の地平』や『無名詩集』以来の抒情詩人としての側面と、『終りし道の標べに』の哲学的作家としての側面を併せ持つ小説であった。しかも大山定一訳リルケとのテクスチュアルな関わりにおいて構想され断念された小説であるという点で、「壁」以降の仕事とも共通点を持つ重要なテクストなのである。次章では、その「壁」に至る前の安部の「変貌」について考察したい。

第五章　「変貌」とリアリズム論争――「デンドロカカリヤ」1949

一、「変貌」はあったのか

一九四九年前後に安部公房は変貌したといわれている。一九四八年の『終りし道の標べに』をはじめとする彼の初期作品から、一九五一年の「壁――S・カルマ氏の犯罪」へ変貌したというのが通説である。たしかに「あゝ、人間は何故に断く在らねばならぬのか？」という実存への問いを基調とし、旧満州にいる日本人の「私」による手記の形態をとる前者と、名前を失った「ぼく」の体験を「です・ます」体のコミカルな文体で描く後者とは、スタイル面での差異は歴然としている。

同時代評である埴谷雄高の「安部公房『壁』」は、そこに至る安部の転機を「デンドロカカリヤ」に見ている。彼は『手風琴をひく人』からピカソの「線と面の移動と運動がはじまつた」と述べた後、「リルケからカフカに移りつゝあつた安部公房の『手風琴をひく人』は、昭和二十四年の『デンドロカカリヤ』であつた」としている。彼は安部がここで得た「前衛絵画的物質観」すなわち「同時的、多面的、動的な観察を許す空間のなかで物体のリアリティを追求しようとする前衛絵画の方法論を、あくまで人間に適用しつづけること」により、『壁』に到達したと規定したのだ。

「変貌の作家」として安部を定義した本多秋五も、「デンドロカカリヤ」には幾何学における「補助線」のような意義があるとしているが、その過程を内的にとらえることは「すこぶる難かしい」と断定を避けている。それ以来、渡辺広士をはじめ、少なからぬ論者がこの「変貌」について考察したが、未だその質の究明がなされたとは言い難い状況が続いている。

近年では杣谷英紀「安部公房「異端者の告発」の意義」が、「分身譚」という観点から、いわゆる変貌の前後に断絶よりむしろ連続を見出している。この分析の対象とされているのは「異端者の告発」を中心として「終りし道の標べに」から「壁――S・カルマ氏の犯罪」に至る流れであるが、その間にあるはずの「デンドロカカリヤ」には分身譚の要素が見出されず、分析対象から外されている[12]。

このように「デンドロカカリヤ」は安部の変貌の過程として捉えても「すこぶる難かしい」ものであり、安部の一貫性の面から捉えようとしても逸脱してしまう、得体の知れない作品となっている。安部公房の「変貌」はあったのだろうか。この章では、「変貌」の鍵となるこの小説について、同時代的な文脈の中での解読を試みる。

二、花田清輝と「デンドロカカリヤ」

「デンドロカカリヤ」を一読して強く印象に残るのは、内部と外部の反転というモチーフであろう。

この小説において、コモン君は身体の反転と共にデンドロカカリヤという植物になり、新たな現実に直面する。

戦後の花田の第一声として『近代文学』創刊号に掲載され、『復興期の精神』という「戦後派の聖書のように迎えられ」（船戸洪）た書物に収録された「変形譚」は、そのタイトルからしても、戦後文学に特徴的な一連の変形譚（竹盛天雄）を触発したように見える。このエッセイの中で花田は、植物の変形《メタモルフォーゼ》を捉えたゲーテの認識の方法について、次のように述べている。

かれは、一枚の葉となつて、植物の中に侵入してゆき、絶えず液汁を吸ひあげて、収縮し、拡張し続けたが、植物もまた、かれの内部に根をはつて、溌剌と変形し続けたのだ。この方法のからくりは至極単純だが、それの操作には異常な困難が伴ふ。何故といふのに、収縮と拡張との間の微妙な力学的均衡を、つねにかれ自身のうちに感じてゐる人物でない限り、この方法の対象への適用は、必ず惨憺たる結果を招くにいたるからである。ゲーテは、植物のみならず、動物や鉱物や光にまで変形し、再び易々として人間の姿に立ち戻つたが、これは、かれが、終始、力学的均衡を保ちながら、楕円を描いてゐたからにほかならない。

ここでの「楕円」の二つの焦点は、エッセイの中で目まぐるしく姿を変える。この「楕円」は、華麗ではあるが明瞭とは言い難い概念である。このエッセイが前掲の作品群を触発した部分があるにせよ、そのまま「デンドロカカリヤ」に直結するとは思えない。〈夜の会〉の速記録に明らかなように、一九四八年九月二〇日、「創造のモメント」という報告をした当時の安部公房は、このエッセイを消化しきれないまま、花田の指導を受けるような状態にあった。花田の側でも、この後、一九五〇年代に至ると、内部と外部の対立のままのリアリズムという理論的整理がなされてくる（「林檎に関する一考察」など）。しかしこの時点で、それはさほど明瞭な姿をもってはいない。『アヴァンギャルド芸術』に収められる花田のリアリズム論と「デンドロカカリヤ」との親和性をもって、安部を「花田理論の申し子」（岡庭昇）と断ずることは控えなければならないと思う。両者の関係をそのように単純化する前に、二人をとりまいていたグループの側から考えてみたい。

三、〈夜の会〉〈世紀の会〉と美術との関わり

安部公房という作家について考えるとき、また、広く戦後文学・文化について考えるとき、運動体の存在を抜きにすることはできない。第一章で見てきたように、一九四〇年代後半に安部の属していた〈夜の会〉と〈世紀の会〉という二つの運動体は、美術との関わりが密接、というよりも、ジャンルを超えた文学と美術との提携を夢見ていたものであった。安部もその流れに積極的に関与した一人であったし、その関心も戦後になって芽生えたものではないようである。瀬木慎一『アヴァンギャルド芸術』は「二十世紀のアヴァンギャルド芸術に関する最良の啓蒙書だったが、当時、入手することはすこぶる困難」であった「瀧口修造の旧著『近代芸術』をもっていたのは、安部公房だった」と証言している。この本は戦後一九四九年三月に再刊されているが、安部が持っていたというのは戦前の

初版である。瀬木慎一の言葉通り、キュビスム、ダダイスム、抽象芸術、シュルレアリスムなどを概説したこの本は、後に述べるような植村鷹千代ら戦後のアヴァンギャルド陣営のバックグラウンドになっている。

シュルレアリストが最近、アラゴンの左傾、一九三五年の巴里に於ける文化擁護の作家大会に対して独自な立場を取ることを余儀なくされた事件等、政治主義に対して、詩と絵画の「ユニックな戦線」を張つてゐるのは、意識と無意識、合理と非合理、外部と内部の矛盾の解決が、人間性の解決に通ずる不可避な路であることを信じてゐるからに他ならない。（瀧口修造『近代芸術』）

例えばシュルレアリスムの可能性を述べたこの文章からは、安部や植村への影響を感じとることができるだろう。「ジャンル交流による創作刺激」を「十大事業計画」の第一に掲げていた〈世紀の会〉（『世紀ニュース No.1』一九四九年三月二五日）ではこの本を廻し読みし、一九五〇年九月には、著者に講演を依頼するに至っている。〈世紀の会〉に属した画家・池田龍雄もこの本を購入し、「絵画の現代へと近づけてくれた」道案内として記している。この本や、〈世紀の会〉などでの議論に影響を受けたと思われる池田龍雄の日記の一節を引いてみよう。

視覚的なリアリズムを否定すると、リアリティを主張する根拠が一応無くなったような不安を持つ。（中略）二十世紀に於けるリアリティは、単に見えるままの視覚的「真（リアル）」を意味

しない。いわば観念的な意味での「真実」との一致を指すのではないか。（一九四九・三・五）

こういった「アヴァンギャルド」的リアリズム認識は、〈世紀の会〉に集結した二十代の画家・文学者らに共有されたものだったといえるだろう。『読売新聞』一九四九年二月二一日の「美術批評のアンデパンダン」という企画において、新進小説家としての安部公房は、第一回の読売アンデパンダン展の美術評を書いている。その中で、「新しいリアリティの追求だけが露骨に示されてよいチャンスである」として、社会主義リアリズム陣営の内田巌を斥け、〈夜の会〉の会員でありパリ帰りのアヴァンギャルド画家である岡本太郎を推している。安部公房の日本共産党入党は二年後のことになるが、この美術評のタイトルにも表れているように、この頃からコミュニズムへの接近は始まっている。ただし、安部の場合、それは社会主義リアリズムや民主主義リアリズムの公式に直結するのではなく、ピカソ的なあり方への共感として表れてくるのだ。入党後に書いた「ピカソの変貌」（『美術手帖』一九五一年九月一五日臨時増刊号）や「ピカソのリアリティ」（『アトリエ』一九五二年一月）などにおいて安部は、変貌を繰り返しながら入党し、芸術の変革から社会の変革へ向かった画家としてのピカソへのオマージュを語っている。[13]

さて、安部が美術評を寄せた五日後には、同じ『読売新聞』において、アンデパンダン展について一つの論争のような紙面が構成された。観客に最も支持された池田かずおの「日射し」という作品をめぐり、福澤一郎がシュルレアリスム画家の立場から、後藤禎二が社会主義リアリズムの立場から、そして作者とそれを支持する学生がそれぞれの立場から、リアリズムをめぐる意見を表明している。

これこそまさに、当時美術界において沸騰していたリアリズム論争の縮図ということができるだろう。

リアリズム論争とは、戦後の美術界において、社会主義リアリズムまたは民主主義リアリズムを一方の極とし、キュビスムとシュールレアリスムと抽象主義を併せて「前衛《アヴァンギャルド》絵画」と呼ぶ立場をもう一方の極としながら戦わされた論争である。前者の代表が画家の永井潔と林文雄、後者の代表が植村鷹千代、後者に近い立場ながら、比較的モデレートに論点を整理していったのが土方定一であった。

針生一郎は後にこの論争について「マルクス主義の公式とアヴァンギャルドこそ今日のリアリズムという立場との主導権争いにすぎない」（「「うつし」と「しるし」の総合を求めて」）と述べている。たしかにこれは一九二〇〜三〇年代の前衛の焼き直しと見えなくもない、今日から見れば不毛なところの多い論争ではあるが、そこにやはり戦後の時代的な必然があったのも事実である。中村義一が「一つの〈帰結〉としての出発」という表現により、この論争に戦前の帰結と戦後の出発との結節点を見ている通り、これは戦前、戦中との連続性を再確認させるところのある論争であると同時に、戦後の新たな現実認識をめぐる論争であった。

戦前からシュルレアリスティックな作風を貫いてきた福澤一郎は、キュビスムの問題について「観念だけでは一応通過してゐる」としながらも、「主体的に把握されて、われ〳〵の血肉となつたとはいひ難い」と現状を見ている。福澤一郎がこのように指摘した現実の背景は、戦後一年の時点で瀧口修造「三角の窓」が「日本の近代美術の主体性確立のため不可欠な栄養素が断ち切られたやうなもの」であったとする戦争期の「日本美術の日蝕」によるところが大きいのだ。彼が海外美術を「いびつの窓からのぞいて見た走り書のノート」において述べるように、「日蝕がすぎ去つて、急に世界が明るくなつたとき、われわれがまづ本能的になさうとすることは視力の再確認であり、視野の追求であ」ったのだ。「視力の再確認」とは、最近の海外の動向に目を開くことの謂であるが、戦前に凍結されたままのアヴァンギャルドと社会主義リアリズムの陣営にとっては、足場の再構築こそ当面の急務であっただろう。例えば永井潔は絵画上のモダニズムに触れて次のように述べる。

近代主義は素直なものの見方ではなく、ひねくれたものの見方である。その結果客観的に支配階級に奉仕することになる美術である。近代主義美術にも個々の認識的達成、美術的真実性はあるであろう。だがその真実性は部分部分に切りはなされた真実性であり、逆立した全体の中にあるが故に、却って非現実に転化している真実性である。

模写的・反映論的でないリアリズムを否定し、主観主義・近代主義を批判する永井潔は、日本共産党の文化政策に拠りながら、まさに戦前の社会主義リアリズムの反復を行っていた。一方で植村鷹千代は「立体派は「内から外へ」という絵画論を創設したことにその本質がある」という前提から、「現代絵画の主流をなす抽象主義と超現実主義の二つの大きな絵画思潮は抽象主義は直接的に、超現実主義は間接的或いは精神的に――要するにこの立体主義革命の意識の発展として存在し、且つ、立体主義革命が提出した絵画史的課題の窮局的解決を目指して探求をつゞけているものである。」として、新しいリアリズムを主張している。こういった課題の意識が「デンドロカカリヤ」に見られるような「内部と外部」の問題に接続していくことは言うまでもないであろう。これらに対し、土方定一は永井の「低俗なリアリズムの理解」をくさしながら、次のように述べている。

レアリズムが理論的に模写説の側に立つことについては、私は永井潔君と同意見である。レアリズムをこのように理解しないときには、どのような絵画思考もレアリテを把まえようとしているのであるから、印象派もシュール・レアリズムも、アブストラクト・アートもみなレアリズムとなつてしまう。このような例は、なにも美術の領域ばかりでなく、文学の領域にも見られることであつて、また植村鷹千代君の最近のネオ・レアリズム論などはいい例である。

この土方の概観からも、リアリズムをめぐって様々な立場が並び立ち、主導権を争っていた当時の状況がかいま見えてくる。このようなリアリズムをめぐる論争は、この後も様々に舞台を変えて繰返されるが、最も早い時期にこの問題が先鋭化していたのは美術界であった。こういった論争の最中、それに直接にコミットする形ではないが、安部も美術雑誌にシュールリアリズムに関する文章を寄せている。パヴロフの二系学説まで導入される安部のシュールリアリズム理解は独特だが、「真のアブストラクト・アートを創るものは真のシュールリアリストであるとも言い得る」といった形で植村ら前衛《アヴァンギャルド》陣営に近い立場が表明されている。

言うまでもなく、すべての芸術がある意味での現実認識であることには相違ないが、シュールリアリズムの特徴は現実認識そのものをテーマとして取上げたところにあり、(芸術的現実に対する固定観念を完全に破壊しようとしたダダイズムの後につづくものであるという歴史的な意味との関連を忘れてはならない)、従ってそれは現実を否定すると同時に再構成しようとした革命理論である。(「シュールリアリズム批判」『みづゑ』一九四九年八月)

「デンドロカカリヤ」発表直後のこの文章で語られている「革命」こそ、「デンドロカカリヤ」で試みられたものではないだろうか。それではどのような現実否定と再構成がなされているのか、具体的に検証していこう。

四、「デンドロカカリヤ」と「変貌」の検証

まずテクストについて確認しておきたい。この作品は、当初、〈夜の会〉の機関誌として構想されていた季刊『夜』(14)に掲載が予定されていたが、それは発行されず、一九四九年の八月に角川書店の雑誌『表現』の終刊号に発表された。これは椎名麟三・野間宏・花田清輝編集の『昭和二十四年度戦後主要作品全集』(月曜書房、一九四九年一二月)に収録された後、一九五二年一二月に単行本『飢えた皮膚』に収められる際に大幅に改稿され、現在の新潮文庫などに収められている形となっている。この改稿の意味については次章で考察するとして、まずは転換点としての意味を考えるため、雑誌初出をテクストにして話をすすめていくことにする。

それでは、初出版のあらすじを概観しておこう。この作品は、語り手の「ぼく」が「君」に話しか

ける形ではじめられている。改稿版で削除される冒頭の部分では、かなりの紙数をさいて、「〜してごらん」という誘いかけの形で、のちに演じられるコモン君の体験をあらかじめ「君」に演じさせるような呼びかけをしている。そして「ぼく」はその体験を「植物病」と呼び、「病気というより、一つの世界」だと述べた後、コモン君の体験を語りはじめるのだ。

コモン君は路端の石をけとばしたとたん、顔を境界にして内と外が反転し、「木とも草ともつかぬ」植物に変形する。それから何事も起らずに過ぎた一年後、「ぼく」の言い方でいう「例の病気が再発」してしまう。コモン君はKという女性から駆け落ちを誘う手紙を受け取り、待ち合わせの珈琲舗カンランで、「通りの見える窓ぎわの片隅」に腰掛ける。そこでまわりの客たちをクローズアップの視線で眺めていると、恋のライバルの「あの人」が現れる。そこでコモン君の身体は反転して植物に変形する。コモン君が必死になって再び裏返り、人間の姿に戻ると、すでに待ち合わせの時刻を過ぎており、Kも「あの人」もいない。店を出たコモン君に広告塔が「ただいまは緑化週間です」と話しかける。その後道に迷ったコモン君は、焼跡で再び変形の発作に襲われ、先程の広告塔の言葉を思い出し、このまま植物になってしまおうと決心する。が、その時通りかかった植物園長の声により、コモン君は自らの内側となっていた外側の世界へ引き戻される。植物園長はデンドロカカリヤを採集しようとするが、コモン君は再び反転し、園長のナイフをとりあげて逃げ去る。その後コモン君は「ぼく」からダンテの神曲の話を聞き、植物園長を自殺者の樹の葉をついばむアルピイエだと解釈する。Kにも会うが、彼女は「あの人」と二人連れで歩き、コモン君を避けるようになる。植物園長はコモン君につきまとい、植物園に入ることを勧める。コモン君はナイフを持って植物園長と対決しようとするが、あっさりとナイフを取り上げられ、植物園の中でデンドロカカリヤとなってしまう、というのが大まかなあらすじである。

しかし、コモン君の内から現れ出るものは、なぜ「デンドロカカリヤ」なのだろうか。デンドロカカリヤとは、小笠原諸島の母島列島の固有種であるワダンノキの学名である。なぜこの特殊な植物が登場するのかについては、塚谷裕一が当時小石川植物園にあった木をヒントにしたのではないかと推測している。また、李貞熙は、この学名がラテン語で「極悪の植物」の意になると指摘し、「人間の実存がいやおうなしにかかえこむ「悪」の衝動」を表すものだとの考察を行っている。この学名の意味の指摘は示唆的だが、その「悪」の内容について、私は別の考えをもつ。

焼け跡でデンドロカカリヤに変身したコモン君を発見した植物園長は、「内地でデンドロカカリヤが採集できるなんて、まったく珍しいことだよ。」と言いながら、海軍ナイフを使って採集をはじめようとする。この「内地」という言葉に注目したい。内地で珍しいという発言はつまり、デンドロカカリヤを「外地」の植物であると規定するものだからである。さらに、その採集に海軍ナイフを使おうとし、失敗してコモン君に取り上げられてしまうことも考えあわせると、デンドロカカリヤは外地や海軍、すなわち戦争の記憶と結びつく、きわめて反・戦後的存在であることが読みとれるだろう。デンドロカカリヤは、戦後的価値観において「悪い」記憶を代表する存在としての「極悪の植物」と考えた方がよいのではないだろうか。

しかも、それは「ぼくの友達」でも「君の友人」でもかまわない、ありふれた存在であるコモン君に内包されており、いつ発作によって表に現れるかわからない状態になっているのだ。植物園長が強調する「うっかりそこらの路上で発作を起しでもしたら」起りうる危険とは、「いたずら小僧の、わからずやに、ただの雑草だと思われ、ちょんぎられる」ことだけではないだろう。戦争の記憶は政府によって保証され、外地である「母島の気候と寸分異わないように、充分な設備がととのえて」ある植物園の内部に収容され、管理される必要があるのだ。内と外の反転という主題は、さらにコモン君の内側だった部分が外地を呼び込んでくる、というパラドックスをも併せ持っていたが、植物園長はそうして不意に現れ出た危険な外地を、再び植物園の温室という内側に囲いこもうとする。戦争の記憶としての温室の植物たちは、「葉を一枚一枚ていねいに磨き上げ」て着飾った状態で、世界平和の象徴たる万国旗にも飾られた上でないと公開するわけにいかないというわけである。海軍ナイフという戦中の武器を取り上げられたコモン君は、内部=外地を見つめる眼を閉じ、母島の気候を再現した温室の中でデンドロカカリヤとなる。そして植物園長によって「極悪の植物」という名札を付けられ、温室の内部で、つまり不用意に外部に現れ出ない状態で、安全に管理されることとなるのである。

しかしこのようにコモン君を名付け管理する植物園長の見方は、この小説において絶対的なわけではなく、複数の相対的な世界観の一つにすぎない。コモン君自身はダンテの『神曲』やギリシャ神話になぞらえて世界を解釈する。そして植物園長を、自殺者の樹の葉をついばむアルピイエに、自らを温室の植物を解放するプロメテウスになぞらえて考えるようになる。彼の目には植物園長がアルピイエに、街が地獄に見えてくるようになるのだ。これに対し、植物園長はコモン君以上にコモン君を知っているとして、一方的に「デンドロカカリヤさん」と呼ぶ。彼はギリシャ神話を非科学的なものとしてしりぞけ、動物と植物は質的ではなく量的な相違にすぎないとするティミリャーゼフを称揚する。

この対立は平行線を辿り、自らプロメテウスの使命を帯びたコモン君は、鳥の形の怪物アルピイエとしての植物園長と対決しようとする。そのクライマックスにおいてコモン君は、「ぼく」によって戦略の間違いを指摘されつつ、この闘争に敗れてしまう。そして植物園長は自らの解釈による名札をコモン君につけ、高笑いすることになるのだ。

ところで先に見たように、この小説は語り手の「ぼく」による「君」への誘いかけという形で幕を開けるし、「ぼく」と「君」によって思い浮かべられたものとしてコモン君の物語はスタートする。これは内部におけるリアリティというテーマを文字通りに実現しようとしたものとも考えることができるし、一見、全体を統制する語り手としての「ぼく」による枠構造をなしているようにも見える。しかし、読み進めるにつれ、「ぼく」も登場人物の一人として物語世界に現れ、コモン君と関ってゆくことになるのだ。そもそもコモン君を最初に『神曲』地獄篇に出てくる自殺者の樹になぞらえたのは「ぼく」であり、コモン君はそれを手がかりに『神曲』やギリシャ神話をしらべて彼の世界観を構築したのである。コモン君の変身を「植物病」と名付け、「病気というより、一つの世界」と定義したのも「ぼく」だが、それだけが絶対的な解釈というわけではない。この小説は、最後には植物園長の解釈による名札と高笑いによって幕を閉じるのだ。冒頭の「いいかい、笑いながら聞きたまえ」という条件を「きみ」が守ったとすれば、ここで植物園長の共犯者にすらなりかねない。つまり「ぼく」による解釈も、すべてを統制するわけではなく、この小説世界における解釈コードの一つにすぎないのだ。

そう考えてみると、この小説世界には他にも様々な世界観が混在している。Kとコモン君との食い違いもその一つだし、「あの人」の介入もそもそもは異物だが、手紙の時点でのKの意志は「あの人」

によって変えられてしまう。結末部、デンドロカカリヤになったコモン君を見て助手がもらす「なんだ、大したやつじゃなかったな」という感想も解釈の一つである。こういった様々な世界観、イデオロギーがせめぎあい、闘争しているのがこの小説の世界なのだ。

また、それは描写的な面にも表れている。変身前の喫茶店で「そんなとき、なんでも物が大きく見えるのだろうか」と、まわりの客の細部を執拗なまでのクローズアップで眺めるコモン君の視線は「ほこりが白くふけのように浮いて」いる床にまで至り、ようやく次のシーンに移る。

> コモン君は全部にすっかり満足して、視線に飽和した部屋の中から押出されるように外を見ると、省線の駅に近いにぎやかなアスファルトの道は、もう白く乾いて、混り合う影までが白っぽく乾いて浮いていていた。
>
> 自動車が並んで、その乾いた影を粉々に砕き、吹上げて走ってた。

ほこりから影に至るまで、白を基調とした絵画的イメージの描写である。影を砕く自動車に至ると、ほとんどシュールリアリスティックな映像効果を生んでいると言えるだろう。さらにこの後のコモン君の変身も未来派の絵画の比喩によって語られる。

> 次第に外の動きが激しく思われ、ともすれば意識が遅れがちに思われだした。意識が外界の動きに充分追いついていれば、どんな動きも静止状態に翻訳されてしまうのだが、どうも具合悪い。

すべての動きが追いつけないでいる意識の中にぼんやり動きのままの尾を引くんだからね。マリネッチの絵にあるだろう。

この後カット・グラスが廻るイメージ、すべてが灰色の影になって光の中に溶けていく映像的なイメージの描写があり、コモン君の変身が始まるのである。コモン君が図書館を出るシーンも、霧のような雨が街々を満たし、コモン君が古池の中の魚のようになるイメージで描写されている。こういった描写はコモン君の視線に寄り添ったものだが、登場人物たる「ぼく」がコモン君を眺めるシーンもある。

電車が来たのだ。コモン君の不安の理由を充分つきとめずに別れるのはひどく心残りだったが、蒸気のようにけむった人間を満載し、緑の皮膚に汗を流しながら苦しそうに身もだえ駈けこんできた電車を見ると、何故か、ぼくは逆に追立てられるように、真先に乗込んでしまっていた。

窓が濡れていたのでよくは見えなかったが、とぼとぼと帰りかけていたコモン君が急に走りだしたように思った。

「ぼく」による電車を擬人化した描写や、ガラス越しのコモン君の描写は、すべてを無機的な画面のように眺めるコモン君の視線とは異なっており、「ぼく」とコモン君の世界観の違いを表しているように見える。さらに後半になるとどちらの描写も減少し、会話を中心にコモン君と植物園長との対決の物語が前景化されてくることになる。ここではまさしく美術界におけるリアリズム論争のように、陣営ごとに自らのリアリティを主張し、主導権を得ようとするイデオロギー闘争が繰り広げられているのである。

花田のリアリズムは、「反映論」的「再現＝表象」ではなく、介入―対立―闘争によって定義される。したがって、ルカーチのそれのごとく「本質」を輝き出させない。逆に、「本質」を絶えず「運動の過程」においてとらえることで、むしろ「ナンセンス」を輝かせる。まさに花田のリアリズムは「ナンセンス」と接合されることではっきりとその革新性があきらかとなる。

このように菅本康之によって「〔反映論〕的「再現＝表象」ではなく介入―対立―闘争」と規定された花田のリアリズム論は、安部がここで描いて見せたものの理論的見取り図として、まさに適切なものに見える。しかし、先に内部と外部の問題についても触れたが、このように規定される花田のリアリズム論の成立時期は一九五〇年代と見ることができる。つまり安部が一方的に「花田の申し子」であるわけではなく、両者の間にはもっと微妙な相互関係が存在しており、安部により花田が動かされたと見られる事例も決して少なくないのである。この場合も、菅本の言う花田の「過剰さ」は、「デンドロカカリヤ」をはじめとする安部のリアリズムへの試みによって触発された部分があるように思われるのである。のちの戯文で大嫌いな「天才」安部公房による「デンドロカカリヤ」に「すっかり、心をうたれてしまった」（「人物スケッチ　安部公房」）と述べているのも、あながち揶揄とばかりは思えない。

以上のように、安部の変貌は、文体のみにとどまらず、質的な転換であり、まさに「革命」というべきものであった。それは作家・安部公房にとっての内的な転換であると同時に、当時の美術に関する言説との関連において要請されたものであったといえよう。

五、改稿の問題

さて、最後に一九五二年の改稿は、どのようなものだったのだろうか。

まず、初出の書き出しが大幅に削除されている。「ぼく」が「君」に「〜してごらん」と呼びかけながら、後のコモン君の体験をあらかじめ演じさせるような部分を削り、「コモン君がデンドロカカリヤになった話」という書き出しで始めている。「ぼく」は物語の登場人物でなくなるばかりか、語り手としても前景に出ることはなくなり、その結果改稿版はほぼ三人称小説としての体裁を備えている。

登場人物も大幅に整理されている。初出版の「あの人」は植物園長と同一人物となり、待ち合わせていたはずのKも実は存在せず、植物園長のことだったらしいということになる。彼はまた図書館にも登場し、初出版の「ぼく」の代りに、コモン君にダンテを薦める役を引き受ける。初出版でのコモン君は、K嬢の立場に寄り添うようにして喫茶店で会った男を「あの人」と呼んでいたが、改稿版では、「大男」「そいつ」「この男」「やつ」といったように、コモン君の立場からの呼称で呼ぶようになる。全体に描写は簡略化され、「マリネッチの絵」といった形容も削られている。

単行本『飢えた皮膚』

このように「デンドロカカリヤ」は整理され、語り手や登場人物が入り乱れての葛藤・闘争の構図は見られなくなった。ここにはどのような力が働いたのだろうか。

一九五二年は連合軍による占領の終った年であり、また安部にとっては日本共産党入党の翌年であった。第二章で見たように、〈夜の会〉、〈世紀の会〉に続き、この改稿の時点で安部はルポルタージュを志向する〈現在の会〉に参加し、「プルートーのわな」を発表していた。

この時期、彼はリアリズムに触れて次のように述べている。

> 作家にとって再び外部の客観的現実が問題になるということ、だがあくまでも再びなのであって、それは新しい関心、決して素朴なくそリアリズムの機械的な延長ではありえない。一度内部を通過すること、個人的体験を通じて現れた非合理の通過によってきたえられた唯物論者の目、動く目、流動し変化する目によって変化する現実をそのままとらえる技術を身につけなければならないのだ。（「新しいリアリズムのために」『季刊　理論』一八号、一九五二年八月一日）

花田清輝の「林檎に関する一考察」における芸術家のアヴァンギャルドから政治家のアヴァンギャルドへ、という主張や、共産党でのオルグ活動の影響も感じられるリアリズム論である。安部において、この主張は一方で五・三〇事件を描いたルポルタージュ「夜蔭の騒擾」（『改造』一九五二年七月）につながり、他方で寓話的方法へとつながっていく。前者については第九章、後者については第八章で後述するが、彼は〈現在の会〉に参加していく中で、ルポルタージュと寓話的なものとの接点を探っていた。その試みは「プルートーのわな」の後も「イソップの裁判」（『文芸』一九五二年一二月）、「新イソップ物語」（『草月』一九五二年一二月一五日～一九五三年六月一五日）と続き、「デンドロカカリヤ」の改稿版を収録した『飢えた皮膚』が出版されるのは、ちょうど「新イソップ物語」を連載中のことである。「新イソップ物語」は破防法や再軍備にも関わる政治的寓話集となっている。

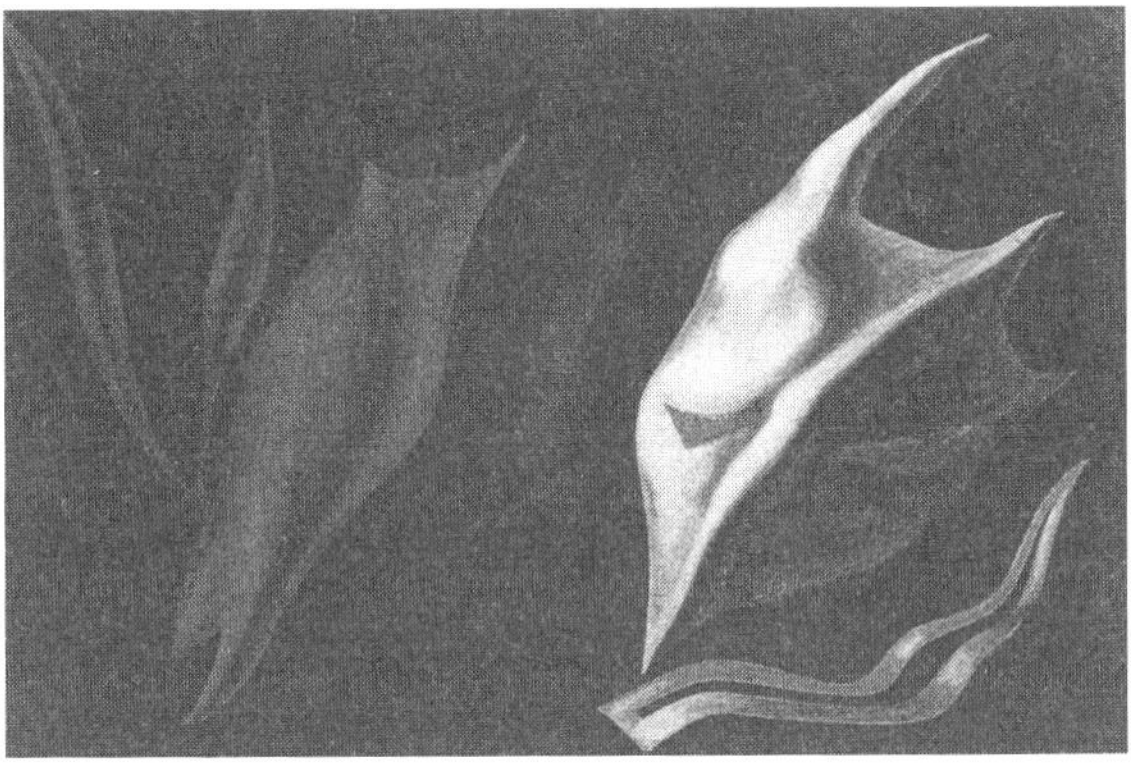

岡本太郎「赤い兎」

　この変化は、彼の絵画に対する態度にも表れている。先に見たように、第一回アンデパンダン展評で岡本太郎の「赤い兎」を「美しさの点で群を抜いている」と賞讃した安部は、一九五二年の第四回アンデパンダン展にも二つの評を寄せている。その中で、安部は岡本太郎の「太陽の神話」について「彼のエネルギッシュな野心がにじみ出していて気持がいい」（「乾いた陽気さ」『読売新聞』一九五二年三月三日、全集未収録）としながらも、全体としては「日本人がおかれている植民地

池田龍雄「網元」

的な精神状況の反映」された「退屈な展覧会」（「第四回読売日本アンデパンダン展評」『美術批評』一九五二年四月）であったと述べている。その後、一九五四年の第六回展評（「第6回アンデパンダン展より　池田龍雄作「網元」」『読売新聞』一九五四年二月一二日）では、福島辰夫や河北倫明の評価する岡本太郎の出品作「装飾」（瀬木慎一監修書による）には触れていない。ここで安部が着目するのは池田龍雄である。彼は「アンデパンダンは面白い」と述べた後、池田龍雄のルポルタージュ絵画「網元」を「もっともリアリティのある絵の一つ」として誉めている。これは「内灘連作の内」という副題にある通り、米軍基地反対闘争さなかの作であり、船を手中にしながら同時に自らの首を絞めている網元の姿を諷刺的に描いたペン画である。池田にとっても、前年までの岡本太郎の模倣のような油絵の方法を脱し、ルポルタージュ絵画の方法をつかんだ記念碑的な作品となっている。

「デンドロカカリヤ」を改稿した時点の安部は、この池田龍雄の方法意識に近いところにいた。寓話によって、読者にある教訓や価値観を諷喩的に伝えるためには、それを語る視点は安定しなければならない。初出版のように、様々に揺れ動く現実認識の葛藤のさなかに読者を迷いこませては、寓話は成立しないのである。田中裕之「『デンドロカカリヤ』論」は、初出版の「ぼくらみんなして手をつながなければ、火は守れないんだよ」という語り手からコモン君への呼びかけの部分に着目し、コミュニズムへの接近を読みとっている。前述したとおり、初出版では語り手の世界観も小説世界の解釈コードの一つであるから、これを絶対的に考えることはできない。しかし、改稿版においては語り手の「ぼく」が消されているのにもかかわらず、この「ぼくら」は残されているのだ。ここにおいて、この唐突な呼びかけは、この小説の読みを強く規定してくることになる。日本共産党の主流派の党員として活躍することになった安部は、その立場から旧作を書き換えたとみなすことができる。様々なイデオロギーが乱立しせめぎ合っている構図を、コモン君と植物園長という大きな対立関係へと収斂させた改稿版のあり方は、「植民地的な精神状況」にあった日本におけるコミュニズムの寓話への志向を強めている。ただし、先にピカソへの共感について触れたように、それは日本共産党の文化政策通りにというよりは、もっとユートピア的なコミュニズムへの夢を語るような性質のものである。渡辺広士が「〝コンミューン〟イスト」と呼んだ通り、安部はストレートなコミュニストとは微妙にずれている。しかしいずれにせよ、前衛《アヴァンギャルド》のリアリズムへの試みであった「デンドロカカリヤ」は、ここで寓話へと収斂したのである。この初出から改稿への動きは、いわば岡本太郎から池田龍雄への道筋を辿っている。安部公房は「デンドロカカリヤ」において二度の変貌を遂げたのである。

第六章　共同制作としての書物——初版『壁』１９５１

一、「S・カルマ氏の犯罪」のテクスト

安部公房の「壁」というテクストは、文字テクスト自体の変遷と短篇の組合せによる様々なヴァリエーションを持つ（鳥羽「何が「壁」なのか」）。「壁」については大きく分けて三通りの見方が成り立つと思われる。一つは『近代文学』初出の短篇「S・カルマ氏の犯罪」と「壁」をイコールとする立場、二つ目は作品群として、いくつかのテクストのまとまりを「壁」と呼ぶ立場、そして三つ目は装幀などを含んだ書物として『壁』を見る立場である。この章では三つ目の立場から、次章では一つ目の立場から「壁」について考察してみたい。

作品群として「壁」を捉える二つ目の立場から見ても、『壁』というタイトルの単行本にまとめられたのは、月曜書房版、角川文庫版、新潮文庫旧版、新潮文庫新版の四種類のみである。この章では、その中でも大きな意味を持つ月曜書房版（一九五一年五月初版、同年九月二刷）を取り上げ、その特徴に

ついて考察しよう。

まず、『壁』についての一つの感想を取り上げてみたい。

しかし、『壁』をはじめ、安部公房の初期作品はきわめて視覚的、かつ映像的ですから、そうしたとまどいをこえて、想像力の飛翔を目のあたりみるおもいがあります。「S・カルマ氏の犯罪」と「バベルの塔の狸」に採り入れられている安部真知によるカット（手ぢかなテキストにはあらたに編まれた新潮文庫の『壁』があります）も作者のイメージの一端として映つてくるような印象があります。（保昌正夫・坂田早苗）

一九六九年における、武蔵野美術大学現代文学研究グループの一員・坂田早苗による感想の一節である。坂田は、『壁』を視覚的テクストだとした上で、同年の五月に刊行された新潮文庫版での安部真知のカットとの相互性に注目している。これは文庫本による「壁」受容の一例でもあるが、何よりも視覚性・映像性に特徴を見ていることが重要である。「壁」のこのような視覚的側面に関する着目は、さらに一九五五年の国語学者・市川孝による分析にまで遡ることができる。

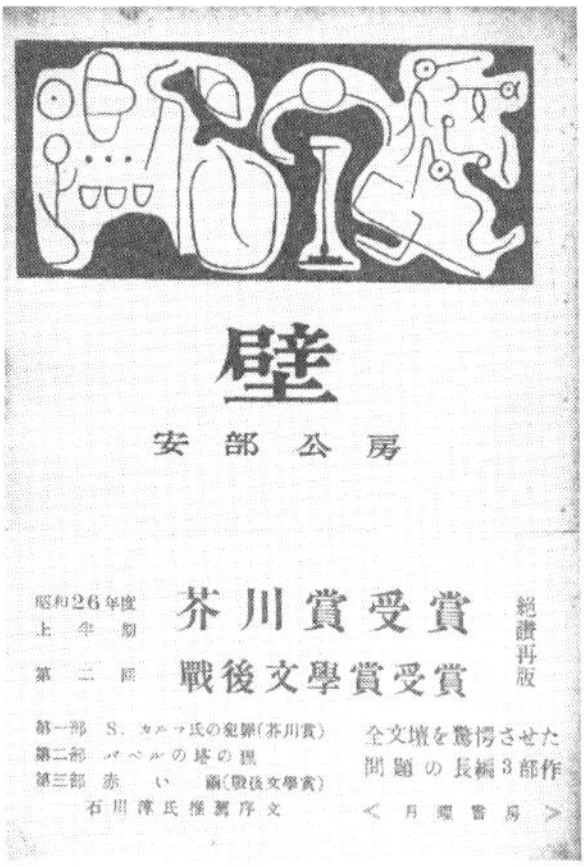

芥川賞受賞後の『壁』二刷

市川は、月曜書房版の初版と同じ挿絵を収録した角川文庫をテクストとして、安部の文章の特徴を、主としてその表記に関わる部分で分析している。市川は「符号を盛んに用いている」[15]ことや、「文字言語の視覚性を利用したものとして、ゴチック体を用いている個所」があることに特徴を見出した他、次のような指摘をしている。

次に注意すべきことは、左の如き図形もしくは、視覚性を強調した語句や、さしえにまで、文章の展開上、一種の役割を演じさせている点である。（全文に九個所、なお、文章の展開にまったく関係のないさしえが、別に七個所入れられてある。）

市川の言う「一種の役割を演じさせている」図形やさしえとは、全集二巻にも収録されている九つの挿絵類のことであろう。ゴチックの「S・カルマ」という文字や、名刺や、象の鼻が方角を指し示す「動物園」の立札などの挿絵やタイポグラフィーが、テクストの進行上、欠かせない役割を果たしているのは明らかであり、これらに対応する図形や挿絵は、先に言及のあった新潮文庫版でも収録されている。[16]

一方、市川が「文章の展開にまったく関係のないさしえ」とした箇所は、新潮文庫や全集では省略されてしまったものであり、図版1～7の七点の絵が該当する。これらは本当に「文章の展開にまったく関係のない」ものだろうか。以下、それぞれの図版について、その意味を考えてみたい。

図版1は、小説の冒頭のページ上半分（全集378上1～13の上）に置かれているもので、文中の「目」が大文字になっているのと対応するかのように、大きな目を持つ奇怪な人物が横たわっている姿が描

図版1

図版2

かれている。手足の他、顔は目と耳しか見えていないこともあり、シーツの下に何か得体の知れないものが隠れているような不安を感じさせる絵であり、カフカの「変身」の連想を喚起する役割も果たしているといえる。冒頭の文中には指示のないベッドとスリッパが描かれているのも、直後のパンとスープという食生活と共に、「ぼく」の洋式の生活スタイルを予告することになっている。

図版2（全集387下5～11の上）は、「ぼく」の胸に吸い込まれた曠野を描きつつ、「ぼく」の「空想」の中で指の間から砂がさらさらと流れ落ちたシーンを、まさに頭が茫漠とした雲のようになった人物の姿として描いている。さらに、遠くの砂塵が胸の空洞を飛び越えて体の外側にも連続していくことで、メビウスの輪のように内と外とが連続している「ぼく」の世界を象徴的に表している。

図版3（全集393下17～394上16の上）は、「鼻は誰、眼は誰、唇は誰、頭の格好は誰と、別々には想出せるが全体としては誰かはつきりしない寄木細工のような連中」を、文字通り唇、鼻、眼、頭だけでできている人物像として形象化した挿

図版3

図版4

図版6

図版5

図版7

絵である。ゴーゴリの「鼻」を連想させる上、コミカルなこのシーンの雰囲気をつくりあげるのに貢献している。

図版4（全集413上18と19の間）は、手帳が歌の文句通りに鐘を鳴らしながら革命歌を歌い、ひっくり返った靴とネクタイがそれを聞いているシーンの図像化である。手帳の表紙には「DIARY」と記され、革命歌の作者にふさわしく煙を上げる工場らしき絵に彩られている。なお、この絵は初版では上下が転倒していたが、二刷で訂正されている。

図版5（全集435下19と20の間）は、詩の朗読をするロール・パン氏の姿を描いたものである。せむしから一転してそり身になってはらむしになり、さらにまるまっていくという回転運動の軌跡が表れた形だが、手や足が突き出しているのが見えるので辛うじて人間らしいことがわかる。

図版6（全集444上22〜下6の上）は、少し前に登場したY子の肖像画の涙と、胸に解剖刀を刺された「彼」の姿を描いている。ただし、本文中での「彼」は解剖刀を刺

されそうになるが実際には刺されないので、これはあり得べきシーン、ここの文中でまさに起こりそうな事柄の予想を描き、読者をあざむく効果をもたらしている。

図版7（全集451下19の次のページ）と本文との関係も、同様に興味深い。挿絵が本文の記述を裏切りつつ、ある程度本文から独立した形で、壁の力強く成長する姿を描いているからである。

こうした挿絵は、文章の展開に関係ないどころか、単に文章の絵解きをする通常の挿絵の役割にも止まらない機能を果たしている。図版の位置がずれた角川文庫版[17]をテクストとしたという事情はあるにせよ、市川の分類は一面的に過ぎるきらいがある。これらの挿絵は、本文との微妙な齟齬と連携のあいだを揺れうごきつつ、本文に従属する挿絵とは呼べないような創造的な関係を本文との間に持ちながら、読者のイメージ形成を豊かにする役割を果たしているのだ。「S・カルマ氏の犯罪」のテクストは、ここで初出の『近代文学』版とは異なるものに変貌したと言えるだろう。

二、『世紀群』との連続と断絶

さて、この『壁』の挿絵を担当している桂川寛と安部公房とは、〈世紀の会〉以来の関係である。第一章でも見たように、〈世紀の会〉の活動においては『世紀群』や『世紀画集』などで絵を媒介としたコミュニケーションが成立していた。これに先立つ「デンドロカカリヤ」が当時の前衛絵画をめぐる論争を契機として成立したことは前章で分析したが、安部はここで絵画制作という新たな試みもしているのである。絵をモチーフとした「魔法のチョーク」や「事業」といった、後に単行本『壁』

「バベルの塔の狸」初出扉挿絵（桂川寛画）

に収録されることになる小説も、こういった芸術運動の中でこそ生まれてきたと言えるだろう。

桂川寛は、一九五一年五月の雑誌『人間』で、安部の「バベルの塔の狸」の挿絵を担当している。ここで試みられたのは、先に市川孝が「S・カルマ氏の犯罪」について「一種の役割を演じさせている」と称した挿絵の使い方である。この小説世界の全体をイメージした冒頭の挿絵に続き、「とらぬ狸」が最初に登場する場面で、「口で説明するよりも、手っとり早く次の絵を見ていただくことにしましょう」として、挿絵でその姿を描き出すのである。桂川寛は鳥羽のインタビューにおいてこれについて、特に打ち合わせもなく絵を描き、安部がそれを面白がったと述べている。いわば、二人のセッションのような形で「とらぬ狸」のイメージは生まれた。ここにおいて、先に分析したように、本文と挿絵が補い合いながら展開していく「S・カルマ氏の犯罪」の原型が生み出されたのである。

その後、単行本『壁』においては、「S・カルマ氏の犯罪」以外にも、「バベルの塔の狸」に新しい挿絵が加えられ、第三部「赤い繭」の諸作にもそれぞれ扉絵が加えられている。表紙には勅使河原宏による象形文字風の図案が付され、〈世紀の会〉メンバーによるブックデザインの仕事の集大成の観をなしている。ここで行われた仕事について、桂川寛は安部公房との「相互浸透」とでも呼ぶべき関係の産物とし、「文章に絵をつけたというより、二人の間の濃密な雰囲気から醸成された絵」だとしている。面白いのは、「S・カルマ氏の犯罪」における「スペインの雑誌」にまつわるエピソードである。ダリの絵の写真版などを収録したスペインの雑誌を、実際に桂川が古本屋で買ってきており、それに安部が興味を持ったのがこのエピソードの原型になっているという。また、二人とも以前からヘッセの『荒野の狼』(18)を読んでおり、共にそのコラージュ的方法に感心していたともいう。『壁』における視覚的イメージからの発想や、発想の時点からの二人の関係を示す挿話である。

ともあれ、そうして生まれた彼らの試みは、ガリ版文化の『世紀群』から出版資本への参入とでも言うべきものであり、共同性の中で生まれるものとして、質的には連続していたのである。埴谷雄高「安部公房『壁』」や本多秋五以来、様々な評者が指摘するように、いわゆる「戦後文学」――まさに安部自身の『終りし道の標べに』を含むアプレゲール叢書に代表されるような――とは異質な雰囲気を『壁』がまとっているとすれば、それはこうした成り立ちから醸成された部分も大きいだろう。もちろん、手作りのガリ版の世界と違い、活字出版には出版社・編集者・印刷所などの様々な関わりが生じてくるため、そうした面での断絶を軽んじるわけにもいかない。『壁』で芥川賞受賞以降の安部の活動は、当然出版資本の側が中心になっていく。そういった意味では、『壁』をこれまでの連続の終結点における達成であると同時に以後の出発点であると考えることもできるだろう。

それを象徴的に表しているのは、『壁』の見開きにある「著者近影」の肖像写真である。万年筆の置かれた原稿用紙を前に、吸いかけの煙草を左手にし、長めの髪を右手でかきあげる安部の姿は、コミカルなまでに「作家」の像を模倣し、芥川賞の受賞を予告しているようにさえ見える。ところが彼の後ろの壁に架かっている額は、下方のわずかな部分しか写っていないのでわかりにくいが、『世紀画集』に収録された安部の「エディプス」という絵なのである。

安部公房画「エディプス」

『壁』に収録の「著者近影」

三、序文とあとがきの問題

『壁』の出版にあたっては、〈世紀の会〉メンバー以外に、石川淳という存在が加わってくる。この後長く師弟関係を結び、互いに影響を与え合うことになる二人の出会いの時点で、石川淳は『壁』に序文を寄せているのだ。(19)

たいへん見事な序文をいただき、感激しました。本当にありがとうございました。なんとお礼申上げてよいか分らないほどです。何か、序文以上のもので、序文としていただくのは、なんだか勿体ないような気さえしました。(「石川淳宛書簡」一九五一年五月一九日、全集3)

このように安部が述べる「序文以上のもの」は、先に見てきた桂川寛の挿絵のように、本文とのクリエイティヴな連携を果たすべきものとして構想されている。

壁について最初の名案を示した人物は、ドストエフスキーでした。壁のきはまで駆けて来ても、やけにあたまをぶつつけて、あはてて目をまはすにはおよばない。そこで曲ればよい。じつに単純な著想です。かういふことを革命といひますね。これほど単純なことに、どうして人間は長いあひだ気がつかずにゐたのか。ともかく、ドストエフスキーの智慧に依つて、壁は決して人間がそこにあたまをぶつつけるためにつてゐるものではなく、人間の運動に曲り角を示唆するために配置されてゐるものだといふことが見つかつた。壁の謎が解けたわけです。おかげで、人間の運動はずゐぶん柔軟になり、領域がぐつと広くなり、世界の次元が高くなつて来たやうです。

石川はドストエフスキーの『地下室の手記』をほのめかしつつ、「絶対に思想なんぞではない」壁と人間の闘いについて描く。そして、「圧倒的に逆襲して」きた壁に対し、「安部公房君が椅子から立ちあがつて、チョークをとつて、壁に画をかいたのです」という形で、単行本の『壁』というタイトルと「魔法のチョーク」とを接続し、ユーモラスな筆致で自在に読みかえながら、新たな文脈を創造している。二〇世紀の文学を切り開いたドストエフスキーの「最初の名案」に新たな局面を加えたという大きな賛辞を安部に与えた後、石川の文章はさらに時代を超えて意外な展開を見せる。

安部君の手にしたがつて、壁に世界がひらかれる。壁は運動の限界ではなかつた。ここから人間の生活がはじまるのだといふことを、諸君は承認させられる。諸君がつれ出されて行くさきは、諸君みづからの生活の可能です。どうしてもかうなつて行く。この世界は諸君の精神をつかんではなさない。といふのは、そこに諸君の運命が具象化されてゐるからです。むかし唐の韓湘、仙をまなんでよく造化をうばひ、ある日韓愈といふ親類の頑固ぢいさんの面前に、たちまち大神通をつかつて、碧花一朶をひらかしめた。花間に金字一聯あり。雲横秦嶺家何在、雪擁藍関馬不前。頑固ぢいさん、これを読んでその意を解せない。韓湘がいふことに、これは他日あなたが体験することですよと。しかし、諸君はもちろん頑固ぢいさんではない。安部君は、いや、安部君のゐがく壁上の画は柔軟なる精神にむかつてのみ呼びかける。これは今日あなたが生活することですよと。

この韓愈と韓湘のエピソードは、『太平記』巻一で玄恵法印が「昌黎文集」の談義をするくだりで紹介される話の引用である。『太平記』での韓昌黎こと韓愈は、後に左遷されることになり、馬での途上、故郷を振り返っても雲が秦嶺に横たわってはっきりせず、藍田の関所が雪に埋まって行く道も見えない状況になる。そこで初めて彼はこの詩の意味を解し、やってきた韓湘に、以前の一連に六句を続けた律詩を送ることになる。石川はこの韓愈を「頑固ぢいさん」と揶揄した上で、安部を仙人の韓湘にたとえ、読者の「諸君」に『壁』を自分の生活と結びつけて理解するよう促すのである。石川のこの序文は、それぞれ別の経路を辿って『壁』にまとめられた個々の短篇に、ドストエフスキーや『太平記』といった伴奏を加えることで、新たな相貌を見出させる働きをしていると言えるだろう。

さらに、安部は先の石川宛書簡と同じ日付を記した「あとがき」によって、これらの短篇における「壁」というテーマの一貫性を強調する。

この三篇は、三部作と断つてありますとおり、だいたい一貫した意図によつて書かれたものです。壁というのはその方法論にほかなりません。壁がいかに人間を絶望させるかというより、壁がいかに人間の精神のよき運動となり、人間を健康な笑いにさそうかということを示すのが目的でした。しかしこれを書いてから、壁にも階級があることを、そしてこの壁があまりにも小市民的でありすぎたことを思い、いささか悔まずにはいられませんでした。「S・カルマ氏の犯罪」は近代文学二月号（二十六年）、「バベルの塔の狸」は人間五月号（二十六年）、「赤い繭」のうち、「事業」のほかは人間十二月号（二十五年）発表です。事業は未発表です。石川淳さんの立派な序文をいただき、桂川君、勅使河原君にそれぞれ挿絵と装幀に協力していただき、月曜書房の方々の努力によつて、この本が出来たことをそれぞれに感謝いたします。

安部がここで「階級」と「小市民」という言葉を導入していることには、二ヶ月前の共産党入党が影響しているだろう。第二章で見た通り、共産党入党後の安部は、花田清輝「林檎に関する一考察」が示した、内部の世界のアヴァンギャルドから外部の世界のアヴァンギャルドへ、という図式をそのまま実現するかのように、政治的にラディカルになってゆく。「あとがき」で本文を否定するような言辞を漏らすことは、石川とは別の意味で本文の読みかえ、相対化につながる契機となりうる。また、「序」で石川が、壁にぶつかる「直情型の人間や活動家」を揶揄するドストエフスキー『地下室の手記』をほのめかしたことには、この時期に〈世紀の会〉を解散して〈人民芸術集団〉を結成し、急進的になりつつあった安部を牽制する意味も含まれていたかもしれない。ともあれ、この「序」と「あとがき」に挟まれることで、『壁』収録の諸篇には挿絵以外の点でも新たな意味が加えられたのである。

そして、これらに誘導されるかのような書評も現れる。

埴谷雄高氏が、〈文学の純粋さを最も新しい形で示す今後の作家〉として安部公房に期待しているのは、全く正しい。私も亦性急にそこに単なる〈武器〉を見ようとするのではない。たゞ、『壁』における出発の中に、逞しい〈武器〉の半面が育つであろうことを感ずるのだ。そして作者自身は《壁》にも階級があることを、誰よりも一番よく知っている筈である。

中薗英助による書評の末尾に当たる部分だが、これが安部の「あとがき」に依拠して書かれていることは明らかであろう。彼はまた「精神の運動」といった言葉で安部の手法を特徴づけることで、「安部君が精神の運動に表現をあたへてゐる」という石川の「序」の枠組で『壁』を把握しようとしていることを示している。次の週刊朝日評になると、この単行本の性質がさらに明らかになってくる。

この本は「S・カルマ氏の犯罪」「バベルの塔の狸」「赤い繭」の三篇からなり、「赤い繭」は四つの寓話からなっている。三部作とあって、一貫した意図によって書かれたものだ、と著者は断っているが、その意図というのは、この本の題となっている「壁」である。壁は空間を仕切って、人間の運動をさまたげ、圧しつぶしにかかっている。絶望的になり、壁に頭をぶっつけて死ぬかわりに、著者は壁に挑戦し、絵をかいた。ここに新しい精神の運動が始まり、生活は解放された。「壁がいかに人間の精神のよき運動となり、人間を健康な笑いに誘うかということを示す」のが、この小説の目的だ、と著者はいう。（無署名「新しい資質をどう活かす」）

評者は石川と安部を混同して「著者」と呼んでいる。不注意と言ってしまえばそれまでだが、『壁』はこうした読み方を誘発するように構成されているとは言えないだろうか。「著者近影」にはじまる『壁』のスタイルは、いわゆる「作家」像の前提を予期させつつ、序文に誘導されてはじまるテクストは、先の本文を裏切る挿絵の問題も含め、読者に安定した「作家」への通路を提供しない。勅使河原宏の装幀、扉の肖像写真、桂川寛の挿絵、石川淳の序文といったものがあいまって形成されている『壁』は、必ずしも「安部公房」という署名の下に置かれない、共同制作としての書物なのである。

瀬木慎一『戦後空白期の美術』は〈世紀の会〉の第四期創造時代を五一年五月までとし、六月一〇日の〈人民芸術集団〉の第一回集会について、「もし「世紀」の最終的解散時を定めるならば、この時点となるだろう」と述べている。一方、桂川寛は、筆者への私信において、五一年一月頃には安部が解散をもらしており、「実質的には「五一年初頭活動停止」とすべき」だとしている。明確な解散という形はとられなかったにしても、先の『世紀群』の刊行をもって〈世紀の会〉の活動は幕を閉じたということだろう。しかし、『壁』には、たしかに『世紀群』からの連続性が脈打っている。それは、共同性の中から生まれてくる新しいイメージを提示しているのだ。前章までで検証したように、これ以後、「壁」は安部公房という作家による一つ一つの短篇テクストに分割されていき、挿絵は次第に等閑視されていく。以後の採録には再現されることのなかった共同制作としての『壁』は、ここで一回限り実現されたと言えるだろう。

安部への芥川賞授賞は、本来の規定に反し、単行本『壁』について行われたと思われる節がある。[20]
第二章で見たように、安部がそのニュースを文学サークル組織中の下丸子の工場街で聞いたと回想しているのはいかにも政治のアヴァンギャルドらしいエピソードだが、受賞した『壁』自体が芸術のアヴァンギャルドを目指した会合の成果としての出版であったことこそ、その事態の新しさを示している。同時受賞した石川利光「春の草」が、審査員たちの評するとおり、いかにも見慣れた自然主義的な手法で書かれた「作家」らしい作品であったのと対照的に、『壁』は芥川賞という制度を食い破るような、「作家」の名の下に閉じられないテクストとして世に現れたのである。

第七章　S・カルマ氏の剽窃――初出「壁」1951

一、奇妙な既視感

　安部公房の「壁」[21]についてのコメントによく見られるのは、芥川賞の受賞理由にも挙げられた「新鮮」さとは裏腹にある奇妙な既視感である。当の芥川賞の選考委員たちも、選後評（『文藝春秋』一九五一年一〇月）において様々な先行作家・作品の名を挙げて既視感を表明している。丹羽文雄は「カフカの影響があるとか」という評判について記し、佐藤春夫は「鴎外訳のロシヤ小説（たとへば「鰐」「襟」など）の模倣ではあろうともその意図と文体の新鮮なだけでもよからう」と述べ、宇野浩二はシヤミツソオの『影をなくした男』やゴオゴリの『鼻』やモウパッサンの名を挙げて、それらに到底及ばぬ「物ありげに見えて、何にもない、バカげたところさへある小説」だと断じて授賞に反対している。これ以降、比較文学的な論文も数多く書かれ、様々な外国文学作品からの影響関係が指摘されてきている。良きにつけ悪しきにつけ、この小説は、なぜ多様な既存テクストの連想を呼び寄せてしまうのか。まずはこの問題の検討からはじめよう。
「壁」について最も多く指摘されているのはカフカの『審判』との関係である。これは安部が本野亨一訳の『審判』を一九四九年頃に読んだとする中田耕治の証言にも裏づけられており、既にいくつかの比較対照がなされている。中でも有村隆広は『審判』と「壁」について詳細な対比研究を行い、次のような類似点を見出している。まずストーリーについては、「不可解な罪によって逮捕され、日常の世界とはまったく別の世界に投げ出され」「その罪について明解な回答を得ることなくこの世界から消えていく」点が同じであり、個々の事件については、えたいのしれない裁判組織、親類の助力者と身近な女性による援助、自身についての情報提供者の出現、無罪を獲得できずにこの世から消える結末などが似ていると指摘する。

　キャロルの影響についても安部自身の後年のコメントがあり、[22] 荻正は裁判のシーンに、杣谷英紀「安部公房『壁――S・カルマ氏の犯罪』の方法」は「ノンセンス」な論理や固有名の喪失に注目して、それぞれ対比研究を行っている。シャミッソーについては田中裕之「安部公房とシャミッソー」が「影」が安部の「名前」に対応しているという視点から考察し、主人公が共に社会の外の荒野に自分の場所を見出し、そこから言葉を媒介として社会との新たな関係を構築するという点で両者が似ていると論じている。さらに渡邉正彦は〈分身小説〉という観点から「安部のこの小説は、〈分身小説〉として世界的に有名な、ドストエフスキーの『二重身《ドッペルゲンガー》』、ゴーゴリの『鼻』、シャミッソー『影を売った男』、アンデルセン『影』などを想起させるテーマとモチーフを持っている」と指摘している。さらにコラージュ的な手法などの点ではヘッセ『荒野の狼』にも通ずるところがある。[23]

こうして指摘されたモチーフを並べてみると、「壁」はこれらの小説に影響されて書かれたというよりも、むしろ誇らしげにこうした引用や借用を見せつけているかのように思えてくる。埴谷雄高は、最も早い同時代評の一つの中でこの問題についてのコメントを寄せていた。

『壁』は、カフカの『審判』から発想されている。安部公房はこの『壁』に限らず、他の作品でも他からの影響をそのまま明示しながら仕事を進めているが、それは決して彼の不名誉ではない。線と面が起きあがり、衝突し、互いのなかにはいりこむ物体の運動として、あらゆるイメージを理解した、と私はさきに書いたが、彼は一つのイメージが立ちどまり、息づき、横たわったところからさらに、するすると延びあがり、歩きだしてゆく。（「安部公房『壁』」）

埴谷は『審判』をはじめとする他からの影響の明示を当たり前のこととして指摘する。これまでの研究史もその指摘が正当であったことを示唆しているが、それが不名誉ではないとはどういうことなのか。埴谷が「するすると延びあがり、歩きだしてゆく」と比喩的に述べた方法の内実について検証してみたい。

「壁」の主人公の「ぼく」は、目が覚めたときから何かが変だと思い、あくびをすると「変な感じが忽に胸のあたりに集中して」「胸がからつぽになったように感じ」、「スープ二杯とパン一斤半」を食べても「胸はますますからつぽになつて行く」。出勤した事務所から名刺に追い出された「ぼく」は病院に行き、待合室で「スペインの絵入雑誌」を手に取る。「ぼくはスペイン語を知らないので、絵と写真をながめ、その説明の固有名詞だけをひろひ読み」していると、二三頁目の曠野の風景に眼が「吸ひつけられるやうに動かなくなり」、気がつくと頁は23という「タイトル」だけ残してブランクになっており、圧力計とレントゲンの検査の結果、「胸圧がひどくマイナスになつてゐたため、何かのはづみに吸取つてしまつた」らしいことが判明する。

この胸の空洞をめぐる経緯が、「壁」の基本的な構造を表していると考えられる。「ぼく」の胸の空洞は曠野の風景を吸い込むが、前後の脈絡を表す頁数だけは吸い込まれずに頁に残る。吸い取られた曠野は、もはや雑誌の文脈上での意味を失い、それ自身空洞化してしまう。「壁」における引用は、まさにこのような構造を持っている。先の有村隆広も、『審判』との様々な類似点を指摘した上で、テーマに関わる罪の概念や絶対的なものへの憧れには大きな違いが見られるとしている。また、有村論では指摘されていなかったディテイルの類似も、目覚めた時点での空腹や、タイピストの女の登場、最後に胸を刺そうとするメス[24]など数多いが、それらが『審判』で担っていた意味は失われている。

この「空洞」はまた「ぼく」自身の意志の欠如の隠喩としても機能している。病院で「ドクトル」と「金魚の目玉」の二人は「力を合はせて後ろからぼくをつきとば」して追い出す。ぼくは立札に示唆されて動物園へ向うが、そこでは「グリーンのそろひの背広を着た大男」たちに「両側から四本の屈強な腕でおさへつけられて」洞窟の奥の会議室で裁判にかけられる。「世界の果に関する講演と映画の夕べ」に行った「ぼく」に、やはり「グリーンの服の大男たち」が「左右から襲ひかかり、力いつぱいぼくの背中をつきとばし」、「ぼくはスクリーンの中に顔からつつこんで」行く。「ぼく」にとっての事態の進行は、「ぼく」の決断ではなく、常に背中を押されることによって新たな展開を迎える。「ぼく」自身は徹底的に空虚で意志を欠き、涙もろくセンチメンタルな存在として描かれている。

その「ぼく」を裁判で裁く五人の委員たちは「鼻は誰、眼は誰、唇は誰、頭の格好は誰と、別々には想出せるが全体としては誰かはつきりしない寄木細工のやうな連中」だが、これもまたこの小説のあり様を表している。寄木細工のように様々なパーツで組み立てられ、個々のパーツの出典は明らかなのだが、全体としてはどれに似ているのかわからないのがこの小説なのだ。その彼らが裁く「ぼく」の罪状は、雑誌のページを吸いこんで盗み、ラクダを盗もうとしたということなのだが、後に明らかになるように、このラクダ自身、「ラクダが針の穴をとほるのは、金持が天国へ行くよりも容易しい」という比喩から拉致されてきたものなのである。埴谷が「不名誉ではない」としたのは、こうして借物のパーツでできた小説が、単なる剽窃には終らず、コラージュやパッチワークのように新たな表情を帯びていることを指していたと考えることができる。

しかし借用の問題はこれで終りではない。ここで使われているパーツは、これまでに指摘されてきた文学作品ばかりではないのだ。

二、『資本論』の隠喩

「壁」の初出と初版の相違点は誤植を含め数多いが、特に大きな意味を持つのは、名刺の見え方についての相違である。初出では「ぼく」だと思えば「ぼく」に見え、名刺だと思えば名刺に見えるといったところだったのが、初版においては「右の眼では、はっきり鏡にうつしたようなぼく自身のうつし絵でしたが、左の眼には、まぎれもない一枚の紙片にすぎない」という「二重の影像」になる。そして「ぼく」はこの名刺について、それぞれ次のように感想をもらす。

名刺にも顔があるなんて随分滑稽なことだ。おそらくヴァレリーの影響にちがひない。（初出）
右の眼と左の眼とではちがったものに見えるなんて随分滑稽なことだ。おそらくマルクスの影響に違いない。（初版）

初出でのヴァレリーとは、エッセイ「書物の顔かたち」などを示していると思われる。ヴァレリーは「わたしがそれを開く、と書物は語る。またそれを閉じる、と書物は眼の前にあるただの物になってしまう」という書物の性質の二重性に触れた後、「人間とおなじく書物もまた、顔かたち、つまり眼に見、手で触れることができる外見を持って」いると述べており、ここでの名刺の性質に近い。一方、「マルクス」の名の下に右の眼と左の眼のズレという問題を提出することは、容易に政治的右翼と左翼の連想を呼ぶだろう。左の眼ではモノとしての名刺——唯物論的な実体——が見え、右の眼には社会的に共有されている仮象が映るというのも、あからさまな仕掛けと言ってよい。『資本論』において、「最初から商品はわれわれにたいして二面的なものとして、使用価値および交換価値として、現われた」[25]とされる。そして、「感覚的であると同時に超感覚的である物」としての労働生産物としてのその見え方は、「物理的な物と物とのあいだの一つの物理的な関係」としての通常の視覚の場合と異なり、次のようになる。

ここで人間にとって諸物の関係という幻影的な形態をとるものは、ただ人間自身の特定の社会的関係でしかないのである。それゆえ、その類例を見いだすためには、われわれは宗教的世界の夢幻境に逃げこまなければならない。ここでは、人間の頭の産物が、それ自身の生命を与えられてそれら自身のあいだでも人間とのあいだでも関係を結ぶ独立した姿に見える。同様に、商品世界では人間の手の生産物がそう見える。これを私は呪物崇拝と呼ぶのであるが、それは、労働生産物が商品として生産されるやいなやこれに付着するものであり、したがって商品生産とは不可分なものである。（『資本論』九八頁）

もちろんこれは隠喩である。文字通りに「幻影的な形態」の幻を見るためにではなく、労働と商品の関係についての誤解を解くために用いられている言葉の綾である。しかし安部はそれを字義通りに用い、左の眼で名刺という商品を、右の眼で幻を見る「ぼく」を描く。ヴァレリーの書物論よりも戦略的な仕掛けであり、また「壁」でのマルクスの隠喩の用い方を端的に示した箇所になっている。こういったマルクスとの関わりは、初版への改稿によって生じたわけではなく、既に「壁」の方法の根本にあったものの一つであり、改稿はそれを明示したにすぎない。

安部公房が日本共産党に入党したのは一九五一年三月だが、「壁」は「一九五〇・三・五」の擱筆日を付して入党前月の「近代文学」に初出し、同年五月に初版が発行されている。この改稿は、まさに政治的な分岐点における宣言の役割をも果たしていると言えるだろう。それから一〇年後の一九六一年一二月に花田清輝らと共に除名される安部は、当初主流派の党員として盛んに活動し、次第に党と乖離していったように見える。しかしそのずれは、マルクスの読解において、当初より内包されていた。安部は『資本論』をも文学テクストと同じように読み、その隠喩を拉致して「壁」に導入しているのである。

要するに、さきに商品価値の分析がわれわれに語ったいっさいのことを、いまやリンネルが別の商品、上着と交わりを結ぶやいなや、リンネル自身が語るのである。ただ、リンネルは自分の思想をリンネルだけに通ずる言葉で、つまり商品語で言い表わすだけである。（『資本論』七一頁）

「起きろ、起きろ、みんな起きろ。革命だぞ！」という名刺の台詞にはじまる、「ぼく」の身のまわり品たちの会議の場面は、この商品たちによる商品語の交換という隠喩の本来の意味を脱臼させ、字義通りに展開してみせたものである。名刺の言葉に応じて真先に動きだした「上衣」は、文字通り「ぼく」の上衣でもあるが、同時に『資本論』から拉致された隠喩でもある。それに続いて「死んだ有機物から／生きてゐる無機物へ！」という「マニフエスト」のビラが現れ、「奴隷的状態に屈してきた」ことを訴える眼鏡や、「ぼく」に搾取されていると訴える万年筆をはじめとする身のまわり品たちが様々な不平・不満を述べた後、会議は「革命歌」をめぐるドタバタへと移行する。「上衣」自身は革命歌について「まるで憶えがないところをみると、あるひはあつたのかもしれない」と自信なさそうに言うだけだが、「上着と交わりを結」んだ商品たちはそれぞれに思想を言い表わしている。中でも「指導者」を務めて饒舌な名刺には、「ぼく」の名前や社会的役割を担うという側面もあるが、そもそもは「ぼく」が「百二十円で極上のワットマン紙を奮発し、組合の印刷部でつくらせた」商品であり、だからこそ「ぼく」は想像の中で名刺を引き裂き、「金一円二十銭也」と書いてみるのである。こうした一切は、やはり『資本論』中の例示によって着想されている。

たとえば、材木で机をつくれば、材木の形は変えられる。それにもかかわらず、机はやはり材木であり、ありふれた感覚的なものである。ところが、机が商品として現われるやいなや、それは一つの感覚的であると同時に超感覚的であるものになってしまうのである。机は、自分の足で床《ゆか》の上に立っているだけではなく、他のすべての商品にたいして頭で立っており、そしてその木頭からは、机が自分かってに踊りだすときよりもはるかに奇怪な妄想を繰り広げるのである。

（『資本論』九六頁）

この木材と机の関係は、まさしくワットマン紙と名刺の関係である。「商品」として成立した名刺は、字義通りに「感覚的であると同時に超感覚的であるもの」として機能するため、先に説明したような二重の像を結ぶことになる。また、彼のかけ声によって始まった会議と革命歌の競作のシーンは「机が自分かってに踊りだすときよりもはるかに奇怪な妄想」となっている。商品の呪物的性格（フェティシズム）を説明するための例示が、字義通りの妄想として展開されるのがこのシーンなのである。その中で披露される「おれは長い／長いけれども蛇ではない／なぜなら蛇ではないからだ」というネクタイの歌は、ルナールのあからさまなパロディであり、またしても引用を誇示するような効果を持っている。彼らの会議は「日曜臨時増発・四時二十分・下り一番列車の汽笛」によって終り、名刺は逃げだし、身のまわり品たちはそれぞれの位置に戻って何事もなかったかのようにふるまうが、実は既に「商品」による革命は進行中である。それが露わになるのは、「ぼく」が突然訪ねてきた「パパ」との話を切り上げて出かけようとするシーンである。まず時計が昨夜の「十二時以外は絶対に指すまい」という宣言通りに十二時で止まっているのに気がついた「ぼく」は、十時のY子との約束に遅れないようにすぐに着替えて出かけようとするが、ズボンや上衣の抵抗に遭い、着ることができない。

そのうち彼等の抵抗は、積極的な反抗に変つてくるやうでした。ぼくから逃れようとするだけでなく、進んで手足にまとひついてくるのでした。いつの間にかぼくはそれらをはらひのけることにやつきになつて、着がへをしようといふ最初の目的を忘れてしまつたほどでした。気がつくとズボンと上衣だけではなく、身のまはり品たちが一緒になつてぼくに襲ひかかつてゐるのでした。

こうした「商品」たちと「ぼく」との関係は、やはり『資本論』の次の一節を転倒させたものである。

商品は、自分で市場に行くことはできないし、自分で自分たちを交換し合うこともできない。だから、われわれは商品の番人、商品所持者を捜さなければならない。商品は物であり、したがって、人間にたいしては無抵抗である。もし商品が従順でなければ、人間は暴力を用いることができる。言いかえれば、それをつかまえることができる。(『資本論』一一三頁)

マルクスは従順でない「商品」として「みだらな女たち」をも想定していることを注釈に記しているが、「壁」にあっては文字通りの「商品」たちが人間に抵抗をはじめる。ここで暴力を用いているのは「身のまはり品」たちの方であり、彼らは「商品所有者」であるはずの「ぼく」に対し、無抵抗どころか「積極的な反抗」をして「ぼく」を遅刻させようとする。「商品」と「人間」の関係が逆転したこの事態はまさに暴力による革命を思わせる。彼らの暴力に気を失った「ぼく」が、日差しが傾いてから出かけようとすると、今度は簡単に服を着ることができ、待ち合わせ場所の動物園のベンチに名刺とY子を発見する。そこで名刺にとびかかろうと腰をかがめると、「服がブリキのやうにこはばつて、ぼくはその場にその変な姿勢のままで凍りついてしま」う。これもまた身のまわり品たちによるストライキのような実力行使である。「ぼく」は二人から「人間あひる」として馬鹿にされるが、よく見るとY子がマネキン人形であったことに気づく。ここから先の展開は、人間が物へ、そして「商品」へと変貌していくヴァリエーションである。

「ぼく」は以前から「透きとほる人絹の布を、肩からもり上つた乳房にふわつと流して立つてゐる」Y子のマネキン人形に想いを寄せており、「それがぼくの初恋であつたのかもしれません」とさえ思うのだが、それはマネキン人形専門店で「マネキン人形製造専門／各種注文に応じます」というメッセージを担うマネキンのうちの一つなのである。商品を見せるためのディスプレイであるマネキンを商品とする店の、さらにディスプレイの役割を果たしているマネキンへの「初恋」は、何重にも商品から疎外されながらも自ら商品になろうとしていく「ぼく」の性質を示している。「ぼく」は自ら初恋の「ライバル」に擬した男のマネキンからの「ギヴ・アンド・テエク」の提案に応じ、商品との取引をはじめ、「世界の果に関する講演会と映画の切符」を受け取る。その会場で「せむし」によって上映されたのは「ぼく」の胸の曠野であり、それがいつまでも動かず終らないので「これはいつたい、いつ終るのですか？」と尋ねた「ぼく」は「さう尋ねられてから、三十分つづけるのが規則になつてゐる。」という返事を聞く。ここで「ぼく」は結末にあるような曠野を見つめつづける物となる身体の訓練を受けていると言える。また、このとき鼠にかじられそうになった靴は勝手に跳上がるが、もはや「ぼく」に反抗することはない。それは彼らの「革命」が最終段階に来ており、「ぼく」自身が物化して「商品」になるのがわかっているからだ。

「ぼく」は前述のようにグリーンの服の大男たちに突きとばされてスクリーンの中に入り「彼」となる。これが暴力による「革命」の事実上の完了なのだ。これは人間の言葉を語る主体《サブジェクト》であった人間が語られる客体《オブジェクト》＝物体の側に回るということであり、物の側へまた一歩近づいたことになる。一貫して「グリーンの服」によって識別される私設警察官の大男たちは、いわば「上衣」の仲間であり、物の側の存在であると考えることができる。

地面から生えてきた壁のドアを開けて入った酒場へ「彼」を調べに来るのは《成長する壁調査団》の団長であり唯物論者である「黒いドクトル」と、副団長であり都市主義者《ユルバニスト》であり私的には「彼」のパパでもあるユルバン教授である。「彼」の案内で入った「彼の部屋」から出られなくなった二人の「神の恩寵」と「唯物論者」をめぐる対話と実践は、先に引用した『資本論』で商品の呪物的性格（フェティシズム）の類例とされた「宗教的世界の夢幻境」と、唯物論との狭間で揺れ動く喜劇になっている。「ああ。神の恩寵といふのほかはない。イエス様！」と叫んで「唯物論者が神だの恩寵だの、聞くだに傷ましい」とユルバン教授にとりなされたドクトルは、「科学の限界、そしてそこに矛盾のない信仰の世界がある」として、「ラクダが針の穴をとほるのは、金持が天国へ行くよりも容易しい」という聖書の文句を引用する。ところがそれは「ラクダが如何に容易に針の穴のごとき小さな穴をくぐりうるかということの証し」としてであり、拉致された隠喩の機能はここでも脱臼させられている。彼らは国立動物園からラクダをとりよせ、ユルバン教授が「彼」の眼の中の探険旅行に出発する。この「宗教的世界の夢幻境」において「彼」の涙の洪水に襲われたユルバン教授は、「人間の頭の産物」の一つである「ノアのミイラ」が乗った方舟と出会い、ノアの拒否を無視して方舟に乗り込むが、方舟がこわれておぼれかける。その事態を「マテリアリストの勝利か敗北かを決する、偉大なる試練」と形容したドクトルは、一方で「神よ……いや、これは一寸したアイロニー」といった発言も交え、唯物論的世界観にも宗教的世界観にも徹底しきれない認識のゆらぎを露呈する。最後に「被験物」に鼻をかませ、ユルバン教授が鼻汁とともに戻ってくると、二人は「科学の限界」「神の、神の……」といった混乱した発言から、「我家へ！」という点で一致し、腕を組んで出て行く。混乱のさなかに「ラクダの賠償金」「生命保険」といった言葉が表れるのは、彼らが資本主義の信用《クレジット》のシステムの中にどっぷりつかったブルジョアであることを示している。それは、物語の冒頭から「つけの帳面」にサインができず、「三箇月の月賦で買つた牛皮の鞄」がないのに気づいてそのシステムから脱落していった「ぼく」とは好対照であり、それゆえにユルバン教授は「彼」の内部からはじき出されてしまうのである。「彼」はこの時点までに「被告」から「被験物」とされている。物への移行は壁への変身以前に完了しているのだ。「仕事の関係上、壁を見るのは彼の専門でした」とされていた通り、壁になるのは火災保険の資料課勤務の「ぼく」が扱っていた、つまりそこから疎外されていた「商品」へと変貌することでもある。物体《オブジェクト》としての主体性《サブジェクティヴィティ》を獲得した「彼」は再び「ぼく」として語る。最後の二行の「ぼく」による独白は、字義通りの「商品語」によって語られているということができるだろう。

「ぼく」は結末において、曠野で無限に成長していく商品に変貌する。いわばマネキンへの「初恋」が成就したような形だが、しかしここではマネキンが呼びかけていたような「注文」をする人は誰もいない。これはもはや貨幣との交換という「命がけの飛躍」(『資本論』一四一頁)を必要としない、買い手も売り手も誰もいない世界での疎外の解消の姿であり、名刺たち商品による革命が完了した世界の姿である。もはや資本主義という残酷な世界での生を免れ、商品としての交換をも免れたモノとしての「ぼく」は、革命後の世界で自然そのもののようにしずかに成長していく。「月賦の鞄」や「つけの帳面」からはじまった受難は終り、「ぼく」はついに安息の地にたどりついたわけである。

このように、「壁」と『資本論』との関係は、単なる隠喩の借用だけではない。「上着」や「商品語」や商品による「奇怪な妄想」といった、例示や隠喩の言葉を『資本論』から借用した安部は、それらをその字義通りの意味で用いながらS・カルマ氏の物語を展開させた。その物語においては、『資本論』における「商品」の性質が様々に変奏されている。しかしながら、先にも述べたように、安部のマルクス読解は共産党の「正しい」解釈とは最初からずれを孕んでいた。そのずれはどのような性質のもので、この物語は結局何を意味しているのだろうか。

三、再演される「変貌」

「壁」初出版の冒頭、タイトルの上には、『近代文学』としては異例の編集者によるコメントが掲載されており、安部が「この二百余枚の新作のなかで素晴らしい変貌をとげてゐる」ことが予告されている。おそらくこれがいわゆる安部の「変貌」の物語の起源をなしており、「変貌の作家」として安部を規定した本多秋五以来の研究史のレールを誘導する役割を果たしたと言えるだろう。

しかし本多が「補助線」の比喩で述べ、第一章でも考察したとおり、実質的な変貌は「デンドロカカリヤ」において既に起こっていた。あらゆる意味で二次的なテクストである「壁」において、安部は自らの「変貌」をも借物として召喚し、パロディとして再演する。「壁」が『審判』をはじめとする様々な先行テクストの再現であることは既に見たが、それはまた「デンドロカカリヤ」の再現でもある。「デンドロカカリヤ」で「コモン君」を監視した「黒服の男」は、「グリーンの服の大男たち」になって再登場する。マネキンは「ぼく」のことを「現代の流行」として語り、「ぢや、ぼくみたいな人間が他にもゐるのですか？」と訊く「ぼく」に「さう言つて言へないことはない。しかしその他人をあなたから区別することはほとんど不可能なんだから、あなた一人の固有な運命だとも言へる。」と説明する。これは「デンドロカカリヤ」での「植物病」に関するエピソードの再現である。動けない「人間あひる」になった「ぼく」が「眼を閉ぢ」、Y子が「若葉にたはむれる太陽の指のやうに屈託のない声で」笑うシーンは、「デンドロカカリヤ」のラストシーンの再現となっている。

このように徹底的に再演であるこの小説においては、オリジナリティなど問題にならない。というよりもむしろ、ここでは二度目のもの、二次的なもの、贋物とその借物の台詞のみが正しく、センチメンタルな本物は馬鹿にされ、消えていく運命にある。「ぼく」に対する名刺、Y子に対するマネキンのY子、パパに対する「贋物のパパ」あるいは「ユルバン教授」を対比したとき、優位に立つのは必ず贋物の側であり、本物は贋物に入れ替わられ、次第にその居場所を失っていく。「ぼく」の贋物である名刺や、Y子の贋物であるマネキンは、センチメンタルな本物を圧倒して笑い飛ばしていく。

贋物を持たない他の人物も、同様に換喩による非人間化の手続きを受ける。病院の受付で最初に「とがった唇」を見せ、次に「水族館で金魚ににらまれたとき」のような大きな目玉を見せた相手は、その後「金魚の目玉」という換喩で呼ばれつづける。「逆光線で真黒に見え」たはずの「ドクトル」は、「清潔な明るい診察室」でも「影のように真黒」であり、裁判の場面では「真黒なドクトル」として、最後には《成長する壁調査団》の団長であり唯物論者である「黒いドクトル」として再登場する。先に見たように、「グリーンの服の大男たち」も、一貫して服の色と職業名以外の性格づけを受けない。「はらむし」「ロール・パン氏」は字義通りの非人間化であるし、動物園では「ぼく」自身も「人間あひる」と化す。これはまさに二次性を誇るべき世界であり、そこで演じられるのは、借物と、贋物と、物化された人間たちによってくりひろげられる喜劇なのである。

さて、それではこの喜劇を演じる隠喩たちは、何を示しているのか。岩成達也は、カフカと異なり、安部の「記述は決してアレゴリーにはいたらない。というよりは、記述の方向は当初よりアレゴリーには向いていないのである」として、次のように述べている。

その記述の全体に対応する〈意味〉は始めからそこでは欠け落ちており、それが逆に、個々の意味の移り変りの面白さを保証する。つまり、ここでの安部氏の記述は、意味の論理に従うというよりは、記述の論理・文脈の論理に従って進行する。言うならば、記述のひとり歩き。表現ではなく、また確認の行為でもなくて、ただなる記述にとどまっているひとつの記述。

初期の短篇一般についてなされた岩成のこの指摘は、とりわけ「壁」において正しい。それは「壁」の記述が、『資本論』の商品相互の価値表現をなぞるようにしてなされているからである。

第一に、商品の相対的価値表現は未完成である。というのは、その表示の列は完結することがないからである。一つの価値等式が他の等式につながってつくる連鎖は、新たな価値表現の材料を与える新たな商品種類が現われるごとに、相変わらずいくらでも引き伸ばされるものである。第二に、この連鎖はばらばらな雑多な価値表現の多彩な寄木細工をなしている。最後に、それぞれの商品の相対的価値が、当然そうならざるをえないこととして、この展開された形態で表現されるならば、どの商品の相対的価値形態も、他のどの商品の相対的価値形態とも違った無限の価値表現列である。(『資本論』八六頁)

この言葉通り、その例示に注目して読めば、『資本論』は様々な商品同士の価値表現の系列をなしている。糸がリンネルへ、リンネルが上着へと変貌していく有様、また、それらが茶、小麦、金、鉄、さらに聖書やウィスキーなどと等価関係を結んでいく様相こそが、安部にとっての『資本論』の核心だったのではないだろうか。「壁」の方法もここから導かれている。貨幣という単一の基準から計量される価値＝意味に辿り着くことなく、永遠に商品同士の関係を経巡るのが「壁」の言葉なのである。労働や生産や搾取といった、共産党の活動の基礎となる概念に辿り着くべき隠喩の機能を頓挫させ、小説の言葉として用いること、イデオロギーを読まないこと。暴力的とも言える『資本論』読解によって、「壁」は「ただなる記述にとどまっているひとつの記述」たりえたのである。

寓話的に見えるこの世界から寓意を読みとるのが難しいのもそのためだ。何かを指しているように見える隠喩は、単に字義通りであったり贋物とすり替わっていたりする。初出時の文芸時評で山本健吉が「寓意文学」と評して以来、決まり文句のように「寓話」「寓意的」と呼ばれるこの小説の寓意が必ずしも明らかにされてこなかったのは、この喜劇がひたすら商品たちの価値表現の系列を引き延ばしていくことで成立していたためだ。先に見たように、その結末は革命の幸福な成就として読むこともできる。しかし、これはマルクス＝レーニン主義における革命とは似ても似つかない、商品による人間不在の革命の姿であった。共産党から乖離しているのみならず、現実にいかなる根拠も持ちえない、まさに「記述」の論理の中にしかあり得ないユートピアなのである。

こういった意味で、宇野浩二の「物ありげに見えて、何にもない、バカげたところさへある小説」という言葉は、「壁」への最上級の賛辞だとも言えるのだ。カフカやマルクスや「デンドロカカリヤ」の剽窃からはじめられた「記述」は、文学にしかなしえない無意味《ナンセンス》な楽しさを最大限に追求した喜劇になったからである。

第八章　寓話と寓意――「詩人の生涯」1951

一、はじめに

前章では、寓意なき「寓意文学」として「壁」を読んだ。しかし、それは安部公房が寓意文学を書かなかったということではない。第二章で見てきた政治の前衛としての活動に入る前後の時期に、彼はいくつかの寓話の試みを行なっている。本章では、多義的な寓意文学として読まれうる小説「詩人の生涯」と、一義的でわかりやすいともいえるいくつかの寓話を通じ、安部の寓話と寓意について考察してみたい。

二、マルクスを編み直す安部公房

安部公房はいつからマルクスを読んだのだろうか。

一九四九年中の安部は、「芸術を大衆の手へ」（『読売新聞』一九四九年二月二一日）や「「革命の芸術」は「芸術の革命」でなければならぬ！」（『世紀ニュース №5』一九四九年七月）といったアジテーションのようなタイトルの文章を発表しているが、前者はアンデパンダンの絵画評、後者は芸術的マニフェストであって、必ずしもマルクスの影響が見える文章とは言えない。安部のノートである「MEMO-RANDUM 1949」（全集2）を見ていくと、「壁」初出の末尾に付された擱筆日（一九五〇・三・五）と同月の三月一九日から四月にかけて、「社会」という言葉が頻出するようになる。四月二〇日の中埜肇宛書簡（全集2）では、「ぼくは次第にマルクシズムに接近してゐます。マルクシズムはぼくのアンチテーゼはなく、ぼくの超へるべきものであるやうに思はれます」と書かれ、さらに五月一五日のノートに至ると、マルクスやコミュニズムを相対化する視点が提示されている。

結果としての現実（すなわち具体という抽象の一形式）を捉える捉えかたはコミニズムが正しい唯一のものである。それからコミニズムの哲学は出発している。しかし、現実には、原因としての現実があり、その二つの現実の弁証法がなければならぬ。そこに於て、コミニズムはビッコの現実変革しか出来ないのではなかろうか。　15／V

コミニズムは何故マルクスを、スターリンを批判出来ぬか!?

革命なしに、スターリンを批判できぬコミニズムなど、無意味ではないか！　15／V

コミュニズムについて「ビッコの現実変革」というシニカルな見方が提示され、マルクスの名も批判されるべきものとして登場している。つまり、遅くとも一九五〇年の前半には、安部はマルクスやマルクシズム文献を読み、批判的に接近していったということになるだろう。

「壁」で行われていたのが、カフカの『審判』やルイス・キャロルの『不思議の国のアリス』から『資本論』に至る様々な先行テクストの創造的引用であったことは前章で論じた。中でもマルクスのテクストが重要な意味を持っているのには、こうした安部のマルクス受容が背景にあったのである。「壁」発表前、一九五〇年一二月に発表され、『壁』に収められることになる「三つの寓話」（『人間』）にも、マルクスのテクストが用いられている。まず、マルクスの『経済学・哲学手稿』の一節を見てみたい。

未開人は彼の洞穴——フランクに利用と防護に役立ってくれるこの自然物——のなかで水のなかでの魚よりももっと余所者に自分を感じるなどということはなく、むしろ水中の魚のようにアット・ホームに感じる。しかし貧者の地下住居は、「余所ものの力を具えた住居であって、ただ彼が血の汗をそれに供するかぎりでのみ、彼の用に供される住居」、彼が我が家——ここそ家だと結局いえるような、——とみなすことの許されない住居、かえって日々、彼を窺っていて、家賃を払わなければ放っぽり出す誰か他の人の家、余所の家にいるような住居であって、彼には敵対的なのである。それとともにまた彼は質の点で彼の住居が、富の天国のうちに構えられた、向こう岸の人間的な住居とは逆のものであることを知っている。疎外は、私の生活手段が誰か他の人のものであり、私の望みのものが誰か他の人の所有物であって手が届かないということのうちにも、またどんな物もそれ自身、そのもの自体とは何か別のものであること、私のはたらきが何か別のものであること、そして究極のところ、――そしてこのことは資本家たちにとっても当てはまるのだが、――総じて非人間的な力が支配することのうちにもあらわれる。（四〇巻四七六頁）(26)

「三つの寓話」の一つ、労働者の液化と資本家の溺死を描いた「洪水」は、ここで疎外されていない未開人の状態を表した「水中の魚のようにアット・ホーム」という直喩表現によって発想されている。これは永く安部公房のモチーフとなり、一九五二年六月の小説「水中都市」と安部公房スタジオによるその舞台化（一九七七年一一月）にまで継承されることになる。また後半部は、同じく「三つの寓話」中の「赤い繭」の「俺」の嘆き――「何故すべてが誰かのものであり、おれのものではないのだろうか？　いや、おれのものではないまでも、せめて誰のものでもないものが一つくらいあってもいいではないか。」――につながる。また、『賃労働と資本』では、「もし蚕が幼虫として生きつづけるためにまゆをつむぐとしたら、そのときは蚕は一個の完全な賃労働者ということになるだろう」（六巻三九六頁）とされていた。つまり、「赤い繭」の「俺」はまゆをつむぐ蚕として賃労働者のアナロジーとなっているし、繭ができて「俺」がいなくなるという結末は、マルクスの隠喩を用いた労働疎外の表現と見ることができよう。「壁」について論じたように、こうした安部の方法は、マルクスの隠喩を字義化することによって成立している。つまり、具体例や比喩として用いられた言葉を字義通りのものとして拉致し去り、自らの小説に編み直して用いるという方法である。

三、「詩人の生涯」という寓話

一九五一年一〇月、「壁」の芥川賞受賞第一作「飢えた皮膚」（『文学界』）と同月に発表された「詩人の生涯」（『文芸』）は、安部のマルクス読解の集大成とも言えるテクストである。翌年から〈現在の会〉に参加し、記録文学への志向を強めていく安部は、ここでマルクスとのテクスチュアルな関わりに一つの総括を試みたように見える。

「詩人の生涯」のあらすじは次のようなものだ。三九歳の老婆が糸になり、ジャケツに編み上げられる一方、街には貧しい者たちの夢や魂や願望が結晶した雪が降り、すべてを凍りつかせてしまう。質屋の庫の中で鼠にかまれて赤く染まった老婆のジャケツは庫を飛び出し、ビラを配って工場から追い出されたまま凍っていた息子の体を包む。自分が詩人であることに気づいた息子は雪の言葉を書き記してしては雪を消してゆき、詩集が完成したところで頁の中に消える。

この短篇の冒頭、糸車を踏んでいた老婆は、手持ちの毛が切れたため、糸車を止めようとするが止まらない。

車はようしゃなく、キリキリと糸の端によりをかけて引込もうとする。もう引込むものが何もないと分ると、糸の端は吸いつくように老婆の指先にからみついた。そして〈綿〉のように疲れた彼女の体を、指先から順に、もみほぐし引きのばして車の中に紡ぎこんでしまった。彼女が完全に糸になってまきこまれてしまってから、車はタロタロタロタロと軽くしめった音を残して、やっと止った。

「綿のように疲れる」という定型的な直喩表現の〈綿〉が字義通りのものとなり、そこから綿糸が導き出される冒頭が、この小説の方法を示している。〈綿〉となった彼女は『資本論』で労働の付加過程の例として語られる綿（または羊毛）—糸—織物—上着という生産工程の中に入る。最初の入口は、おそらく『資本論』の次の一節から発想されているだろう。

この産業が使用する原料は生産物の実体になり、またその補助材料も、燃料用石炭のように価値から見て生産物にはいるだけでなく、肉体的に生産物にはいるものだとしよう。生産物、たとえば糸といっしょに、それの原料である綿花も持ち主を取り替えて、生産過程から消費過程にはいる。（二四巻二四〇頁）

〈綿〉となった老婆は、石炭と違って「肉体的に生産物にはいる」綿花と化し、糸に変貌する。糸について、さらに詳しく定義された一節を見てみよう。

原料はここではただ一定量の労働の吸収物として認められるだけである。じっさい、この吸収によって、原料は糸に転化するのであるが、それは、労働力が紡績という形で支出されて原料につけ加えられたからである。しかし、生産物である糸はもはやただ綿花に吸収された労働の計測器でしかない。もし一時間に一2/3ポンドの綿花が紡がれるならば、または一2/3ポンドの糸に変えられるならば、一〇ポンドの糸は、吸収された六時間労働時間を表わしている。今では、一定量の、経験的に確定された量の生産物が表わしているものは、一定量の労働、一定量の凝固した労働時間にほかならない。それらはもはや社会的労働の一時間分とか二時間分とか一日分とかの物質化されたものでしかないのである。（一三巻二四九頁）

『資本論』において糸とは「一定量の凝固した労働時間」であった。老婆自身が糸に変身するという展開は、労働によって肉体全てが生産物に入る究極の搾取を示していると同時に、労働時間をしか持たなかった老婆の境遇を表している。糸になった老婆は、「やはり同じくらい貧しい隣の女」の三日間の労働によって、ジャケツに編み上げられる。ジャケツ＝上着について『資本論』は次のように語る。

上着の生産では、実際に、裁縫という形態で、人間の労働力が支出された。だから、上着のなかには人間労働が積もっている。この面から見れば、上着は「価値の担い手」である。といっても、このような上着の属性そのものは、上着のどんなにすり切れたところからも透いて見えるわけではないが。（一三巻七〇頁）

「一定量の凝固した労働時間」の上にさらに積もった人間労働により上着が生産される。『賃労働と資本』（六巻三九六頁）において、「一着の木綿の上着」は、「何枚かの銅貨、地下室の住居」と共に、労働者の生活資料の一つとされていた。生活必需品である「いかにもがっちり実用的」な老婆のジャケツは「着るためのものだなんて思ったらおお間違いさ」と言う生産者の女自身によって売り出されるが、「誰も彼もが貧しかった」ために買い手が付かず、三〇円と引換えに質屋の庫に収まる。「使用価値の捨象」による交換関係の中に入りながら、購われ使用されることなく質屋の庫に収められたジャケツは、『資本論』(二三巻五一頁)の言う「いろいろに違った量でしかありえない」「一分子の使用価値も含んではいない」交換価値のみの商品と化している。「どこの質屋の庫も、すでにジャケツでいっぱいになって」「どこの屋根の下も、ジャケツを持たない人でいっぱいになって」いる時、「外国からやって来たジャケツを着る階級の男たち」は「なんとしても、ジャケツの数が少し多すぎるのだ。戦争をおこして、どこか外国に売りつけてみたら、どんなものかしら?」と考える。そしてすべてを凍りつかせる雪が降りはじめるが、この雪は恐慌のアナロジーになっている。『経済学批判』において「ブルジョア的生産過程のあらゆる要素の矛盾が爆発する世界市場の大暴風雨」(一三巻五八頁)と表現される恐慌の根本現象は、『剰余価値学説史』において「過剰生産」(二六巻七一二頁)だとされた。

すなわち、あまりに多くのものが致富の目的のために生産されるということ、または生産物のうちの過大な部分が、収入として消費されることにではなくより多くの貨幣を得ることに(蓄積されることに)、その所持者の私的欲望をみたすことにではなく、彼のために抽象的な社会的な富を、貨幣を、他人の労働にたいするより多くの支配力を、資本を、つくりだすことに——、す

なわちこの支配力を増大させることに、あてられるということである。（二六巻七一一頁）

ジャケツの過剰生産を嘆く「外国からやって来たジャケツを着る階級の男たち」の目的はまさしく「致富」であった。戦争をおこそうとしておこせず、「フォード工場のベルトのように絶間なく」降る雪の力を制御することもできなくなった彼らは、その極限において「最後の、自壊的なヒステリーの爆発」を起し、窓を開けて自ら凍る道を選ぶのである。

一方、鼠によって食い破られるまで、ジャケツは「社会的労働の一時間分とか二時間分とか一日分とかの物質化されたもの」として固定されていた。凝固した時間は食い破られることにより再び動きはじめるが、同時にジャケツは赤旗の色に染め上げられ、革命の旗印となる。

詩人になった息子は首を傾げ、「想出さなければならない。この変身がやってきた道程について。」と考える。全編で「変身」という言葉が用いられるのはこの一箇所のみである。老婆が糸になり、ジャケツになった時ではなく、労働者であった息子の青年が失業者から詩人となった時が「変身」なのである。これは量的ではない質的な変化を表す、革命家の誕生にふさわしい用語と言わねばならない。

詩人は「貧しいものたちの、夢と、魂と、願望の声」である雪の言葉を書き記しながら、恐慌によって崩壊した資本主義社会に代る新しい社会をつくりあげていく。仕事を終えるとその詩集の「頁の中に消えて」いく詩人の姿は、私利私欲の追求や永続独裁へと向わない、プロレタリア独裁の理想的な姿を表している。「詩人の生涯」はひとまず、マルクスの隠喩自体から導かれるプロレタリア独裁の寓話であり、無名の偉人伝という逆説的な物語であると言える。

「詩人の生涯」の注釈的な読みを試みた金田静雄は、この結末について、「彼は、親から受け継いだ感性に基づいて、人々の言葉を精選する作業をし、個人の存在以上の偉大なる存在としての「詩集」という作品の中に没入して、生き続けることになった」という読みを提示している。これは偉人伝としての寓意的な解釈を支持する見方とも言えるだろう。しかし、単純な偉人伝と言い切れない部分は残る。「まだ寒いとすれば」という留保がつけられてはいるが、春になり、その使用価値が相対的に減じてから、ジャケツは人々の手に渡っているのである。

物語の冒頭、老婆の最初の疑問を思い出そう。「そのしわくちゃの皮袋の中の、ひからびた筋と黄色い骨とで出来た機械は、疲労というほこりでもう一杯になってしまった」ことに気づいた彼女は、「いったい私の中味は、私とどういう関係があるのだろう?」という疑惑におそわれる。そして彼女は「皮袋の中の機械に」「さあ、お止まり」と命じるが、車は止まることがない。これは労働する機械そのものと化した彼女が、自らの人間的な制御を超えてしまった事態を示している。またジャケツを編む女の「三十年間使ってきた編棒には、彼女の指の神経がのびてはいりこんでいるほど」であり、彼女は編棒と一体になった労働機械のような存在である。こうした状況は革命によって改善されたのだろうか。

人々の「夢も魂も願望も流れだしてしまった」ことの原因は、「ジャケツを買うことのできない貧しさが、彼らをジャケツで包む必要のある中味を持たぬほど貧しくさせてしまった」ことに帰せられる。詩人が雪の言葉を書き記した後も、彼らの夢や魂が戻ってきたわけではない。つまり、魂を亡くした皮の袋がジャケツをまとって労働に出かけるというのが、この小説の結末なのだ。この小説は資本主義経済を批判しているのはもとより、社会主義・共産主義へもシニカルな視線を注いだものであるように見える。

さらに、詩人が詩集の頁の中に消えるという結末は、詩人（＝革命家）の生涯は書物のなかでしか成立しないというシニカルなものとして読まれうる。マルクスの読解において当初から批判的な視線を持っていた安部公房は、その小説における展開でも、表裏二つからなる寓意を忍びこませたのである。

四、寓話の解体

しかし、それだけだろうか。寓話として解釈しただけで、このテクストが読めたと言えるのだろうか。

この小説に託されたのが「人間は自身の夢や魂や願望を保ち続けるために一枚のジャケツが必要だ」という思想だとする角田旅人は、「この「ジャケツ」とは何のことだと、そんなことばかりが気になるうちは、話はいつまでも「幻想」の中にさまようだけであり、いつまでたってもわけのわからないおとぎ話としか読めないだろう」としている。これはジャケツにこめられた寓意の一義的な解釈を否定する見方であり、解釈しようとすれば「わけのわからないおとぎ話」としか読めないという警告である。

また、李徳純は、この小説について次のように述べている。

『詩人の生涯』（一九五一年）は、一貫したストーリーがないばかりか、完全な人間形象もない。科白も脈絡がなく、形式面・内容面ともに荒唐無稽でわかりにくい作品である。作者の意図は、不条理な生活に陥る個人を描いて、彼を取り巻く世界の不条理を伝えるところにある。この短編は、資本主義制度下での労働者の貧しく悲惨な運命を暴くことを企図している。

これは老婆・息子・隣の女などの表面的な描かれ方をなぞった解釈と言えるだろうが、「荒唐無稽でわかりにくい作品」という部分に注目したい。先に読んできたような寓意は、その表の側でさえ、必ずしも明解なものとは言えないのである。これを角田の見方と接続してみるとどうだろう。寓意によらず、「わけのわからないおとぎ話」として、「詩人の生涯」をもう一度読み直すことはできないだろうか。

ユーキッタンというオノマトペの反復ではじまるこの小説では、他にもオノマトペが重要な役割を果している。糸車はキリキリと回り、タロタロタロと止まる。この音は、彼女の息子であり、一度もその名を明かされることのなかった詩人への呼びかけ（太郎太郎）のようにも響き、彼はその音によって目を覚ますことになる。ジャケツになった老婆はつねられるとギュップと泣き、雪片はふれ合うとチキンヂキンという「防音装置をした巨大な部屋でならす小豆ほどの銀の鈴」のような音をたてる。繰り返し登場するこうしたオノマトペは、おとぎ話において決定的に重要な役割を果たしている。これらにより、この小説はおとぎ話・昔話の境地へと入っていく。

「昔々、おじいさんとおばあさんが」ではじまる日本の昔話のみならず、西洋の昔話においても、老婆と青年の組合せは欠かすことができない（リュティ『ヨーロッパの昔話』）。「三十九歳の老婆」というのも、単に過酷な労働によって老け込んでしまったのだとリアリスティックに解釈するべきではなく、昔話の時空に誘い込む装置と読んでみるべきだろう。

「外国のジャケツを着た家族たち」の「つややかな毛皮の婦人はひからびた狐になり、銀行の株のことを考えながら猟銃をみがいていた紳士は毛のぬけたリウマチの犬になり、探偵小説に読みふけっていた息子の大学生は、ピストルを持ってママの寝室にかくしてある罐詰を襲う本物のギャングになった。」直喩の多いこの小説において数少ない隠喩で描写されるこの家族は、まさに昔話や子供向け小説に格好の登場人物たちとなっている。

この小説はスタイルにおいても独特である。雪の降り始めたシーンに用いられた一行一字ずつ下げられていくタイポグラフィは、モダニズム詩のような視覚的効果を生んでいるが、これは『無名詩集』などの初期の詩も含め、他の安部のテクストにはほとんど見られないものである。こうした言葉の物質性への着目やオノマトペは、寓話のものというより詩や昔話のものである。

マックス・リューティ『昔話の解釈』は、マルク・ソリアノが指摘した「昔話における不合理の権利」を引きながら、ガラスの山やガラスの馬車を例に、昔話がそもそもガラスや水晶というものを好むこと、現実を様式化し、事物を抽象化することを語っているが、ミンコフスキー空間の描写などはこれにあてはまるだろう。三次元に時間軸を加えたミンコフスキー空間において、「時間の軸が消えてしま」ったら、すべては静止しつづけるしかないはずだが、この小説においては「ただ雪の方向に逆らって、一枚の板で表わされる空間が動いて行くだけ」という状態になる。科学的に見える用語を用いながら、詩的な不合理そのものを語るのも、このテクストの特徴の一つなのである。

この雪が溶け、春が近づく場面では、「ある日、雲の割目から、太陽がいたずら少女のような手を差しのべた。そして泡立つ古い酒を入れた水がめの底に、誤って落した金の指輪をさがそうとでもするように、静かに町の睡をゆすりさました。」という詩的な擬人法が用いられ、やはりエキゾチックなおとぎ話のような雰囲気を醸しだしている。

注目したいのは、やはり昔話で好まれる登場人物の一人である鼠の存在である。


こうして、今ではほとんどありとあらゆる生物が凍りついてしまったはずなのに、不思議に一匹の鼠だけが以前と少しも変らぬ生活をつづけていた。それは老婆のジャケツがしまってある質屋の庫の鼠。間もなく産れる五匹の子のために、あたたかい巣の材料を探している。

人間の場合のように、願望をさえぎる貧しさなどというものも持ったことのない鼠は、素晴らしいそのジャケツを使うのに、なんのちゅうちょもするはずがなかった。

鼠はジャケツをくわえ、かみ切った。

突然、その切り口から、血が流れ出た。偶然老婆の糸になった心臓の真上に、鼠の牙がつきさったのだ。知ろうはずもない鼠はただ驚いて、三足で巣の中に逃げ帰り、その場で流産してしまった。

老婆の血は静かにあふれ、やがて隅々までしみわたって、ジャケツは自分の血で真赤に染った。

五匹の子、三足のような固定した型どおりの数は、リューティによって昔話においてよく用いられるものとされている。ここで語られるのは革命の契機である。老婆の血と五匹の死の犠牲によって開始される、まさに血であがなわれた革命であると言えよう。一方でこれは、原始・自然の側、経済以前の側にいた鼠が、経済機構の一端に触れることによって起った悲劇であり、これは全編で唯一の悲劇と言えるものである。それが全く外面的に、鼠の内面にも老婆の内面にもほとんど立ち入ることなく語られるところに、昔話的な語りの特徴がある。

物語の終り近く、もう一つのオノマトペが登場する。

一つかみの雪をつかんで宙にまくと、チキンチキンと鳴って舞上ったが、落ちるとき、それはジャケツ、ジャケツと鳴って降った。青年は笑った。彼の心が、その唇の小さな隙間から、静かに明るいメロディーになって遠くの空に消えていった。答えるように、あたり一面の雪が、いっせいにジャケツ、ジャケツと鳴りはじめていた。

『資本論』から引用された上着は、ここでジャケツという音そのものに変貌した。「価値の担い手」でもなく、労働者の生活資料の一つでもなく、音そのものに。人々が現れた場面も確認しておこう。

動くものの気配がした。半身不随で、よろめき出て、彼を見て笑い、手を差しのべるものもいた。それから、そっと彼の腕に手をふれて、「ジャケツ、」と呟くと、ためらわずに立去って行くのだった。やがて、彼の周囲には、次々と現れる人で群がり、「ジャケツ、」と言って腕にふれ、微笑みながら去ってゆく人が町の四方にひろがって行った。

この後質屋の庫は開けられ、先に述べたように春になってから人々はジャケツを身にまとうことになるのだが、重要なのはそのことではない。人々に喜びを与えているのは「ジャケツ」という言葉であり、幸福を呼ぶ呪文のような声そのものなのだ。それはやがて「喜びと力にあふれた讃歌」となっていく。

「ユーキッタン」にはじまり「ジャケツ」で幕を閉じるこの小説は、重層的な寓意小説であると同時に、単なる絵解きを超え、オノマトペをはじめとした言葉そのものの力によって展開される新しい昔話たりえている。寓話とおとぎ話の両面を併せもつこうした多義性こそが、「詩人の生涯」の最大の魅力なのである。

五、「奴隷の言葉」の射程

安部の政治的寓話の最初期の一つは、短命に終った〈人民芸術集団〉の後、ルポルタージュを志向する会合として一九五二年三月にはじまった〈現在の会〉の機関誌『現在』創刊号に掲載された「プルートーのわな」(六月)である。ねこのプルートーの首に鈴をつけに行ったねずみのオイリディケを夫のオルフォイスが呼びに行き、「決して後を振向かない」という約束を破って殺されるというこの短篇は、これからルポルタージュをはじめようとする会の雑誌に載せるものとしては異色である。中に「「誰が鈴をつけに行くか?」というあの有名なイソップの寓話ができたのもこの時でした。」という一節がある通り、これはイソップまたはラ・フォンテーヌの寓話として広く知られている「ねずみの会議」(シャンブリ版を底本とする岩波文庫旧版には含まれない。タウンゼント版109)の話とギリシャ神話を融合してみせたものである。次章で見るように、翌月には最初のルポルタージュも手がける安部が、〈現在の会〉の方向を示すような創刊号でこの寓話を書いてみせた意図はどこにあるのだろうか。

「プルートーのわな」に続いて安部が本格的に寓話を手がけたのは、一九五二年一二月から翌年六月にかけて『草月』に連載した「新イソップ物語」である。「プルートーのわな」よりもずっと短い、まさにイソップ寓話集のような形式で、全一九話を三回に分けて連載したものである。

実は、この半分ほどはイソップの原典に手を加えたものだ。一がイソップの96「弁論家デーマデース」、三が329「〈互に罵り合ふ〉猪と犬」、四が52「ごましほ頭の男と芸者《ヘタイラ》」、八が286「牝鶏と燕」と313「羊飼と狼の仔ども」、十二が285「鳥匠と鷓鴣」と300「鷓鴣と人間」、十三が117「蝮蛇と水蛇」、十四が336「蝉と蟻たち」または241「蟻と甲虫」、十五が78「老人と死」、十七が221「狼と仔羊」に基づいている(以下イソップの原典番号はシャンブリ版に拠り、タイトルと訳は山本光雄の岩波文庫旧版による)。発想について広く捉えれば二は97「ディオゲネースと禿頭」、五は78「老人と死」、十六は304「猿と漁士《ママ》」にヒントを得たものとも見られるため、確認できただけでも九〜一二話がイソップを改作したものと言える。残りの半分は安部のオリジナルのようだが、末尾に(教訓――破防法ガ必要ダッタワケ)などとテーマを明示したりもする短い寓話のスタイルは共通している。

こうした手法が文学として洗練されているとは言えず、当時を知る桂川寛の言による「非常に政治的、跳ね返った時期」の所産とも見られる。事実『壁』を頂点とする〈世紀の会〉からの芸術と文学の連携の成果と比べてみた時、この時期の安部は政治的直接性を希求するあまり、文学的には低迷状態にあるように見える。しかしこうした手法にもそれなりのターゲットと効果が計算されていたのだ。

一九五一年五月一九日の石川淳宛書簡（全集3）で、安部は新作の「保護色」について「いささか思想的に傾向をはっきり出したので、群像はいやがるかもしれません」と危惧していた。この危惧は的中し、「保護色」は七月の『群像』に掲載されず、『壁』からの再録を含む「手　他一篇」に差し替えられた。「保護色」は全集三巻で読むことができるが、ソヴェート国家への移行と保護色人種への進化とをパラレルに語る、政治的寓意小説である。もちろん作品の芸術的価値判断の問題もあるだろうが、強い政治的寓意性が「純文学」のメディアによって忌避されたと見ることができようし、安部自身そう判断したようである。これ以後の安部はメディアの使い分けを意識している。〈世紀の会〉以来の仲間である桂川寛、勅使河原宏と共に編集に携わった『草月』では、生け花関係者という読者層にこだわらず寓話を掲載し、ルポルタージュ志向の『現在』にも同傾向のものを載せる。大学新聞や労働者向けメディアでは思い切ったアジテーションを展開する一方、『群像』など純文学メディア向けにはもう少し重層的なテーマを盛り込んだ小説を執筆した。『草月』に発表された「新イソップ物語」の一部は、『人民文学』後継誌である『文学の友』の別冊『反戦・平和の小説集』（一九五四年四月）に再掲され、ターゲットをより鮮明にしている。しかし、なぜイソップなのか。

それについて考える時、前提にすべき文章が二つある。一つは一九五〇年のコミンフォルム批判に対して日本共産党政治局が発表した「〝日本の情勢について〟に関する所感」であり、もう一つは、その「所感」を揶揄する形で書かれた花田清輝のエッセイ「寓話について」である。「日本における客観的ならびに主観的条件は一定の目的を達成するにあたって、ジグザグの言動をとらなければならない状態におかれている。それ故に、各種の表現が奴隷の言葉をもってあらわされなければならないときもあるし、また紆余曲折した表現を用いなければならないことも存在する」という所感は、入党後安部が属した主流派のスタンスを示すものだった。一方、入党後『人民文学』に拠った安部とは別に『新日本文学』に関わった花田は、「「奴隷の言葉」がいけないとなると、さっそく、きわめて形式的な「歯にきぬをきせぬ言葉」を採用する、なまけもののむれ」を批判し、「「奴隷の言葉」と手をきるには、まず「奴隷の言葉」それ自体と、徹底的に対決する労を惜しんではならない」と述べている。

当時流通していた岩波文庫版『イソップ寓話集』の「解説」において、山本光雄は「如何にすれば人は安穏に幸福にこの世を過ごせるか」という「奴隷の道徳」としてイソップ寓話の教訓を捉えていた。まさしく「奴隷の言葉」としてのイソップ寓話観である。この「奴隷の言葉」との対決によって、どのように「奴隷の教訓」を別の教訓へと転じていくかが安部に課せられた課題であった。先に見たように、「新イソップ物語」はイソップの原典からのアレンジとオリジナルとを織り交ぜた構成だが、動物や職名だけの人物を用いて教訓を語るスタイルは一貫している。

では「新イソップ物語」の内容を少し詳しく見てみよう。まずは安部のオリジナルらしい「六、豚と豚かい」についてだが、この話の初出は「インテリの混乱と曖昧」（『一橋新聞』一九五二年一〇月二〇日）であった。インテリ主人公をもっともらしく描いた「下らない小説」として張赫宙『嗚呼朝鮮』

をこきおろした後、「最後に一つの寓話――」と付け加えているのが以下の話である。

一人の豚飼が豚に向って「この豚め！」と言った。それに応えて豚は、きわめて曖昧に一つ鼻を鳴らしただけだった。

【教訓】豚は自分が本物の豚なのであるから、むろんそれを悪口とは思わなかった。つまりなんのために豚飼がそんな大声をあげたのか全く理解しなかったのである。

「新イソップ物語」においては話はこれで終らず、「こら、豚かいめ！」と言ってみると効果てき面、憤然と突進してきた豚に「豚かいはコン棒の一撃をくらわし、皮をぬがして、一部分を煮立った大鍋にほうりこみ、残りを肉屋に売ってしまいました」となっている。豚にとっては豚かいが悪口という逆転を加えることで寓意が深められ、一方的に資本家が労働者を軽蔑しているという状況だけでなく、インテリと労働者という対立が互いの悪口になっているという状況の寓話になっている。

イソップに原典がある話としては、例えば「四、第三勢力論を実践するゴマシオ頭の男」がある。イソップの52「ごましほ頭の男と芸者《ヘタイラ》」は若い愛人と年を取った愛人の二人にそれぞれ白髪と黒い髪を抜かれた男がはげ頭になる話で、「このやうに、何処に於ても不一致は有害なものです」と結ばれている。「新イソップ物語」においてもあらすじは全く同じで、ディテールが加えられている。「ヒステリックな年長の女房」と「年若い恋人」の間に立つのは「ゴマシオ頭の第三勢力論者」である。第三勢力論者とは、当時の冷戦状況において米ソいずれの陣営にも属さない非同盟中立主義者の謂であるが、ここではその立場が徹底的に揶揄される。女房に離縁を申し出て薪割まで持ち出されたのに対し、「第三勢力論者にふさわしく一切の暴力を否定する彼は申入れを撤回するよりほかありませんでした」ということになる。また、二股をかけて三日ごとに往来する解決策を思いついた時には「よろしい、ここが第三勢力論の正しさの見せどころだ」という台詞が入る。その結果「ヒゼンにかかった犬のよう」になった男は二人から見すてられることになるという結末である。当時の安部がソ連中心の国際派に対抗する主流派の党員だったことを考えれば微妙な部分もあろうが、米ソの対立において中立はあり得ず、ソ連の側につくべきだという主張であろう。

この話もさらに改作の上、日本文学学校とも関連する啓蒙的エッセイ「私たちの文学教室(3)人間はなぜ笑うか?」(『文学の友』一九五四年三月)の末尾に載せられた。「敵の中だけでなく、われわれ自身の中にも、まだまだ沢山の笑われるべきものが巣くっているはずだ。たとえば、君たちの周囲に、こんな光景がありはしないか?」という前置きの後、「ゴマ塩頭の日和見男」が若い「左翼日和見子」と年とった「右翼日和見子」の間を往復する話とされている。日和見主義の否定としてさらに単純化・図式化された寓話は、その射程を労働者のオルグへと絞っている。

六、実践としての寓話

このようにイソップ寓話の形式で日本の現状を諷刺する方法自体は特に珍しいものではない。安部の「新イソップ物語」が再掲された『文学の友』と同じく労働者に向けられた大衆啓蒙誌『民衆の旗』

（日本民主主義文化連盟）では、一九四六年七月の四号で同じ「新イソップ物語」の総題の下に三篇の寓話を掲載していた。奈街三郎「トラ王とキツネの役人」「ハゲタカの邸」、平塚武二「キツネノオサツ」である。第一話は文字通り「虎の威を借る狐」の役人が王の追放と共に権威を失う話。第二話は大火事で皆が家を失った中で高台の邸宅に住む金持ちのハゲタカが部屋を貸すのを渋るが、フクロウの言葉に乗せられて鳥の仲間たちに家を占拠される話。第三話はキツネとタヌキが木の葉のお札で日本中のものを買い占めてしまったため、ヤミの物価が高騰してしまったという話で、「キツネガヰタラ、ツカマヘテクダサイ。／タヌキガヰタラ、ツカマヘテクダサイ。」と結ばれている。どれも戦後日本の現実を動物の世界に置き換えた話だが、あまりにも直接的で、お話としての面白さに欠けている。

花田清輝も、安部より前の一九五二年に「イソップの歌」というイソップ風の寓話を書いていた。五つの寓話の末尾に、それぞれ歌（詞）と「教訓」が記されるスタイルである。五つの話の出典は明確で、一は66「〈王様を求める〉蛙」、二はイソップではなくギリシア神話のミダス王の逸話に基づく「王様の耳はロバの耳」、三は165「鳥と狐」、四はシャンブリ版にはないタウンゼント版283「粉屋と息子とロバ」、五は173「〈鷲鳥の代りに連れ去られた〉白鳥」をベースにしている。これら花田のパロディは、彼自身の提唱した「奴隷の言葉」との対決の実践であり、末尾に教訓を書いている点など安部の「新イソップ物語」に似ているが、歌がつくためだけでなく、全体に安部よりも饒舌でユーモラスである。

一方、安部の意図については96「弁論家デーマデース」を書き換えた第一話がヒントを示している。「戦争をおこすものは誰か、われわれは平和を守らなければいけない。」と講演会で訴える弁士が、聴衆がぼんやりしているのでイソップの話をはじめる。鯨にまたがり、鯨の口にくわえさせたヒモを禿鷹に引かせて海の旅行に出たイソップが、鯨が口を開けたとたん、といったところで弁士は話をやめ、「それで、イソップはどうなったんだ！」といらだつ聴衆に対し、「イソップは、諸君にとって一番重大な話は真面目に聞こうとせず、イソップの話なんかに熱中する諸君に、腹を立てました。」と答える。あらすじ自体はほとんどイソップのままだが、安部はその寓話に意味を持たせる文脈を設定していく。『民衆の旗』の「新イソップ物語」との違いがここにある。安部が人の興味を引く鯨の話をしながら平和論の主張をしたとしたら、『民衆の旗』の奈街と平塚は現状への不満を換言しただけであった。この話に限らず、安部は一連の寓話において、植民地的状況、逆コースによる平和の危機について警鐘を鳴らす、デーマデースの寓話のような力を期待していた。そもそも、寓話を語るとはどういうことか、トドロフの言葉を借りよう。

第一に、寓意は同一の語群に少なくとも二つの意味が存在することを前提とする。ただし、第一の意味は姿を消すべきだとされることもあり、二つの意味が併存していなければならぬとされることもある。第二に、この二重の意味は、作品内に明瞭な方法で示されるのであって、特定の読者の解釈（恣意的であるとないとを問わず）に依存するものではない。

ここには寓話・諷喩が必ず陥るパラドックスが示されている。寓話が語っているお話の「第二の意味」を重視する時「第一の意味」、つまり語られたお話自体は消えてしまうか、そうでなくても脇に追いやられてしまうのである。「詩人の生涯」の詩人の消滅も、寓意を伝えた後の寓話の運命を描いたものと捉えることもできよう。逆に言えば、第二の意味としてのメッセージを重視し、意味だけを伝える媒体として寓話を捉えた場合、お話自体は既成のものでも何でもかまわないことになる。

そもそも花田清輝は「寓話について」において、メタモルフォーゼとしてのイソップの読みを提唱していたし、真善美社で刊行された『一九四六・文学的考察』における加藤周一もそれに近い寓話論を語っていた。しかしそういった方向ではなく、あえてイソップそのまま、または類似した寓話のスタイルをとって花田と安部は彼らのイソップを書いた。誰もが知る「奴隷の言葉」をある程度透明なメディアとして、諷喩として受け取る準備を読者にさせ、しかも「教訓」まで書いてみせる。これは通常考える意味での文学ではなく、メッセージを運ぶ容器なのだ。デーマデースのようにお話を聞かせるというスタイルは、透明とまでは言えないかもしれないが、必ずしもリテラシーの高くない労働者向けのメッセージとして有効であったことは想像できる。これは花田にとっては芸術大衆化論の文脈上の発想だったろうし、安部にとってはオルグとして複数の会社・組合に出入りした経験からの発想でもあっただろう。

さて、安部にはもう一つ、イソップを扱った忘れてはならないテクストがある。「イソップの裁判」（『文藝』一九五二年一二月号）である。古代サモス島の恐怖政治の下、ドレイたちは俗語で「噂」を意味するイソップという言葉を人格化し、イソップに托して思いを告げ合った。そのためイソップの首には懸賞金がかけられ、教師であり天文学者であるプリストスがイソップとして捕えられた。神官ポリクラテスはイソップとして秩序と服従と義務の倖せを説く言葉を約束すれば火刑を免除し富と名誉と地位を与えるという取引をもちかけるが、プリストスはそれを拒否し、ただ「イソップの名誉のため」に「私はイソップではない」という言葉を残して裁かれる。小説は次のように結ばれている。

それから夏が終るまでの間に、プリストスの三人の弟子と、ドレイ蜂起の五人の指導者が、イソップの名において裁かれた。十人目のイソップとして、同盟者のアニウスが刑を受けたその夜、ポリクラテスは発狂し、僅かの間ではあったがサモス島は独立して、ドレイたちの民主政治にゆだねられた。それがイソップの死んだ年としてつたえられる紀元前五九八年の春である。

発想のもとになったと思われるジャンバティスタ・ヴィーコの「奴隷たちの詩的に象徴された人格」としてのイソップ像について、中務哲郎は「卓見であるが、イソップなる人物はこの世に存在しなかった、ドレイの象徴としての空想上の一類型にすぎない、と考えるのは行き過ぎであろう」と述べている。しかし事実としての当否はさておき、匿名の噂の集合としての「イソップ」という像と、それによって社会が動くというヴィジョンは魅力的である。先の「寓話について」において、花田も「ギリシアのアイソーポスが、たぶん、ひとりの人間ではなかった」ことを述べていたが、安部が寓話に求めていたものがまさにここに表されている感がある。

これに先立つ『詩集 下丸子』において、闘争的な安部の詩は、名前の部分を墨ぬりにして頒布された。匿名の言論が政治を動かす力となるという夢は、この時まさに現実のものとしてあった。安部は、火炎ビン闘争で有罪となった作家・小林勝のような直接暴力の実践は回避したが、言論による実践の一形態、直接的に労働者・人民に訴えるメッセージを運ぶ容器として、「奴隷の言葉」であった寓話の活用に期待していたと言えるだろう。

こうした視点で見直した時、先の「プルートーのわな」も占領下の日米関係の寓話としての力を期待して、『現在』創刊にあたっての宣言的な発表をしたものかと見えてくる。平和運動に積極的だった安部にとって、これはその運動の困難さを示したものでもあり、経験主義的なルポルタージュは駄目だという持論を寓話の形式で示してみせたものだとも言える。第五章で見た通り、一九五二年に単行本『飢えた皮膚』に収めるにあたって「デンドロカカリヤ」を見やすい二項対立の寓話へと改稿したのも、実践としての効果を期待したためであろう。鳶に油揚げならぬ「トム・B」に「雁もどき」をさらわれるという語呂合わせから生れた話としての「鉄砲屋」(『群像』一九五二年一〇月)や、カフカ「流刑地にて」の書きかえのように見える「R62号の発明」(『文学界』一九五三年三月)といったこの時期の「純文学」メディアに載った短篇についても、直接性・実効性を持った寓話への希求といった文脈から見直すことができるだろう。

第三部では、こういう姿勢で行なわれた安部の政治的実践のあり方を分析してみたい。

第三部　〈記録〉の運動と政治

第九章　コラージュ・ルポルタージュ――「夜蔭の騒擾」1952

一、「夜蔭の騒擾」

日本共産党入党の一九五一年三月から一九六一年一二月に党を除名されるまでの一一年間は、安部公房のルポルタージュ作家としての活動時期にほぼ重なっている。入党前年の一九五〇年は『アカハタ』発行停止の年である。日本共産党の新聞《ジャーナル》が消滅し、言論が封じられた翌年に彼が入党したということは、象徴的な意味を持っている。彼のルポルタージュが、社会変革への志向と同時に、ジャーナリズムへの拭いがたい不信感をもっているのには、この頃の事情も影響しているのである。

「夜蔭の騒擾」(『改造』一九五二年七月)は、そんな状況下で書かれた安部の最初のルポルタージュである。一九五二年の「血のメーデー」から一ヶ月後の、奇妙な事件に取材したものである。ただし、これはルポルタージュとしてはかなり奇妙な体裁をもった作品となっている。「《五・三〇事件を私はかく見た》」という副題を持つこの作品の前半のほとんどが、新聞記事をはじめとする様々な引用によって構成されているのだ。

わが寝床の枝々に　決して諾《ウィ》と言わない
一羽の鳥が巣をつくる　と私が言うと
君たちは私の言葉を信じ　わが不安を分つ
……………
けれども　私が卒直《ママ》に　わが街の全体を
涯のない街のような　わが国の全体を歌うと
君たちはもう私の言葉を信じない　君たちは沙漠へゆく

安部は、このルポルタージュを、このようなエリュアールの詩を引用することではじめている。これは、シュールレアリストとして出発した後、大戦下の共産党に入党した詩人と同じく、これまで「一羽の鳥」について語ってきた安部が、「わが国の全体を歌う」仕事をはじめるというマニフェストなのである。このような宣言をも引用で行うところに、後述するこのルポルタージュの方法の徹底が見てとれる。

社会的事件のひきおこす不安は、社会的不安である。それは個人の心理ではなく、社会の心理であり、大衆の生活の上にきずかれた世論というジャーナリズムの建築物である。そのアパートのなかでぼくらは共同生活する。ぼくらがもつ事件のイメージは具体的な体験よりもむしろその共通の概念なのだ。

安部は、そもそも世論というものがジャーナリズムの引用の上に成立したものであると述べる。そのような基盤の上で曖昧に共有されている「共通の概念」を検証するために、安部が方法とするのは、その無意識の引用行為を徹底的に意識化することである。安部は「何よりも支配的だつた現場監督の新聞報道」、すなわちジャーナリズムの言説をひたすら書きうつしていく。[27] M紙（＝毎日新聞）、S紙（未詳）、Y紙（＝読売新聞）、A紙（＝朝日新聞）、N紙（＝日本経済新聞）、それにS通信他[28]「八つのニュース」の記事を引用しながら比較検討し、それらの共通点と差異を検証していくというのが彼の方法である。彼は最初に、五月二八日の『毎日新聞』朝刊から、三〇日『朝日新聞』夕刊までの記事が、いかにして事前に事件を準備していったかを再現する。ゴチックで印刷された「日共うごめく」「警察・交番を襲う？」「各所で交通遮断五・三〇〝動員十万〟」「学校火災に注意」「ビタミン療法・日共で武器の新製造法」「警察の窓に金網」「硫酸水鉄砲？」「前夜祭で乱闘」といった見出しを見ると、すでに大変な事件が起こっているかのようである。

強引のきらいはあつたが、とにかくこうして一つのフンイキがつくられた。たしかに事件は始まる前から始まつていたのではないか。ぼくらはすでに事件の案内図とプログラムと入場券を、いやおうなしにつかまされてしまつているのだ。

しかし、事件は「俳優の演技不足か、演出の不手際か、ともかくプログラムとはかなりちがつた内容」になる。安部は新聞記事の引用により、『板橋の事件』と『新宿の事件』を再構成する。『板橋の事件』について並べられた三一日朝のY紙、A紙、N紙、M紙から浮かびあがる像は互いにかなり異なっている。日暮里山という地名が山として扱われていたり、M紙の火焔ビンがN紙では汚物入のビンになっていたり、死者の名前さえ異なっていたりする。安部はこれらの引用により、「共通の概念」の基盤となるべきジャーナリズムの報道が、いかに頼りにならないものかを示していく。『新宿の事件』については、安部は矛盾する記述を衝突させあいながら一つの文章にまとめあげるという方法をとる。警官隊と暴徒との激しい衝突があったらしいことだけはわかるが、その他の時間や人数などのデータは各紙とも矛盾し、支離滅裂なフィクションと化してしまう。安部は同月のアンケート「作家の態度」(『近代文学』一九五二年七月)に、「ルポルタージュの理論について少し考えています」という答をよせているが、これこそが安部の考えた理論による方法なのである。すなわち、引用同士をぶつけ合わせることによって、互いの矛盾を強調すること。引用のコラージュとしてルポルタージュを構成することで新聞報道の無効性を指し示すというのが、安部の最初にとった戦略であった。

そして、それらに対し、「偶然新宿に行きあわせていた」「ぼく」の、特権的な体験が語られる。実は新宿の事件とは、「一万に達する無言の群衆と、装甲車、照光車までをそなえたものものしい警官たちとの、異様な対峙」であり、「ジャーナリスティックには表現できない」状態であったというのである。

新聞は他にも様々なことをつたえている。しかし、新聞記事の発狂状態は最近の世界的現象らしい。新聞病理学が必要なのではないのか。事件の本質は案外まるで事件なんか存在しないところにあつたのかもしれないのだ。たしかにこの事件は、光と影が反対になつた写真のネガみたいな性質をもつている。ポジをつくつて見る必要があるのではなかろうか。ヒットラーや東條の顔が現れてこないともかぎるまい。

「まるで事件なんか存在しない」ということは、確かにジャーナリスティックには表現できない。ジャーナリズムが表現するためには、「報道」すべき何かが存在しなくてはならないのだ。その何かを存在させている力を透かしてみると、あの大本営発表を支えていたのと同じ構造が見えてくるかもしれないというわけである。「ヒットラーや東條の顔」として、この時点では、一九五〇年八月に設置された警察予備隊や、四月一七日に国会に提出された破防法のことが想定されていただろう。七月四日の破防法国会通過直前にも、「闘いは明日から始まる　破防法は人々を黙らせはしない」（『早稲田大学新聞』一九五二年六月二一日、全集未収録）という記事のなかで、安部は「本当の闘いはむしろ破防法が国会を通過したその日から始まるのだ」と主張している。こうしたいわゆる「逆コース」の軍事化の動きに対し、「闘い」としてのルポルタージュを構成するのが安部のスタンスであり、その見地から見れば、架空の五・三〇事件を存在させたのは、ジャーナリズムの言説そのものだったということになる。

安部は、翌三一日、事件について各新聞が「不思議なくらい」同じ見解を発表したことについて、

「プログラムどおりに幕が下りた」と評価する。報道の上にあらわれたこの事件全体が、プログラムをもった一つのフィクション、「超現実派的な芝居」だったというわけだ。

《気むずかしい友ら》よ、現代では信ずべき事実がいかなるものか、これでいくらか納得してくれただろうか。見える部分よりも見えない部分が多い。しかし見なければならない。暗闇の中で、現実のばらばらな部分を手さぐりたしかめるだけでなく、ネガティヴに出ている現実を、光の中でポジティヴに見なければならないのだ。（中略）

すでに新聞が発狂してしまったことを知った君は、もう報道など信じないでくれるだろうね。ぼくらの世論をつくらなければいけない。ぼくらのアパートはぼくらで管理しよう。

ここにあるのは、「発狂状態」のジャーナリズムへの徹底的な不信感である。「警察側が事実よりもプログラムを大事にし、新聞はそのプログラムに合わせて見もせずに劇評をやろうと決めている」状態で、共産党員としての現実を確保するためには、自らの断片的な体験に立脚しつつ、矛盾しあうネガとしてのジャーナリズムの言説から、なんとかポジをつくりだすしかない。安部はそのような状況の中で「ぼくらの世論」をつくるためにも、この時期、第二章で見たような政治的オルグ活動に熱中していたのだろう。

安部とジャーナリズムの言説のくいちがいでもう一つ印象的なのは、「五・三〇」という日付の意味づけである。安部は「最後に、どの新聞にもふれてなかつたが、五・三〇とは、上海の日本人紡績工場のストライキ弾圧をきつかけに、中国に革命が始つた記念日のことなのである」という言葉で、このルポルタージュをしめくくる。安部は一九二五年の五・三〇事件のことを指しているのだ。ところで、新聞の方を見てみると、各紙とも「いわゆる五・三〇記念日」という言い方をしてはいるが、ほとんど意味づけがされていない。かろうじて五月二八日の『日本経済新聞』が、一九四九年の「都議会に公安条例上程をめぐり一千五百余の労働者が押掛け、警官隊との間に乱闘事件が」あった日として、五月三一日の『毎日新聞』朝刊が、同じく集会デモ取締りの都条例を阻止しようとして、都議会二階から墜落死した橋本金二君の命日として紹介しているだけである。ここにも「革命」という言葉を隠蔽しようとするジャーナリズムと、安部との対決が見てとれるようである。ところが、当の五・三〇集会の仕掛人たる共産党の機関誌であり、これらの新聞を「ブル新」とよぶ『アカハタ』でも、やはり「東京都公安条例反対斗争における暴虐な警官のために虐殺された東交柳島支部の労組員橋本金二君の死をいたみ、労働者へのいわれない弾圧にたいして抗議する斗争」（復刊第六号、一九五二年六月七日）として、五・三〇を定義しているのである。安部にとっては入党前の事件である公安条例反対闘争よりも、中国革命の記念日としての印象が強かったのであろうが、ともあれ、このくいちがいについては、どうやら安部の思いこみだったと言えそうである。

二、「裏切られた戦争犯罪人」と「壁あつき部屋」

対日平和条約・日米安全保障条約の発効に伴ない、ＧＨＱによる占領が終了する一九五二年四月終りから一九五三年にかけて、戦争犯罪人の手記の出版ラッシュがあった。一九五三年の書評においても、小川徹が『壁あつき部屋』『あれから七年』『虐待の記録』の三冊を取り上げ、「もう一度「戦争」について考えてみてはどうか」と問いかけている。独立直前の野間宏『真空地帯』の刊行もあわせ、戦争についての反省の気運があらためて盛り上がった状況であったといえるだろう。

戦闘経験という意味での戦争経験を持たない安部は、この問題に対し、やはりコラージュ的なテクスト操作という形でのアプローチを試みる。それがルポルタージュ「裏切られた戦争犯罪人」、及びシナリオ「壁あつき部屋」である。

「裏切られた戦争犯罪人」(『改造』一九五三年四月)は、文字通り戦犯の収容されたスガモ・プリズンについてのルポルタージュである。ここで安部は「夜蔭の騒擾」の末尾で語った「ヒットラーや東條の顔」の問題を、違う側面から扱おうとする。

戦犯問題に無関心だったという安部は、スガモに行く前、「魂をうしなつた過去の亡霊たちが、ふたたび悪の降霊術師にまねかれるのを待ちながら、うつろなくりごとをくりかえしているのに出遇う」ことを想定していたという。これは、旧軍人が次々と保安隊に吸収されていった当時の状況を考えれば、当然の予想といえるだろう。[29]

私は、戦犯問題を今さららしく取上げることにこそ問題があるのだと、皮肉な気持で思つた。しかし、実際にスガモの人たちとあい、話を聞き、いろいろ資料をしらべるにおよんで、問題が意外に複雑であり、かつ重大であることに気づいた。戦犯問題をことさら取上げることが問題だったのではなく、それどころか逆に、その忘却と無関心にこそ問題があるのだと、つくづく思い知らされたのである。

スガモは決して亡霊の住家などではなかつた。むしろあまりにも今日的な、歴史と現実の交叉点であつた。

この導入の文章が、このルポルタージュ全体の要約にもなっている。これは安部のルポルタージュすべてに共通する特徴ともいえるものだが、とにかく事前に持っていた認識は覆されなければならないのだ。それまでの現実は弁証法的な認識過程を経て、新たな現実として組み直されねばならない。安部にとって、それはルポルタージュを行う際の強迫観念のようなものでさえあった。(30)

安部は二月にスガモの戦犯K氏をたずねてインタビューをするが、「スガモ全体のあまりにも民主化された姿」に「巧妙にしくまれたサギをみたときのような、不快な感じ」を受ける。それは先にあげた先入観によるものなのだが、安部は結局インタビューからは得るところがなく、「くつたくのないK氏の笑顔に」別れを告げる。安部のルポルタージュはむしろこの後から始まる。安部は六人の受刑者の話と資料を総合して、「スガモの実態の概略」を作りだす。これは主に日米の政治的関係にかかわる資料のまとめであるが、その作業によって、安部は、軍国主義に向かう政府がBC級戦犯を大衆から隠蔽する場として、スガモを描き出す。そして、「この民主化は逆コースの過程に生じた一時的な特殊現象」であるとし、次のような結論を出す。

政府は釈放運動が平和運動と結びつくことを、なによりも恐れているのだ。大衆の戦犯に対する無関心は、政府当局の意識的なインペイと離反が大きく作用した結果だつたのだ。

つまり、戦犯に対する忘却と無関心という一般的な態度が、政府の操作によって作りだされたものだというのである。だから今後は釈放運動と平和運動を結びつけてより強力な運動を形成すべきだというのが彼の提言である。

しかし、このルポルタージュは、どこまでが彼の体験によるもので、どこまでが資料によるもので、どこからが彼の推定によるものなのかがはなはだ曖昧である。主張は明確なのだが、そこに至る道筋が不明瞭なのだ。安部は「BC級受刑者の釈放運動は、本来平和運動であつたのだ」と述べるが、それは中国からの引揚問題が平和運動と結びついて実現したことからくるアナロジーに過ぎない。最終的にもB29の搭乗員の首を切ったという受刑者の「てつてい的に真の戦争犯罪人を追求する」という言葉に「歴史が一人の人間の中を通過する、その必然性の偉大な姿」を見て感動するという、主観的なまとめに終っている。安部は戦犯釈放運動と平和運動を結びつけることに性急なあまり、ルポルタージュとしては必須の論証を怠ってしまった。その点で、「裏切られた戦争犯罪人」はルポルタージュとして失敗作に終ったといえるだろう。

安部は同じ戦犯問題というテーマを、次はシナリオというフィクションの形で追求する。それが小林正樹監督によって映画化された「壁あつき部屋」である。「巣鴨BC級戦犯の人生記」という副題をもつ『壁あつき部屋』（理論編集部編）が出版されたのは、一九五三年一月であった。安部は短歌や日記など様々な形の手記が集められたその本をもとに、同題のシナリオを書き、同年一〇月には映画が完成する。しかし「反米感情をそそることを恐れて未公開に終つた。国際情勢の転換をまつて公開しようとしてはいるが、いつ陽の目をみるか明らかでない。」（無署名「製作界 松竹」）という状態になってしまい、公開されたのは映画よりもシナリオの方が先であった。(31)

そのシナリオの内容を検討してみよう。冒頭、巣鴨拘置所の設備を映しながらの解説は、「裏切られた戦争犯罪人」での「無関心の壁をうち破つてBC級受刑者たちと手を結ばなければならない」という宣言にふさわしい導入となっている。

「壁あつき部屋」の広告（1953年）

文明と平和の名に於て裁かれた戦犯達がここに服役している。／私達がこゝを訪れたのは無論単なる好奇心からではない。／この日本の過去を葬つた墓にも等しい厚い壁の中に八年の間生埋めにされていた恐るべき真実を一人でも多くの人に訴えたいと願つたからにほかならない。

そして『壁あつき部屋』から、表題ともなった小林博志の短歌「つきつめて己にかへるかなしみを放つに狭く壁あつき部屋」の壁に書かれた形での（新仮名による）引用がなされ、「壁あつき部屋」の文字がクローズアップされた後、キャスト紹介が始まる。ここまでの構図が、このシナリオの本質的な部分を示している。すなわち、意図としてはBC級戦犯の釈放運動と平和運動を結びつけるための啓蒙であり、内容的には『壁あつき部屋』の中の様々な手記のコラージュとなっているのがこのシナリオなのである。

主要登場人物は巣鴨にいる山下、横田、そして山下の上官であった浜田の三人であり、ストーリーは彼等の現在の生活と、戦場での過去の回想シーンをカットバック式につなぎながら進行する。最初に語られる山下の体験は、沢田陽三の「まず石をなげうて」という手記の脚色である。手記は、戦闘中の沢田等が山中で一人の土民に出会い、そのもてなしを受けるが、軍曹は彼がゲリラの見張りかも知れないから殺そうと言い、沢田がそれを思いとどまらせる話である。シナリオにおいては、上官の浜田の命令により山下が土民を殺害するという、よりドラマチックな形になっている。次に紹介される横田の体験は、鶴谷睦二の「はだかパレード」という手記によっている。鶴谷は日本海に面した俘虜収容所の通訳であった。ビスケットの盗み食いをした俘虜を、翌日、下士官が帯革で叩いた上、上半身裸で見せしめにすると、二週間後、俘虜は肺炎のため死んでしまう。見せしめの際通訳をしていた鶴谷は、戦後終身刑になる。シナリオでは、俘虜は裸にさせられ、見せしめの最中に死亡、手記では別の出来事であった火葬場のシーンがその後に挿入されている。

山下の物乞いと残飯あさりのシーンは三浦寒吉「動物への転落」からの脚色であり、日本兵銃殺目撃のシーンは米川欣五「屍体収容」から、その埋葬を原住民から拒絶されるシーンは福島貫一「御遺族に」からの引用である。さらに細かい点を挙げれば、ＧＩの声が「ハバ、ハバー」と聞こえるのは川西雄三「こうして暮していますす」からの引用。また、「裏切られた戦争犯罪人」で引用された七夕の短冊（ヒロヒトを逆さまにして吊したい）は奈良原君夫「一九五二年の七夕祭」からである。(32)

こうした引用のコラージュとして構成された前半が終ると、後半は母を亡くした山下が一日の一時出所をする話になる。かつて浜田を殺そうと脱走を試みて失敗した山下は、尾行つきで巣鴨を出る。山下は通夜に出たその足で、かつての上官であり、裁判の際に自分を裏切って偽証をした浜田の家を訪ねる。しかし浜田を追いつめたところで、「殺してやろうと思つたが、殺すのが惜しくなつた」と呟き、そのまま巣鴨に帰っていくのである。このくだりは、「裏切られた戦争犯罪人」において、ＢＣ級受刑者の不満を「部下を裏切つて証人台に立つた上官などに対する個人的な怒りにとどまつていた」と表現していたことを想起させる。ここでは、その「個人的な怒り」が、もっと大きな怒り、つまり未だにアメリカに従属する政府への怒りへと移行することを表現しているのだろう。

巣鴨に戻った山下は、かつての脱走事件を左翼雑誌に発表して以来絶交していた横田と和解する。平和運動を推進する横田と、実践を通じてＢＣ級戦犯の釈放の問題を提示する山下との和解というエンディングは、まさに「裏切られた戦争犯罪人」での主張の図式化となっている。ルポルタージュという形式では論証を欠いて説得力を持たなかった主張が、フィクションの形式でわかりやすい図式にまとまったわけである。この時期、安部は、創作行為について、次のように述べている。

「芸術家は魂の技術者である。」というスターリンの言葉を想出していただきたい。ようするに創作とは、意識の変革のために、現実を分析し、形象的に再構成する、魂の技師の生産物なのである。創作する行為は、それ自身「実践と認識の環」であり、その生産物である作品は現実認識の一形態なのである。（「文学運動の方向」『人民文学』一九五三年四月）

彼は、創作を通じた「意識の変革」を積極的に推し進めようとしていた。「壁あつき部屋」はその一つの作例であろう。ここでの引用のコラージュは、矛盾を指し示す戦略にではなく、相乗作用によるオルグ効果、実践的効果を目指して行われた。「夜蔭の騒擾」とは正反対の姿勢である。しかし、変革はなかなか安部の図式通りには行かなかったようだ。三年後、公開された映画を見て、奥野健男は次のように語っている。

A級戦犯を敵で、そしてみんなBC級は被害者だとするが、BC級の中の人が全部ここに描かれているような意識を持つているかといえば、疑問だと思うね。みんなが反米的な感情を持つのは当り前だと思う。しかし戦争中の軍国主義的な意味からの反米もあるし、それから本当の平和主義もあるし、コミュニズムの方に行く人もある。それが軍国主義的なのをA級戦犯にばかり押しつけちやつて、全部平和運動の方へBC級を持つて行つたという単純な割り切り方。かえつてそのために説得力が少くなつている。もつとそこの微妙な絡み合いや対立を描くべきだつたんじやないか。（清岡卓行・奥野健男・佐々木基一）

わかりやすい図式化のためにかえって説得力を失ってしまったというのが奥野の評価である。全般的には「彼の小説や戯曲より、シナリオの方を高く買うべきではないかという気さえする」と肯定評価をあたえている佐々木基一も、「収容所内での民主的目覚め、A級戦犯への憎悪、われわれこそ犠牲者だという自覚の発生が、経過を追って辿られていないという不満は最後までのこる」と述べている（佐々木基一「解説」）。

ただし、完成から三年を経て公開された映画には、様々な圧力の痕跡が残っていることに注意する必要がある。一九五三年の初出版シナリオと一九五六年版のシナリオ、さらに東京国立近代美術館フィルムセンター所蔵の映画を見比べてみると、朝鮮戦争とアメリカ、及び保安隊に関わる台詞を中心に、段階を追ってカットされていったことがわかるのだ。しかしこれらを勘案しても、奥野や佐々木の指摘にはうなずけるものがある。

「裏切られた戦争犯罪人」と「壁あつき部屋」は、安部にとっては無縁であった戦争犯罪を取り上げ、それを自らの文脈で捉えなおした意欲作ではあった。しかし、あまりに単純で明快なその図式は、安部の意図通りの共感を得るには至らなかったのである。この後の安部は、杉浦明平の影響を受けつつ、ルポルタージュ的方法を深化させていくのだが、次章ではその一つの達成として書かれた小説について見てみたい。

第一〇章　書割としての〈記録〉と〈家〉――『飢餓同盟』1954

一、はじめに

安部公房にとって初めての書下ろしとして発表された『飢餓同盟』（大日本雄弁会講談社、一九五四年二月）は奇怪な小説である。花園という寂れた田舎町を舞台とするこの小説は、総勢三〇名にも及ぶ固有名を持つ人物を登場させながら、そこで結ばれた飢餓同盟という結社の興亡を描いていく。芥川賞をとった「壁」などで「観念的」「寓意的」と評され、作中に地名・人名などの固有名をほとんど用いなかった作家にとって異例の試みであることは言うまでもないだろう。この試みは、まもなく安部自身によって「失敗」（「認識と表現のあいだ」『季刊　文学評論』第七号、一九五四年八月一〇日）として回顧されることになるのだが、一方で安部は、この小説をもとにしたシナリオ「（仮題）狐が二匹やってきたもしくは白と黒もしくは神様になったペテン師たち」（全集17）を書いてみたり、一六年後に改稿（講談社、一九七〇年九月）してみたりと、様々な形で修正を試みている。

この章では、ここでの安部の「失敗」に終ったかもしれない実験がどのようなものだったかを明らかにし、未だ指摘されていないその主な源泉を明らかにした上で、この小説の位置づけを試みたい。

二、杉浦明平の〈記録〉と滑稽化の戦略

十返肇は当時の時評の中で『飢餓同盟』に触れて次のように述べている。

　この小説が一風変つているのは、ここには全然リアリティというものが無いからだ。彼の小説はどれでもそうであるが、ことにこの小説は一応リアリティを持たなければ書き得ないような題材でありながら、また部分的にはリアリティを感じさすようにも書いてありながら、小説全体には全然といつてよいほどリアリティが見られないのである。（十返肇「長編小説合戦」）

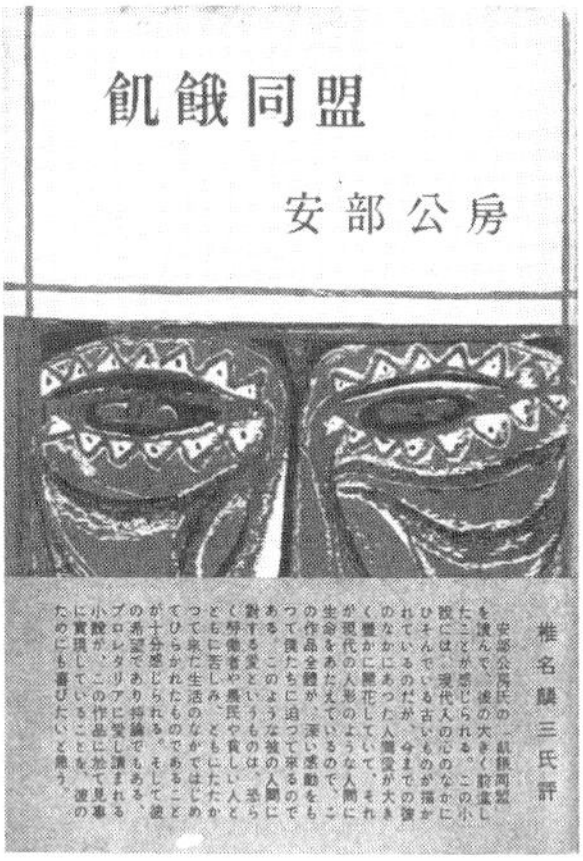

この他、同時代評では「読み終つてのこつた印象は、それほど明瞭なものではなかつた」とする佐々木基一の「書評　安部公房著　飢餓同盟　講談社刊」をはじめ、「うちけしがたい印象の稀薄さ」（浜田新一・村松剛・米川和夫）などが指摘されている。肯定的な評価としては、「「美しい」恋愛

もなく、「男らしい」冒険もないこの戯画の方がはるかに現代日本の現実をリアルに浮彫にして」（白井浩司）いるとか、「封建的な勢力と、それに対する奇妙なたたかいを戯画化し、諷刺的な方法によって、現実をリアリスティックにとらえている」（林尚男）といった書評が挙げられる。一体この小説にリアリティはないのだろうか、それともあるのだろうか。

後者の肯定的評価に共通する「現代日本の現実」の「戯画」や「諷刺」とは、つとに杉浦明平に捧げられた評語であった。中でも最も有名な丸山眞男による書評は、以前東京に出て来いと言った「不明を詫び」つつ、「ここに描かれている福江町はまさに小文字で描かれた現在の日本国であり、逆に日本は大文字で描かれた福江にすぎない」とし、諷刺で描かれた日本の縮図としての観点から『ノリソダ騒動記』を賞讃していた。『飢餓同盟』と、この『ノリソダ騒動記』をはじめとする杉浦明平の一連のルポルタージュとは、単に評語を共有するのみでなく、その冒頭から似通っているのである。

花園という地名はほうぼうにある。M県だけでも三つある。だから手紙をだすときには、郡、大字、字、と、できるだけ詳しく書かなければ届かない。しかしいまは手紙をだすわけではないのだし、それにある先生に言わせれば、物語というものは作者が本当だと言いはるほどウソにみえ、ウソだと言いはるほど本当にみえるものだそうであるから、なおさらアイマイなままにしておくほうがいいようにも思う。（1、以下引用には節の番号を付す）

これに続く部分で、ここがかつての花園温泉であり、大地震で温泉がとまってからは普通の町になってしまったこと、花園という名の印象は、駅構内の花壇と花園キャラメルの煙突が支えていることが述べられる。実在する寂れた温泉地についてとぼけて語っているかのようなこの冒頭には、ルポルタージュ作家としての活動をはじめた時期の杉浦明平の筆致を想起させるものがある。例えば杉浦の「小さな町から」は「東海道線のT駅から半島の北側を縦貫する四十キロのバスはこの町の心臓をつなぐ唯一の血管だ。」とはじまり、戦争前の二つのバス会社の競争と、それらの統合後の寂れぶりが語られる。後に「諷刺小説」と分類されるこのシリーズは、「わたし」の住む小さな町を舞台としながら具体的な地名を記さず、T駅や「この町」と曖昧にしながら、地元のボスたちの利権や不正をユーモラスに語っていく。単行本で独特のルポルタージュのスタイルを確立した『ノリソダ騒動記』では地名こそ明かしているものの、その詳細については次のように語る。

たとえばわたしの家は折立だ。ところが正式の住所は大字古田字西原畑であつて、折立ではない。折立というのは海岸沿いの一かたまりの小字であるけれど、それに近いので、わたしのあたりも折立で通用している。西原畑といつても郵便局か役場以外ではだれもわからないであろう。

こうした地名定義の曖昧さは周辺の福江、清田、小中山も同様であり、そのため裁判などでは混乱が出るし、事情に通じているもの以外にはわからない仕組になっていると述べ、「田舎というものは定義を灰色にする。法律のこまかな規定はもぐりの利用するためにつくられたようなものだ。」と概括する。「郡、大字、字、と、できるだけ詳しく書かなければ」ならない地名や、それらとは別の通称がまかり通る曖昧さが田舎の特徴だというわけである。

安部は「認識と表現のあいだ」(『季刊 文学評論』第七号、一九五四年八月一〇日)というエッセイにおいて、『飢餓同盟』の書き出しに苦労した話をしながら、書き出しの発見を幾何学の補助線の発見に例えている。『飢餓同盟』固有名を持つ土地と人々の物語である『飢餓同盟』をはじめるにあたって、安部は「ほうぼうにある」地名を強調することで、「日本の縮図」としての普遍性への回路を確保しようとしていた。そのために安部は手慣れた抽象的な舞台ではなく、どこにでもあるが固有名を持つどこかとしての具体性を持つ書割を必要としたのであり、それをまずは杉浦のルポルタージュに求めたのだ。

安部と杉浦の組合せは意外に見えるが、一九四八年一〇月に真善美社が発行した綜合文化協会編『二十世紀の世界』に杉浦は関わっており、戦後の運動体の中で早くから近い位置にいたと言える。『飢餓同盟』刊行の二年前から安部がルポルタージュに接近してきたのは、第二章で見た通りである。杉浦は安部が「夜蔭の騒擾」を発表したのと同月に「ノリソダ騒動前記」を『近代文学』に発表、翌年六月の単行本化に至る連載の過程で大きな反響を呼んだ。そんな中で杉浦も一九五二年一一月から『人民文学』に執筆するようになり、一九五五年五月には〈現在の会〉のルポルタージュ・シリーズ『日本の証言』の一冊として、『村の選挙』を刊行した。このシリーズの別巻『ルポルタージュとは何か？』」には安部も「ルポルタージュの意義」を寄稿している（鳥羽「ルポルタージュ・シリーズ『日本の証言』について」）。一九五六年五月には「捕った三人の男」（『知性』）という総題で安部と杉浦と椎名麟三の短篇が発表され、山本薩夫監督によりオムニバスとして映画化される予定であった。この年、安部は杉浦明平の『台風十三号始末記』をミュージカル化する脚色も試みたが未完に終っている[33]（谷真介）。そして一九五七年五月の〈記録芸術の会〉立ち上げにおいては、安部と杉浦は発起人として名を連ねていた。二人は同じ時期、党内の同じ立場でルポルタージュに取り組んでいったことになる。その過程で書かれた『飢餓同盟』において、安部は探訪者ではなく生活者の視点から地元の生活を描いていった杉浦のルポルタージュの舞台を援用し、新たなリアリティを模索していったと言える。

さて、花園町を舞台として展開されるこの小説の主要プロットは二つある。一つは花園町の町会議員の補欠選挙に藤野幸福と宇留源平、貝野という共産党員の父の三人が立候補するが、宇留が藤野に買収され、貝野を襲撃して立候補を中止させ、結局藤野幸福が無投票当選するというプロット。もう一つは町のよそ者の「ひもじい野郎」たち七人の同盟である「ひもじい同盟」が「飢餓同盟」と改名して結成され、同盟の資金源として地熱発電所を作ろうとするが、多良根町長の婿である県の企画課長の穴鉢倉吉にだまされ、戦前から途絶えていた温泉脈を探り当てた途端、多良根たちに乗っ取られるというプロットである。とりわけ前者のプロットに関連する部分で、杉浦明平のルポルタージュに描かれた状況・細部が数多く引用されている。例えば選挙前の読書会の場面で、貝野という共産党員はこのように述べる。

そら、学校の校舎はボロボロだ。診療所をつくるつくると言いながら、いつまでたつてもつくらない。さつき村山先生も言つたけど、道路拡張で土地をとられた人に補償金が一部しか渡つていない。町の予算で建てた貸家はみんな巡査に貸してしまつた。そして町議たちは毎年百万円以上を酒とパンパン遊びにつかつてる。いや、もつとかもしれんぜ。なにしろ、このまえ道路をしらべにアメリカ兵がジープできたときだつて、アメリカ兵は十分ほどしかいなかつたというのに、連中はカンゲイだと称して二日がかりで飲みあかしちやつた。(16)

貝野が並べたてる町議たちの行状のディテイルは、「小さな町から」にはじまる杉浦明平の諷刺小説や、とりわけ前年に『群像』に連載された『基地六〇五号』で描かれたものにそっくりである。また、同じく共産党員の舵尾がビラを貼ったために政令二〇一号違反で逮捕されるというエピソードは『ノリソダ騒動記』に酷似している。選挙直前になって貝野の父が襲撃を受けるくだりも、『ノリソダ騒動記』で描かれた選挙前夜の「暴力と恐怖の町」の様子を彷彿とさせるものとなっている。

このように、『飢餓同盟』は、杉浦のルポルタージュという〈記録〉から、その様々なディテイルを借りて書き始められたものと見ることができる。こうしたエピソードの数々とそれを揶揄的な口調で滑稽化して語る語り口は、杉浦においては、共産党の武装闘争の最中で一般の支持を得ようとする戦略から生まれていた(鳥羽「「諷刺小説」から「ルポルタージュ」へ」)。しかし安部によって借用されたこれらのエピソードは、冒頭の「作者が本当だと言いはるほどウソにみえ」という言葉通り、かえって小説のリアリティを減じ、芝居の書割的なウソっぽさを増しているように見える。しかもこの小説に用いられる「本当」の書割は杉浦のものだけではないのだ。

三、柳田國男の〈家〉とオヤコ

この小説のもう一つの背景を形作っているのは柳田國男である。この時期の安部が柳田についてのコメントを残しているわけではないが、花田清輝を通じての接近があっただろうと思われる。花田は一九四七年発表の「芸術家の宿命について――太宰治論」のなかで、柳田のいわゆる「フォークロアの実験室」としての日本の停滞性を逆手に取って二〇世紀的な芸術を創造することを提言した。また、一九五三年には柳田の『不幸なる芸術』の書評で次のように述べている。

リバースのいわゆる「オールドマン」とは、すぐれた記憶力と公平無私な観察力と過去の神秘性にたいするセンスとを持ち、父祖の生き方考え方についてみずからの学びとったものを、次代の人間に伝えないではおれないような存在だということだが、その上柳田國男には芸術家としてのするどい直感力があるようだ。国民文学に関する空論にふけるよりも、謙虚な態度で、このような「オールドマン」の言葉にききいったほうが、かえって、文学の未来にたいする展望がひらけるかもしれない。（花田清輝「柳田國男著『不幸なる芸術』」）

これから五〇年代末にかけて、花田は近代的なものを超えるための媒介として、しきりに柳田の著作を取り上げることになる。おそらくこうした視点を通じて柳田に接近したであろう安部は、柳田や民俗学的なものの引用をこの小説の随所にちりばめている。

まずタイトルでもある飢餓同盟は、本来ひもじい同盟という名であり、それはこの町でよそ者が「ひもじい様」にとりつかれる「ひもじい野郎」と呼ばれていたことに由来するのだが、これは柳田監修の『民俗学辞典』における「ひだる神」の項からの発想であろう。そこでは「ひだる神」の別名として「ヒモジイ様」の名前も紹介されており、「空腹時に憑かれることが多く、愛知県北設楽郡振草村の花丸峠にはダリ佛の石像があり、非人の行倒れを埋葬したものといっている」という例も挙げられている。かつてはひもじい峠の茶屋でひもじい様の番人をしていたという花井の生立ちやその名前は、この「花丸峠」に淵源するだろう。その花井は、新入りの森に説明して「こんな言いつたえがあるんですよ。ひもじい様つて飢餓神がいて、それがいつも町境をうろついており、外来者をみつけると、すぐとつついて餓死さしてしまう……ね、うまく考えたもんでしょう。他所者なら、飢え死してもかまわないつていう、狼みたいな排外主義の合理化なんですよ」と「読書会で村山先生から聞いた解説」(13)を述べている。この花井の説明に見られる町境という出現場所と外来者という対象は、辞典の記述や、そこで参考として挙げられている大藤時彦「ひだる神」をはじめとする文献[34]にも見られないものである。こうした排外主義を「新たに外からはいって来る者を嫌忌する傾き、すなわちよそ村の者を排斥して昔の郷党ばかりが水入らずで暮そうという至当なる希望」として詳述しているのは、「田舎対都会の問題」の柳田である。柳田は、都会人を受け入れて地方を振興させるための「不便障害」「永年の因襲」としてこれを記述しているのだが、安部はその性格をも「ひもじい様」に担わせ、「ひもじい同盟」の町から排斥されるよそ者たちという性格を強めている。

成績優秀だった花井の子供時代、多良根が奨学金を渋った時の言い分は「花井太助には、しっぽが生えているというが、本当か？　もし、本当なら、日本人ではないのではないか？　日本人でないものに奨学金を出すわけにはいかない。それに、花井の姉は、折紙つきの不品行なキツネつきである。よろしく、ゲンカクなる検査をねがいたい……」(14)というものであった。花井は水銀をのんで自殺をはかり、その結果ようやく奨学金を得た。

『おとら狐の話』で狐持ちと金持ちの関係を示唆していた柳田は、狐持ちの家系に生れた速水保孝による体験的考察の書物に序文を寄せている。後に安部も関わる『ルポルタージュ・シリーズ　日本の証言』を刊行した柏林書房発行のこの本には、「やい！狐持ちの子、お前の家は狐持ちじゃないか…。狐持ちの子だから、お前も狐を使つていい成績をとつたんだろう……」といった非難をされた速水の経験が語られるが、これは花井に浴びせられた多良根の非難と同種の不条理なものである。速水自身は狐持ちの迷信の原因として、次のような仮説を提示している。それは「江戸中期を境として、とうとう、農村に入り込んできた貨幣経済の波によつてひきおこされた、封建農村における階級的力関係の変化」により、「没落者が、その勝利者である新興成金に対していだいた反感と嫉視とが、陰陽師とか、弘法大師信者とか、修験者とか、神社の神主とか、寺の坊主とかいつた祈祷者たちの媒介によつて、狐持ちとか、犬神持ちとか、蛇持ちとか、外道持ちとかいう迷信をつくつていつた」というものである。これは、温泉場への入口にひもじい様をまつっていた旧家の出であるが現在は没落している花井家にあてはまるというより、現在の支配者である多良根家や藤野家にあてはまるものである。

ところが、藤野幸福は迷信撲滅運動協会会長を務めるかたわら催眠術の研究家でもあり、それにより織木の母をおかしくしたり花井里子を手込めにしたりしており、それにより彼女たちの側がキツネつきと呼ばれることになる。つまり、速水のように本来は狐持ちの家と呼ばれるべき側が、迷信の撲滅や都合の良い活用をその手に握っている状態なのである。

キツネつきに関してだけでなく、〈家〉の問題はこの小説において重要な位置を占めている。先にも述べたように、この町は多良根家と藤野家に支配されており、二つの〈家〉は診療所などを巡って争いを続けている。旧満州と北海道を往復しながら育った安部にとって実感の薄い、こうした古い〈家〉の問題を描くにあたっても、彼は「オールドマン」たる柳田の著作を参照し、そこに描かれる〈家〉の姿への反抗としての飢餓同盟員の格闘を構想しているようである。柳田は、中野重治との対談「文学・学問・政治」の中で「雑誌の要求が強いものだからね」と述べている通り、一九四七年の新民法公布前後、多くの文章で〈家〉について書いている。また、『家閑談』や『先祖の話』といった〈家〉に関する書物もこの時期に続々と刊行されている。

「オヤを生みの親に限るやうになつたのも、勿論決して新しい時代のことで無い」（「オヤと労働」）という柳田は、それらの書物の中で様々な〈家〉やオヤコのあり方を記述していた。「親方子方」ではタスケオヤについて「恩を施してやがては報謝を求めようとするけちな親方が、国の政治を蠹毒するのも、根本にはこの歴史的なるオヤコの義理を基礎にして居るのである」と述べている。また、同じ助け親をはじめとする近年の多様な親について、『国史と民俗学』では、「自己の門党に属せざる多数の人間を、集めて勢力を為すには親になるより他に方法は無かつた。それを政治に適用したのが現今の選挙であろうと思ふ。義理という道徳の起りと機能、及び其限界を明瞭にして置かぬ以上は、入費を制限しただけでは選挙は清まるまい。さうして政治は策謀の巣になるだらう。」としている。花園町ではこうした必ずしも血縁によらぬオヤコ関係が様々な形で登場してくる。「うるわし」「健康」「幸福」という名を持つ藤野家の面々は、体面の良い看板の陰で、「月謝つきの只より安い女工で運転する洋裁工場」(22)を経営していたり、唯一の医者として町民の生命を支配していたり、「迷信撲滅」の名を借りながら催眠術で女達を手ごめにしたりしている。不在地主たる多良根町長は無投票選挙で町長の座を守りつづけ、娘婿の米軍基地への道路建設により、名実ともに独裁者の座に上る。そこまで大物でない宇留源平も、産業開発青年隊を率いてタダ働きさせている。彼らは柳田いわゆる広義あるいは原義のオヤコ関係のオヤたる立場に立っているわけだが、必ずしもそのコに対する責任を果してはおらず、共産党の貝野や読書会の村山、飢餓同盟の花井といった連中に、様々な角度から批判をされることになる。

この小説のオヤコ関係としては、多良根とその奨学金を受けて運転手をしている花井、[35]多良根と婿の穴鉢、貝野親子、「家族主義」(22)の駅長と駅員の狭山、藤野と小作のM、といったものの他、成立はしなかったが藤野家と森の養子関係まで持ち上がっている。花井と同盟員たちにもそうした関係はあり、だからこそ井川は末尾において「おとといからぼくが同盟の本家になつて、君を追放することにきめちやつたんだ」(25)という言い方で、花井のオヤ支配を脱したことを告げるのである。花園町の外でも、手記に登場する織木と秩父博士の例がある。織木は後述するヘクザンによって人間メーターにされる時、秩父博士に「エレキをもつてせまつてくる父の気配」(9)を感じているし、秩父博士は織木を「自分の息子のようだ」（9）とも言っている。こうした広義のオヤによる支配が遍在しているのがこの小説の舞台なのである。

初期の柳田はまた、血縁の〈家〉について系図や永続性を重視し、「ドミシード即ち家を殺すことは、仮令現在の家族に一人の反対が無くとも、生まれぬ子孫の事を考へれば自殺ではありませぬ、他殺であります」（「田舎対都会の問題」）と固く戒め、都会への移住傾向を危惧していた。家永続の主題は『明治大正史　世相篇』の「家永続の願い」の章や、戦後の『先祖の話』でも反復されている。「もしかしたら、祖先のどこかにアメリカ人の血がまじつてるかもしれない」（16）と、あくまでも血縁中心の発想の中で町の外部を夢想していた狭山ヨシ子は、最後には東京に出て行ってしまうのだが、これは都会移住によるドミシードの実践とも言えるだろう。飢餓同盟自体も、この町での独身者の集まりであり、成就して〈家〉を形成することのない片思いのネットワークを形成している。花井太助は狭山の姉ヨシ子に恋をし、狭山ヨシ子は織木順一に恋をし、織木順一は既に亡い花井太助の姉里子に恋をし、狭山は町を出て行った娘に恋をし、藤野うるわしは森四郎に恋をしているが、それらはすべて成就することがない。狭山ヨシ子同様、同盟員の矢根善介と森四郎も最後には町を出ることになるのだが、もしかすると、これらの片恋と脱出によるドミシードの実践が、飢餓同盟の最も革命的な点だったかもしれない。

小説中で登場する住職であり町会議員でもある重宗晴天の論説は、過去七年の無投票選挙を「花園町の伝統的美風」（13）とし、今回の宇留源平も藤野幸福も「いずれも家系正しき良識の人にして、充分信頼と尊敬に価いする」ため、話し合いによってこれを解決し、「わが伝統的美風を守り」ぬこうと提言している。戦後の制度を「伝統」という名にすりかえ、また「家系正しき」ことを町政につく要件とする語りは、柳田的な〈家〉の連続性へのこだわりを露悪的に誇張したものとして、真向から飢餓同盟と対立するものとなっているように思える。しかし盟主の花井は花井で森に対して次のように述べている。

しかしぼくは専門の運転手じゃないですよ。花井といつて、この町の旧家の出で、キャラメル工場の主任をしているものです。花井つてのは、ずいぶん旧くからある姓らしいんです。昔はこの町も花井といつたんだそうですからね……（5）

「旧家の出」であること、かつての町名と同一であることを強調する花井は、発想の点で重宗と全く同じ地平に立っている。都市化に遠い町で、〈家〉を破滅させることから個人の連盟を強めていこうとする意志を持っていた飢餓同盟は、そもそも初期柳田の議論を反転させた意志を持っていたとも言える。しかし本質的に同じ発想から逃れられなかった彼らの連盟は崩壊し、〈家〉に吸収されていく。反対に、ここで自殺するのは究極の「ひもじい野郎」たる織木の側なのである。

ところで第二章で言及したシナリオ『不良少年』は『飢餓同盟』に九ヶ月遅れて刊行されたが、脱稿は半年前の五月だったらしい。一九五四年五月一二日、安部は「映画化する松川事件　シナリオ「不良少年」（仮題）を脱稿して」という記事を『早稲田大学新聞』に寄せている（全集未収録）。その中で語られるシナリオの狙いは以下のようなものである。

プロレタリアートのもつとも進んだ部分であるあの松川の被告たちと、社会のもつとも暗い部分である不良少年やボスの世界が、決して別々の世界ではなく、農村という無力の土台を一つの柱としてそだつた日本の枝、同じ胎内にやどつた兄弟であることを、私ははつきり見たのである。松川事件の斗いは、反フアッショの斗いだということが言われている。これは単なるスローガンではない。現実の中では、まさに日常的な、具体的な苦悩の物語として、存在していることなのである。もし私たちが、松川事件の斗いにやぶれたなら、それは民主主義の重要な一角をくづさるにまかせたことになる。もし松川事件を、農村を土台にした大衆の封建的意識の壁をこえておしひろげることができなかつたら、次の判決でもまた苦い敗北をきつするにちがいないのだ。……という気持で、不良少年の生活を中心に、松川事件の底にある農民的な封建性の壁について、物語をつくりあげてみたわけである。

これは福島での取材を基にしたコメントであるが、まさに『飢餓同盟』での柳田的〈家〉観を基盤としながら農村の現実を捉えていることがわかる。少々先走って言えば、杉浦の〈記録〉から柳田を経て『飢餓同盟』を書いた安部が、再び自らの〈記録〉的シナリオへ向うという往還運動になっているのである。しかしここではまた小説の世界に戻ろう。

四、政治的人形たちの革命劇

こうして『飢餓同盟』は、杉浦の〈記録〉と柳田の〈家〉とを書割として、一種のドタバタ喜劇を繰り広げる。その戯画的な人物造型も杉浦の方法の援用である。「ノリソダ騒動」の『近代文学』連載における匿名と実名の混淆は単行本『ノリソダ騒動記』で実名に整理されていったが（鳥羽「「諷刺小説」から「ルポルタージュ」へ」）、杉浦はまた別の方法論で単なる記録にとどまらない人物像を描いている。『基地六〇五号』の単行本「あとがき」において、杉浦は次のように述べている。

小作や中農や開拓者のほとんどすべては本名ではない、ということは、それぞれモデルとなるべき人間がいるのであるが、それは必ずしも一人ではなく、実在する二人または三人から一人の人物をつくり出したからであつた。つまり、あまりに多数の名前が出て来ては、徒らに混乱を招来するだけだから、階級的なタイプをもつて代表させようとする気持であつた。

「階級的なタイプをもつて代表させようとする気持」で書かれた『基地六〇五号』の登場人物たちは、政治的対立点を明確化しながらこのルポルタージュのエンタテインメントとしての要素を強めている。また、彼らと違い「虚構がほとんどなしえなかつた」という「公職に就いている人々」についても、杉浦は積極的にあだ名を用いてデフォルメを効かせているのだ。『飢餓同盟』にも、こうした杉浦流のデフォルメを施された登場人物たちが、しばしばあだ名をもって登場してくる。宇留源平の紹介がその一つの典型であろう。

彼は剣道四段だつた。しかし、土地柄からいえば八段くらいの値打ちはあつた。朝、十数年来つづけている木刀振りの気合は、近所の人々には寺の鐘くらいになじみ深かつた。ウルドッグというアダ名の由来の一つでもあつた。……由来の一つといつたのは、むろん由来因縁が一つではおさまらないからである。その体格、たるんで今にも流れだしそうな顔、「オウッ、」と返事のかわりに発する奇声、ゆつくりと噛みつき、噛みついたら離さないという頭の悪さ……それも単にヒユ的に噛みつくだけでなく、実際、現実の歯をもつて人間の肉に噛みついたこともあるという、(ただし相手はうら若い女性だつたということであるが)……といつた具合で、ウルドッグというのはブルを宇留にもじつたものであるが、むしろ彼とブルドッグの相違点を強調したほうが手つとり早いくらいだつた。参考のためにつけ加えておくと、彼は元軍人、現在町の公安委員である。無私無欲、正義の人、青少年の教育家として通つていた。一生に一度、町会議員にしてくれればというのが彼のささやかにして唯一のねがいだつた。(12)

これは「元軍人」という階級的タイプを代表する『基地六〇五号』の方法で描かれた戯画であり、『ノリソダ騒動記』以来の「釜さ」こと川口釜之助らの描き方に近いものがある。しかしこれはパロディではない。もともと戯画としてのルポルタージュであった杉浦のテクストが、現実との照応関係を示唆しつつこのようなデフォルメの手法を用いていたのであり、安部はその手法を借用し、参照項のない空虚なデフォルメを演じてみせたのである。ここに揶揄があるとすればそれは杉浦に対してではなく、ある固有の元軍人に対してでもない、「元軍人」というタイプ一般に対してのものである。

一方、飢餓同盟員の矢根という人形使いが、町の不正を題材とした人形劇を上演する場面があるが、この劇中劇に登場する人形についての描写は、『飢餓同盟』の登場人物についての言及にもなっている。たとえば織木は「ふさふさした濃い眉毛と、歯をむいた大きな口とが八割以上をしめている、狼のような顔の、あるいは狼そのものの人形」(19)を見て、秩父博士にそっくりだと思う。こうした人形のような極端なデフォルメと、それによって表わされる（必ずしも階級的とばかりは言えない）タイプに、この小説の登場人物の特徴がある。「決してうまいとはいえなかったが、しかし独特の表現力はもっていた」(19)人形によって作中で演じられる矢根の劇は、この小説のあり方を模倣している。「子供にたべられてしまったキャラメルの幽霊が登場人物で、こいつがつまり、藤野の力をかりて、多良根をやっつけるっていう筋」(18)で上演されるはずだった人形劇《キャラメル慰霊祭》は、「支離滅裂」(20)で「セリフが落ちたり人形が動かなくなったり、やっている当人にもわけが分らぬ始末」となるが、「全体的な意図は明瞭すぎるぐらい明瞭」であり、そのため花園新聞で特集され攻撃されることになる。彼が矢根という、鏃と等しい名を持つことを考え合わせると、この鏃は権力を射ようとして射損ね、その攻撃の意志のみは充分に伝えてしまったということになる。『台風十三号始末記』のミュージカル化を断念した安部は、山本薩夫によるその映画化「台風騒動記」についての杉浦の不満に理解を示し、「人形劇のような手法こそまっさきに考えられるべきだった」という杉浦の指摘を「まったく異論をさしはさむ余地のない」（「物真似」『映画芸術』一九五七年一二月）ものとしているが、そこで想定されていたのが、このような『飢餓同盟』の人物造型であっただろう。

その矢根も加盟する飢餓同盟による革命の不可能性を象徴するものとして、同盟が当面の目標とする温泉を利用した地熱発電事業がある。発電事業というのは、この時点では政治的に両義的なものを含んでいる。まず、一方でこれは戦後日本の経済復興のために最優先されていた事業であり、またレーニンによって「共産主義はソヴィエット政権プラス国土の電化である」とされた通り、電化による工業化政策はスターリンにも受け継がれ、ソヴィエトをはじめとする社会主義陣営においても重要視されていた事業なのである。

これを実行するに当たり、花井はしきりに日本の法律にこだわる。七人いるから株式会社にできるということで、花井は井川に六法全書を調べさせ、公益事業令の規定に基づいて発電会社を作ろうとする。「花井さん、革命のほうを、発電所よりも先にするわけにはいかんのですか？　法律のほうも大変だけど、資金のほうも大変ですよ」(17)という井川の提案に対しても、「発電所が先だ」と答えるばかりである。これはマルクスの「革命は法律によっては起こされない」（全集第二三巻第二分冊『資本論』九七九頁）という言葉を引くまでもなく、革命を目指す組織としては滑稽な態度である。それは結局認可を求めて訪ねていった県の企画課長・穴鉢倉吉にだまされ、多良根家に乗っ取られるという結末を招くことになる。

その共産党の県委員会を訪ねて話を聞いたがプロレタリア独裁に共感できず、べつに共産党をつくろうとしたが「やつら、共産党は一つで、特許をとつてあるつていう」(18)ため飢餓同盟という名前にしたという花井の語る革命とは次のようなものである。

「人間が絶対自由になるためにはひもじい革命で、ぜんぶが貧乏人にならなければならない」(10)
「われわれはまず花園革命をやる。この場合、なにも町民全部が同盟員にならなくても、革命はできるように、花園革命が成功してしまえば、ここを拠点に郡の革命をやる。それから県、地方、全国というふうに、上へ上へとせめていくわけだ。」(18)

政府が黙っているかという疑問に対しては、「ぼくらは共産党とちがうんだから、そんな下手な革命はしませんよ。革命が終つても、革命だなんて、誰にも気づかれないような具合にやるんだ。」(18)とも述べている。また、「もしおれがこの雪を自由自在に降らすことができるのなら、たつた一日で革命をしてみせられるんだがな」(16)と夢想し、「もう政府も戦争もない……あるのはおれと雪だけだ」という世界の空想を楽しんだりもしている。こうした花井の発言や夢想には、ユートピア的な夢の計画と、壊したら何とかなるという無計画とが交互にあらわれており、全く一貫性がない。共産党についての柳田の不満点を拡大して見せたようなものである。人形的な人物造型と、花井の夢想とによって、この小説は書割に見られるリアリティから逸脱していく。リアルなはずの書割を背景としてはじめられた人形劇は、次第にどこともしれない世界の話へと離陸していくのである。

戦前に止まったままの温泉脈を探すために花井が選んだのは、織木を人間メーターとして使う方法である。それはナチスドイツが開発した「魔女《ヘクザン》」(9)という一種の麻薬により、「大脳を人工的に条件反射が形成され易い状態におき、一切の自由主義的無規律をとりのぞいて、有効な機械的統制を強化」し、技師を「計算器でつないだ百のメーター」のようにしてしまう方法だという。これにより織木は「理性はいままでどおりでも、意志はまったくなくなってしまう」(24)。つまり、このヘクザンという擬似科学の産物は、機械が憑依する人工的な憑物として機能しているのだ。織木はそれを嫌い、帰国した戦後の日本でも秩父善良たちに利用されようとしていることを知ると、事の顛末を記した遺書を残し、利用を拒んで自殺しようとした。しかし遺書を読んだ花井の「強引な注文」(20)により、織木はもう一度ヘクザンを飲み、戦前・戦中と戦後を結ぶ役割をさせられることになる。

「両親が朝鮮にわたる途中の船の中」(9)で生れ、ドイツで人間メーターになった過去を持つ織木は、かつて多良根が花井に向けた言葉通り「日本人でない」(14)者と呼ばれうる存在であり、花井と同じく自殺も試みている。その織木に対し、花井はかつての憤りも忘れたように、しきりにヘクザンを用いて憑かれた状態になることを、つまり「キツネつき」(14)の姉のようになることを勧める。ここでは、多良根から花井への権力関係が、花井から織木の関係として反復されているのだ。

炭酸ガスを感じた織木は、ボーリングを開発の第一段階とし、水脈の分離工事を第二段階として、それにより「花園温泉はそつくり昔のままの姿にもどるだろう」(21)と考える。彼はさらにそこから、「まだ世界中どこでも試みたことのない地熱開発のための水脈改造計画」を夢想する。つまり、現在から過去に戻り、そこから未来を考えるという思考のプロセスを踏んでいるわけだが、これは花田が柳田について述べることになる「前近代的なものを否定的媒介にして、近代的なものをこえようとする進歩的態度」(「柳田国男について」)の先取りとも言えるだろう。

しかし同盟自体は過去から未来へ戻ることなく、ひたすら過去へと退却する。そうした退化への方向性は、同盟員たちの爬虫類・両生類としての表象によって予告されていた。寝返った井川はイボ蛙とあだ名されていたし、森四郎は「ひからびたトカゲのよう」(13)であったし、花井は「しっぽが生えている」(14)のを苦にして切り落とした人物であった。飢餓同盟は退化同盟でもあったのである。井川に裏切られた花井はしっぽが長くのびた幻覚を森に告げ、精神分裂症と診断されることになるのだが、これは彼の精神の内部での退化の完了と見ることができる。

ひもちびの息子の織木の餓死のような死によって町は栄える。「ひもじい様は、もしおまえが帰ってきたら、くい殺してしまうと言ってるんだよ」(9)という花井の母の民話的予言が的中したことになる。村山の受け売りとして花井が言っていたように「ひもじい様」は排外主義の合理化とも言えるが、飢餓同盟と織木の顛末を眺めていると、排外ではなく外部のものの搾取機構として機能しているように見えてくる。他所者であったひもじい野郎たち、中でも戦前・戦中的なものを色濃く担っていた織木が、温泉という「昔のままの」ものを復活させることで町の経済を活性化し、それをまた他所者であるブローカーがねらう。しかし最終的にはすべてが町を支配する多良根家に呑み込まれていくのである。

最後に町を出て行く森が、藤野うるわしを見て「暗い不幸な頭」(26)と感じたのは、単なる主観ではないだろう。温泉の噴出は、米軍基地への道路建設に続き、花園町での多良根の支配を決定づける出来事であり、藤野家の地位の相対的な低下は避けられない。花園町が町の外部の、米軍と結んだ権力に支配されつづける事態はこれによって確定されたわけであり、藤野家の伝統的な支配はそれには及ばない。かえって同盟の「本家」となり、多良根と秩父博士の地熱発電会社に入ったイボ蛙こと井川の前途の方が洋々としており、今後の町の権力は、秩父博士と不在の多良根とを中心に、飢餓同盟の本家や分家が握っていくことになるのかもしれない。そう考えると、本当は秩父博士が主人公のはずだったという安部の真意も明らかになってくる。そもそもこの政治的人形劇の操り手は、花園町に不在の多良根、ひいては秩父博士だったわけであり、彼らの利益のために、花井や織木をはじめとする飢餓同盟員たちは、滑稽な道化芝居を演じさせられたわけだ。

矢根が鏃だったとすれば、穴鉢は花井や花園から蜜を吸いとる花蜂だったろうし、秩父博士は織木にとってのオヤであることをチチという音と父という文字とを重ねることで示した名前と言える。そしていると多良根は、先の辞典での別名に出てくる「ダラ」ことひだる神、つまりひもじい様をその根としているという名前である。多良根は「澱粉の一手買附業者として、はじめて町にのりだしたころ、町民の注意をひくために、提供したのが多良根奨学金」(14)とされていた通り、そもそもは他所者なのである。そうした起源が忘れられてしまうぐらい、以前と同じ支配構造が反復されつづけている点に、この〈家〉を中心とした日本の政治のカリカチュアの意味があるだろう。没落した旧家の出である花井は、その奨学金で学校を出、ひもじい野郎たちの手を借りて、唯一人成功したひもじい野郎である多良根による支配を転覆させようと試みたが挫折し、かえって多良根は新たな他所者である織木の搾取をもやり遂げたというのがこの結末なのだ。「第二、第三の織木が製造されることだろう」(26)と予告されているように、織木は織機と同じように、資本投下によって富を生み出す生産手段とされてしまい、今後とも続く同じ支配構造を支えていく。

ところで多良根は「関節のすくない自動人形のようなものごしがひどく自慢」(11)な人物であった。[36] 花園町を舞台とした人形劇の、陰の操り手自身も人形として形象されていたということは、糸を引く操り手をも含めた一切が、書割の前で演じられる茶番であることが露悪的に示されているということだ。これは、カリカチュアとしてのデフォルメの要素を極端に拡大してみせる政治的人形劇なのである。

内部の現実を見つめるシュルレアリスム的な目を持って、再び外部の現実を見つめ直すのがリアリズムである（「新しいリアリズムのために――ルポルタージュの意義」『季刊 理論』一九五二年八月）という安部は、「事実という問題を、普遍化せずに、事実のまま採入れておくことがリアリズムであるという錯覚」（座談会「新しい文学の課題」『文学界』一九五四年三月）をもつとして私小説や自然主義を敵視していた。人形劇という手法は、自然主義敵視による露悪的な仕掛けであり、古くさい町の因襲や人間関係を描いてはいても、これは自然主義リアリズムではない、ということを明示するための手法なのである。その人形劇の背景として杉浦と柳田から借用した書割を用いたことは、この小説に一見「リアル」な背景を導入したかのように見える。しかし十返肇の言う通り、ここに「全然リアリティというものが無い」のは、その書割が小説を「リアル」にするようには働いていないためだ。日本の同時代を表す杉浦の〈記録〉と、連続性を表す柳田の〈家〉という書割は、この政治的人形劇において、舞台の固有性・具体性を保証するものとはなっておらず、かえってウソっぽさを増し、抽象性を高める方向に作用している。この小説にリアリティがあるとすれば、「どこにでもある」が、誰にとっても絶対に「ここ」ではない、かといって抽象的でもない舞台の中での、カリカチュアライズされた政治描写においてである。肯定的な書評がみな「リアル」と共に「戯画」という言葉を用いていたのは、戯画化された人形劇の中に政治のリアリティを見たためであったろう。この小説は様々な点でアンバランスではあるが、ある政党や現実に取材した「政治の中の文学」をではなく、「文学の中の政治」を扱っているのだ。そうした意味で、これは後に『砂の女』について奥野健男が称揚することになる「新しい政治小説」(「「政治と文学」理論の破産」)への試みの一つとしても評価しうる小説なのである。

第一一章　国境をめぐる思考――『東欧を行く』１９５６

一九五六年四月二二日から二九日にかけて開かれたチェコスロヴァキア作家大会に、安部公房が新日本文学会および国民文化会議の代表として出席するため東京を発ったのは、同月二四日のことであった。ローマ、パリ経由で会場のプラーグに着いたのは二八日、会期も残り二日の時点だった。彼は会議の翌三〇日から五月三日までは他の外国代表と一緒に、四日から一〇日までは単独でスロヴァキアを旅行し、一〇日にプラーグに戻る。そして三週間プラーグに滞在した後、ルーマニアのブカレストとコンスタンツァ、そしてパリをまわって六月二四日に帰国した。この間の見聞を記した一連の文章が、『東欧を行く――ハンガリア問題の背景』（大日本雄弁会講談社、一九五七年二月）にまとめられることになる。これらの各章と初出との対応関係については全集七

巻の「作品ノート」に詳しいが、ここでは、その中でも一九五六年九月から一〇月にかけて『知性』に発表された「東ヨーロッパで考えたこと」と「日本共産党は世界の孤児だ――続・東ヨーロッパで考えたこと」を初出に従って見ていきたい。後述の通り、後者の末尾は『アカハタ』の批判に答える形で大幅に書き直されている。

さて、安部が帰国してこれらの文章を発表した時期は、ちょうど東欧の最初の動乱期にあたっていた。帰国四日後の六月二八日にはポーランドのポズナンで反政府暴動が起った。また、一〇月二三日にはハンガリー事件の発端となる学生・労働者の反政府暴動がブダペストで起り、翌日にはソ連軍が鎮圧に出動する事態となった。

単行本の最初におかれることになる「東ヨーロッパで考えたこと」の冒頭で、「コミュニストである私」と自らを規定する安部は、「行くまえからもう結果が分っているような」憂鬱に襲われる。「いま私が出発し向うべきところは、現実の内側のもっと奥深い場所であり、それを外に向って飛びだすなどもってのほかだという気持があった」からである。安部の憂鬱が破られるのは、「カフカの町」プラーグに入ったときである。

心の中で、なにかしらもうれつな対話がはじまりかけていた。準備してきた私の予測を裏切り打壊すものを予感していた。私は一方の端をここにおき、もう一方の端を日本において、ぴんと張った電線のように緊張しはじめていた。(中略)本物の私はいぜんとして日本にあり、チェコにいるのは私の分身で、それは一種の精密装置をそなえた観測気球のようなものだったわけである。

この文章には後で「昨一七日づけの新聞」という表現が出てくるので、プラーグで書かれたものだと思われるのだが、それでも「本物の私はいぜんとして日本に」あるという。安部は自らの内部の日本を通じてチェコという外部と、外部のチェコを通じて内部の日本と対話しているのだ。ここで安部の念頭にあったのは、花田清輝の「林檎に関する一考察」であろう。一九五七年に発足する〈記録芸術の会〉をイデオロギー的に準備するものとなったこの文章は、「内部の世界と外部の世界との関係を、その差別性と統一性においてとらえた上で、これまで内部の現実を形象化するためにつかわれてきた、アヴァンギャルド芸術の方法を、外部の現実を形象化するために、あらためてとりあげるべきではないか」という提言をしている。安部は「内部の世界と外部の世界」とを対話させながら、何とかチェコという外部を形象化しようとする。

その対話を端的に表しているのが、「西洋人」と「日本人」についてのステレオタイプの相対化である。「じっさい西洋人はよく笑う。意味なく笑うのは日本人の悪習だなんていわれるがとんでもない大嘘だ」とか、「日本人は自然を愛するというが、西洋人はそれ以上であるような気がする」などと、一般的なステレオタイプを次々に覆してゆく。日本と西洋の共に外部に立ち、「よりよくとらえる」ための装置として、「私の分身」は機能するのだ。「私の分身」は、さらに画報や小説に載っているような単純な事実ではないものを発見しようと、やっきになって走り回る。スロヴァキヤにおいて、コルホーズが理想的には運営されていないという事実を発見しても、安部は満足しない。

しかしそれだって大したことじゃない。昔のソ連の小説を読めば書いてあることだ。私は次第にあせり、不安になりだした。はじまりかけた対話がとまりそうな気がする。けっきょく旅行者がつかめるのはこの程度のことなのか。

「裏切られた戦争犯罪人」の項でも述べたが、安部のルポルタージュにおいて、事前に持っていた認識を覆すことは、ほとんど義務のような誠実さをもって遂行される。目に映る事物を描くことよりも、目に映らない「真相」を暴き出すことを安部は期待する。ここでの安部は、日本とチェコ、あるいはスロヴァキヤの間の対話によって、事物の裏側に、何か全く新しいものが発見できることを期待している。そして安部が発見したものは、ジプシーという、チェコ人にとっての外部である。

スロヴァキヤの小さな町でジプシー部落を訪問した安部は、熱烈な歓迎を受ける。そしてスロヴァキヤの首都ブラチスラヴァに戻った後、酒場でのちょっとした会話で、チェコ人が「ボヘミアン」という呼称を嫌がることを発見する。彼らによれば、「ボヘミアン」こと「ラ・ボエーム」とはジプシーのこと、あるいはボヘミアの原住民のことで、自分たちとは関係がないというのである。彼らは、ジプシーと関係があると思われるのが「おそろしくいや」なのだ。また、チェコ語でドイツ人を意味する「ニェメッキイ」が、「だんまり坊、あるいはもっと悪く、無味乾燥の人」という意味で使われていることも紹介した安部は、次のように述べる。

私が問題にしたいのは、このジプシーに対するこだわりといい、あるいはドイツ人に対する偏見といい、意外なほどの民族主義についてである。（中略）国境のある民族は外国との往来が自由だから偏見がすくないなどという考えは、要するにコスモポリタンが頭の中ででっちあげた空想で、現実は逆に国境という怪物によってますます偏見が助長されるわけである。ヒットラーはたくみにそれを利用した。スターリンは甘くみすぎてしっぺ返しをくった。いま世界の共産主義がぶっつかっているのもまさにこの問題にほかならない。

安部はジプシーやドイツ人に対する偏見から、ヨーロッパにおける民族主義の強靭さを発見する。ここから、安部の関心は民族的な偏見の追求へと向っていく。例えば翌月発表の「喧嘩——東欧旅行中のあるエピソード」は、赤い帽子の女と、安部の通訳をしていたチェコ人の喧嘩を描いている。最初フランス語を話し、「ユーモアが分る」フランス人に見えた赤帽子の女は、安部の通訳がドイツ語という「けがらわしい言葉」を口にしたことをきっかけに、通訳とロシア語で延々と喧嘩をする。通訳は彼女が亡命ロシア人だと考えるが、実はベルギー人だったというのが結末である。ヨーロッパにおける民族・国家・言語の複雑さを端的に表したエピソードである。また、二ヶ月後に発表され、同じ書物に収録されることになる「ミラチエック君の冒険」においては、見たこともない「日本娘」にあこがれるチェコの青年ミラチエック君が登場する。彼は「日本娘」に会いたい一心で朝鮮まで行き、「日本娘」がいるというU××という駅まで訪ねて行くが、「朝鮮人が聞けばあきらかにちがう発音なのだが、彼には全然区別することが」できない駅名の違いのために、ついに「日本娘」と出会うことができないのである。これもまた、あこがれという形の、民族主義の一種と言うべきだろう。

ともあれ、そういった関心の元になったエピソードに戻ろう。ジプシーに関して見出した「意外なほどの民族主義」を、安部はすぐに「国境病」という用語に置き換えてしまう。すると、安部は民族と国家を一対一対応で考えているのだろうか。一つの国境の中にチェコ人とスロヴァキヤ人とが存在するチェコスロヴァキヤを旅した者の認識としては、これは奇妙なことに見える。しかし、注意してみると、安部は作家大会の名称と文章の導入以外には、「チェコスロヴァキヤ」という呼称を全く使っていない。「チェコ」と「スロヴァキヤ」を分けて考えているのだ。そもそも、「ボヘミアン」についての論争のきっかけとなった会話は、「チェコ人とスロヴァキヤ人」との間に交わされたものであった。つまり、安部がここでいう「国境」とは、チェコスロヴァキヤという政治上の国家《ステイト》よりも、チェコ人、スロヴァキヤ人、あるいはジプシーという民族集団《ナショナリティ》に関するものなのである。東欧のナショナリズムに関する研究成果に照らしても、これは正確な認識と言える。

もし「チェコスロヴァキア民族」というものを「チェコスロヴァキア人」としての「民族意識」を共有し、「チェコスロヴァキア・ナショナリズム」を主張するチェコ人とスロヴァキア人が大多数をなす一つの共同体であると考えるならば、不幸にもそのようなチェコスロヴァキア民族なるものは現実には存在しなかった。(ヨーゼフ・F・ザツエク)

現実に存在したものはチェコ・ナショナリズムとスロヴァキア・ナショナリズムだったわけだが、それらも決して単純ではない。

東欧の民族の最大の問題点は、「民族意識が形成されたとき、それに対応する独自の国境線をもたなかった」ということであろう。東欧で民族意識が成長する一八世紀末から一九世紀初頭にかけては、東欧の諸民族のほとんどは、四大帝国（ドイツ、ロシア、ハプスブルク帝国、トルコ）の支配下にあった。／そのため、東欧の「民族」は、近代の西欧にみられる民族＝国民（ネイション）をあらわす概念とは結びつかない。それは、大国支配の下で、個々の「民族集団（ナショナリティ）」をあらわす概念にとどまった。（中略）この「民族集団」は、近代の民族意識の成長にともない、「国民国家」の形成という方向ではなく、「既存の国家に対抗し、自民族の境界線に従って国境線を引き直そうとする」要求を起こしていくこととなった。こうした「既存の国家・国境線と対決しようとする」民族性は、東欧の諸民族が独立国家を形成したのちも、東欧の民族の大きな特徴として継続することとなる。（羽場久美子）

安部はこのような東欧の民族性を確実に捉えたといえるだろう。安部のいう「国境病」とは、政治上の国境を支持する国家《ステイト》に対し、民族集団《ナショナリティ》による「国境」を擁護する姿勢のことなのである。そして、対話をつづける安部の思考は、日本に還ってくる。安部は、日本の中の国境として、米軍基地の鉄条網を発見する。安部は、「国境に対決した経験が弱い」日本に、基地の鉄条網により、自覚的なインターナショナリズムが育つことを期待する。この期待は、一般的にも読めるが、実は具体的な目標がある。一九五五年七月の第六回全国協議会、いわゆる六全協によって方針転換した日本共産党に対する批判が、ここにこめられているのである。それが、この続編である「日本共産党は世界の孤児だ」において、もっと明確な形で表されるのだ。

「日本共産党は世界の孤児だ」において、安部は、社会主義社会には矛盾が存在しないかのようにふるまう態度を「天国病」という言葉で批判し、「プラスの矛盾」という考え方を強調する。

もし大衆に真の社会主義を知らそうと思うなら、社会主義を天国のように描いてみせることではなく、むしろこの世には（むろんあの世にも）天国などは存在せず、あるのはただきまざまな矛盾であり、ここ資本主義にはマイナスの矛盾が満ちあふれているが、べつな社会ではプラスの矛盾が支配的になるのだということを示すことによって、その閉ざされた意識を解放することが必要だったのである。

「マイナスの矛盾」とは発展を引きとめるもので、「プラスの矛盾」は発展を促進させる矛盾だという。日本共産党はこの「プラスの矛盾」にさえ目をつぶり、ただ整然として美しい「退屈な天国」を信じている点に問題があるというのだ。安部はこの「プラスの矛盾」という考え方によって、帰国後のポズナンの暴動についても説明する。プラーグで書かれた「東ヨーロッパで考えたこと」に、帰国後、安部は次のように加筆していた。

私はやはりこの暴動をもふくめた全部を前進なのだと考えたい。それをマイナスの作用だと考えずに、プラスのエネルギーに転化することができてこそ真の共産党といえるのだ。

竹本賢三により「無葛藤理論の裏がえし」と『アカハタ』紙上で批判されるくだりであるが、この発想の源は花田清輝であろう。矛盾、対立をそのままに止揚しようという花田ゆずりの発想を、安部は政治についてもあてはめている。そしてこれはポーランドにおける脱スターリン化の契機となったポズナン暴動の一面を言い当てた分析となっているのである。

この後、安部は「芸術の当面する課題」として発表されることになる作家大会の報告書を、「毎晩つづけて十日以上もかか」って翻訳したと書いている。考えてみれば、翻訳という行為は、書かれた言葉を肉体化して自分のものにすることでもある。[37] 安部が報告書を翻訳した作家大会が、チェコスロヴァキアの作家たちが「共産党政権に対して多かれ少なかれ御用作家的存在だったことを自己批判して、「国民の良心」としての作家の伝統に立ちかえることを公けに表明した」（栗栖継）第二回大会であったことは重要である。それはソ連共産党がスターリン批判を行った二〇回大会の二ヶ月後のことでもあった。翻訳には、チェコ共産党や大統領側の社会主義リアリズム擁護に対し、作家たちが様々に反論を加えていく様が、生き生きとあらわれている。中には、経済政策の誤りや官僚主義への不満こそが社会主義制度の発展を支えていたという、「プラスの矛盾」と同じ問題意識も出てくるし、それらに対して見て見ぬふりをして官僚主義の生成に貢献してしまったことへの反省もでてくる。チェコの詩にユーモアが欠乏していることへの不満をも述べているこの報告書において、若い世代の作家として「才能がある」ミラン・クンデラの名が挙がっている事実は、この大会における転換が有効であったことを改めて感じさせる。

これらの発言を肉体化し、新たな目を獲得した安部は、改めて矛盾について考える。そして、矛盾を「大きな成果のまえには相対的にゼロと」みなす綜合の姿勢と、矛盾を究明する分析の姿勢とがあることを、ポー描くオーギュスト・デュパンが目の前にある「盗まれた手紙」を見つけたようにして発見する。チェコはいま綜合型から分析型への移行過程にあり、中国はいぜんとして綜合型であるという。それらは現実に根ざした必然性のあるものだとして、次には日本との対話を再開する。それは、「現実から遊離した政策」をたてる「日本共産党の欠陥とその責任」についてである。

ついせんだっての平和革命宣言はいったいどういう意味だ。サンフランシスコ条約で情勢が変ったなどという理由が理由になるものだろうか。日共は終始サンフランシスコ条約には反対してきたはずである。その悪い条約が、平和革命の可能性をあたえるというのはどういうことなのか。

先に、米軍基地の鉄条網により、自覚的なインターナショナリズムが育つことへの期待が、実は日本共産党に対して向けられていると書いた。それは、このくだりで完全に明確になっている。米軍の基地駐留、戦犯釈放のアメリカ管理を定めたサンフランシスコ条約こと対日平和条約と日米安全保障条約は、「悪い条約」であった。「裏切られた戦争犯罪人」において目標とされた平和運動と戦犯釈放運動は、共にこの条約がある限り成し遂げられないものだったのである。安部は、その条約に敵対することをやめ、「本当の意味で大衆を信用する気持がない」日本共産党指導者たちに対し、次のように主張する。

　とにかく、ロシアや中国のアナロジーはもうやめなければいけない。正しい意味で社会主義国や人民民主主義国から学ぶべきものは、その現実と多様性なのである。とりわけ、この旅行記を全体を通じて私が明らかにしたような、国際主義と民族性の新しい発展に注目してほしいものである。

　ロシアや中国への追随ではなく、自国の現実を見つめることこそ自覚的な国際主義につながるというのが、安部の主張である。つまり、日本にも自覚的な「国境病」、すなわち米軍基地の鉄条網に対して国境線を引き直し、自らの民族性を主張する姿勢が必要だということである。この姿勢を、「アメリカ帝国主義」に対して「日本民族」を対置する日本共産党の、例えば次のような主張と比べてみよう。

　ひとにぎりの売国奴どもが、たとえその歴史を忘れようと、またかれらの主人公であるアメリカ帝国主義者が歴史をねじまげようとも、日本国民は歴史を忘れず、民族の誇りと自からの利益のためにたたかいつづけるのである。（無署名「主張　民族のほこりを高く」）

『アカハタ』の同じ号には「当面の闘争スローガン（8）」として、「文化の植民地化と反動統制反対。日本の民族・民主文化をまもりそだてよう」という標語が掲載されているが、このように、アメリカ帝国主義および日本の反動勢力に対抗するため、「日本国民」とイコールである「日本民族」を持ち込んでくるのが当時の日本共産党の方針であった。しかし、安部と日本共産党との間には、はっきりとずれが生じはじめている。安部は単行本において、民族性につき、さらに次のように加筆しているのだ。

内容は社会主義的な、形式は民族的な、というのは、なにも社会主義リアリズムの規定だけではないのである。世界の共産主義革命が完成し、国境が廃止され、民族語が廃止されて世界語に統一されるほどの未来にならいざしらず、当面は一般的な社会主義的人間像など、想像するほうがどうかしていたのだ。民族的個性の自由な開花こそ、社会主義によつて保証されたものであり、そこに解放の成果をみるのでなければ、愚直な天国病患者とすこしもえらぶところはないわけである。私のいらだちの理由の一つは、まさにこうした天国病保菌者としての、矛盾した感情であつたと思う。(二〇四頁)

「民族的個性の自由な開花」を「解放の成果」とすることの意味は深い。それは国家《ステイト》の内部で抑圧されている差異、すなわちジプシーのような少数民族《エスニシティ》の個性の開花をも意味しうるからである。「五族協和」の名の下に他民族が圧迫されてきた旧満州で育った安部にとって、その発想は自然なものだっただろう。先の「壁あつき部屋」においても、朝鮮人の許が主張する場面が山場とされていたが、東欧旅行を経た安部の認識は、そこから一歩を進めている。政治においても、文学においても、民族集団《ナショナリティ》を擁護すること。「国境」は、必ずしも国家の境とイコールではない。「自覚的な国境病」はやがて、日本国内の「現実と多様性」に目覚めるところまで進まずにはいないだろう。日本の国民《ネイション》として仮構されているものの中にも、民族集団《ナショナリティ》の差異が見出されていく。安部の主張は、今日の問題を先取りしているようにさえ見える。この旅行は、目論見通り、「コミュニストである私」の現実が変貌していく過程となった。民族に関わらない一般などどこにも存在しないのだ。安部は出発前の自分を「天国病保菌者」と規定し、天国病的視座とは全く異なる現実を獲得している。当然のことながら、これ以後、安部と日本共産党との関係は、次第にきしみを見せるようになるのである。

同時代評としては、無署名「プラスの矛盾　安部公房著『東欧を行く』」（『朝日新聞』一九五七年三月一一日朝刊）、小田切秀雄「「東欧を行く」評」がある。朝日新聞評は「よくいえば考えさせる暗示にとんだ旅行記、悪くいえばかゆいところへ手のとどかないもどかしさを持っているルポルタージュ」と優劣半ばの評価をしており、小田切秀雄は「彼の東欧旅行記は、その後の事件によつて滑稽ないし気の毒なものとなる代りに、事件後に一層読まれていいものになつたのである。政治によつてくらまされぬ眼をもつたコンミュニスト作家であつたことがこのような旅行記を可能にした」と積極的に評価している。[38]　長谷川四郎も、匿名の「一頁作家論」の中で、「氏の傑作といえば、今までのところ、その東欧紀行をあげるべきかと思います」という、「壁」などの小説をさしおく評価を与え、「ドキュメンタリスト安部公房の自己証明であり、名誉である」と最大限に誉めている。また、一九五二年一〇月の段階では「安部公房氏の掛声のように、ルポルタージュによって、日本文学の全体に窓を開くことができようなどとは、とうてい考えるわけにはゆかぬ」（「ルポルタージュ文学」）とルポルタージュの主張に否定的な評価を下していた臼井吉見が、「作者の「東欧を行く」という、最近のルポルタージュは出色のものである」（「解説」）と肯定評価に転じているのも興味深い。共産党主流派を除けば、かなり好意的に受け入れられた書物と言えるだろう。

安部はこの単行本化に際し、『アカハタ』の批判に対して、結論にあたる部分を大幅に加筆して答えている。基本的には同じ主張を丁寧に言い直しただけであるが、「プラスの矛盾」支持を強調するあまり、ハンガリアへの「ソ連軍の介入を、原則的に支持したい」(二一三頁)とまで述べたのは、時代の限界とはいえ、少々勇み足だったというべきだろう。これは明らかにソ連による内政干渉であり、数千人の死者を出した弾圧であった。しかも、その結果として得られたものは「プラスの矛盾」の容認ではなく、ソ連軍の力による新政府樹立と、その武力による強権支配という事態だったからである。

その一方、この加筆で重要なのは「外に向けた眼を、今度は日本の内部に転じ、ハンガリア以上の、日本の悲劇を」(二一八頁)くみとらなければならないと述べる末尾の部分である。さらに安部は「日本との真の対話はむしろこれから始めなければならない」と述べている。忠実な日本共産党員であった安部は、チェコの内部の「国境」を発見した。今やその視線によって、日本の内部をも見つめていくことが可能になったのだ。これこそが東欧紀行によって安部の得た成果であった。この後の『砂の女』をはじめとする安部の小説の国際性も、「人物名を英語なり、フランス語に変え、場所もそれぞれの国の砂丘に移してしまえば、そのまま成立する」(武田勝彦が紹介したジェイムズ・T・アラキの発言)という種類の、コスモポリタン的なものではない。詳しくは一四章で述べるが、それは「日本との真の対話」、つまり日本のナショナリティとの対決による成果なのである。

第一二章　ミュージカルスという〈記録〉――「可愛い女」1959

1文学、演劇、映画、造形芸術、音楽、実用芸術等、各ジャンルの閉鎖的ワクを打破り積極的な交流を促進する。

2既成の芸術観念にとらわれることなく、一切の記録的ジャンルの発展のために、創造、批評、研究活動を行う。

3伝統芸術の形式を批判的に再組織し、新しい芸術的諸手段を積極的に活用して、真に大衆的芸術形式の多面的な発展のために活動する。

4一切の権威主義、事大主義を排し、民主主義の原則にもとずく、自由な相互批判と創造上の協力を促進する。

5大衆的な他の諸団体との協力、および相互批判を通して、革命的大衆芸術の発展と質的向上につとめる。

佐々木基一起草の「記録芸術の会」規約（玉井五一「芸術運動紹介1記録芸術の会」）による、〈記録芸術の会〉の「任務」である。任務の1、2にあるように、従来の芸術ジャンルを横断していこうという志向と、3、5にあるような芸術大衆化への志向を、〈記録芸術の会〉は併せ持っていた。そしてその当時、二つの志向が共に実現できる場として夢想されたジャンルがあった。それがミュージカルスである。[39]

戦後の日本におけるミュージカルスは、秦豊吉のプロデュースによる帝劇ミュージカルスに始まる。一九五一年二月の菊田一夫作「モルガンお雪」をはじめとして、一九五五年までに「お軽と勘平」「マダム貞奴」など八作品が上演された。一九五六年の秦の死後は、秦の後継者であり、「君の名は」の原作者でもある菊田一夫のプロデュースによる東宝ミュージカルスが人気を集めた。一九五六年二月の第一回公演（飯沢匡「泣きべそ天使」、菊田一夫「恋すれど恋すれど物語」）を皮切りに、二～四ヶ月間隔で次々に新作を発表した。一九五七年には舞台で好評だった菊田一夫の「極楽島物語」を総天然色映画化し、舞台と映画の両方で人気を集めていった。また、ハリウッド映画においてもミュージカルスが流行しており、「略奪された七人の花嫁」「オクラホマ！」「野郎どもと女たち」といったミュージカルス映画が日本でも続々と上映された。その流行の中で、ソヴィエトのミュージカルス映画「すべてを五分で」といった異色作も公開された。これらのミュージカルスは、文学者たちの間でも話題になった。一九五七年には梅崎春生、椎名麟三、武田泰淳、野間宏、埴谷雄高、堀田善衛というメンバーで「文学的ミュージカルス論」という座談会も行われ、それぞれミュージカルスについての考えを述べている。この中で「ミュージカルスをやろうと思つていない」と明言するのは梅崎と堀田だけである。こういったミュージカルスの流行について、アメリカ帰りの三島由紀夫は次のようにコメントしている。

アメリカのミュージカル映画をみたつてだめなんだ。あれは地方でニューヨークのミュージカルに行けない人のために、ニューヨークの舞台をそのまま見せてほしいという要望を満たすために非映画的な演出をやつてるわけだ。だから、みんなだらだらしている。それを日本で見て、あれを使つてやれということになつたら、日本はほんとうに片田舎になる。こんな情けないことつてあるか。（中略）僕は日本の若い文士がミュージカルを何も知らないでやつてもだめだと思う。

このように大衆から知識人にまで幅広く人気があり、しかも演劇・音楽・舞踊という三つの要素が組みあわされるジャンルに、〈記録芸術の会〉のメンバーが注目しないはずはない。〈記録芸術の会〉発足以前の一九五五年半ばから、安部公房、野間宏、芥川也寸志、林光、長谷川四郎、瓜生忠夫らは、市村俊幸、河井坊茶、草笛光子、和久田幸助、塚原哲夫、宮城まり子、矢田茂ら東宝ミュージカルスのメンバーと、ミュージカルスの製作を目指す〈零の会〉（結果が出なくてもよいという意）を結成、一九五七年二月の段階で「第一回の実験的な作品、安部公房作芥川也寸志音楽の「金儲けの出来る方法」をうみだそうとしている」（野間宏「ミュージカルについて」）状態であった。ここでいう「金儲けの出来る方法」とは、音楽が黛敏郎に変ってはいるが、幽霊を使った金儲けを描いた「幽霊はここにいる」（俳優座、千田是也演出、一九五八年六月二三日〜七月二二日、於俳優座劇場）のことである。ミュージカルスを「全体を統一し生きたものにして、観客に結びつける」といったことを夢想する野間は、東宝ミュージカルスには統一がないと批判する。

そこには資本をもつて集められたヴォードビリアンがいるが、それは集められたというだけであり、そこに集つた一人一人は、その一人一人として生きているにすぎないのである。そこにあるのはショオ、踊り、のぞき、アチャラカであり、それも一つ一つがはなればなれになつて動いていて、ヴァラエテイかと見ればヴァラエテイでもない、じつに不可思議なものなのである。

（「ミュージカルについて」）

ここで批判されている菊田一夫は、一九五八年四月、理念ばかりが先走った野間らの発言に対し、次のように述べている。

本来なら正統ミュージカルは研究劇団か、研究的なグループの公演以外からは生れない筈である。服部良一氏の集団にも一日も早く公演をやつていただきたいし、「零の会」にも模範的なミュージカル・プレイの公演を見せて貰いたいと思う。（「ミュージカルの火は消えず」）

実作は行われつつあった。〈記録芸術の会〉発足後、野間宏はミュージカルスのシナリオ「冷凍時代」を発表していたし、安部公房は「幽霊はここにいる」を、花田清輝は「泥棒論語」（舞芸座、土方与志・鄭泰裕演出、いずみたく音楽、一九五八年一〇月二九日～一一月六日、於俳優座劇場）を、それぞれ上演していた。しかし、野間はレーゼドラマとしてのミュージカルスという変則的な発表形態だったし、安部、花田の舞台も、それぞれ岸田戯曲賞と週刊読売新劇賞という、新劇に与えられる賞を受賞したことに象徴されるように、ミュージカルスというよりは新劇としての扱いを受けた。(40) これはなぜなのか。

おそらく、これらの扱いは税金の問題によるものと思われる。戦後演劇の歴史は、また、税金との闘いの歴史でもあった。一九四七年一二月、演劇・映画等の入場税は、一五割という驚くべき高さに設定された。当然、関係者の反対運動が行われたが、一九五〇年三月、シャウプ勧告によって引き下げられた税率でも、映画・演劇・オペラは一〇割という高率であった。この後、一九五二年に五割に引き下げられ、一九五八年五月に再度の引き下げが行われた。「幽霊はここにいる」や「泥棒論語」上演の時点はこれにあたる。ところが、一九五八年の引き下げというのが、演劇を音楽・舞踊の多寡によって二分し、「オペレッタ、ジャズ、オペラ、少女歌劇、ミュージカルス等は五割」、「催物の大部分が演劇的要素を持つものである場合には三割」という変則的な課税とするものであった。しかも、その「大部分」の定義が、ストップウォッチで計測された全公演時間中の八〇パーセント、ということになったのである（菊田一夫「演劇とは何ぞや」）。これでは、上演の際の音楽と舞踊の割合を下げて、税金を軽減しようとする力が働いても不思議ではない。実際、菊田一夫は、宝塚歌劇や東宝ミュージカルスの公演も、ストップウォッチで計りながら歌と踊りの割合を二〇パーセント以下にカットした結果、名前だけのものになってしまったと述べている。この後、ミュージカルスの税率が三割に下がるのが一九五九年の八月である。最初一九五九年四月に公演を予定していた安部のミュージカルス

「可愛い女」が、六月の税率変更を見込んで六月に、さらにずれ込んだ税率変更にあわせて八月に公演を延期した事実は、この税率がいかに大きな問題だったかを物語っている（朝尾直弘）。ともあれ、こういった事情のため、〈雫の会〉および〈記録芸術の会〉から最初に本格的なミュージカルスとして登場するのは、この「可愛い女」となったのである。

安部自身がミュージカルスに関わることになったきっかけとしては、東欧旅行の時に「歌とおどりのミュージカルスのような形式」をもったマヤコフスキーの「蚤」を観たことが挙げられる。ただし、このタイトルについて安部自身も通訳の訳に疑問符を付しているが、紹介されているストーリーから判断して、正しくは「南京虫」である。安部はこの芝居について、次のように感想を記していた。

正直にいつて、感動のあまり、観ながら涙がこみあげてきて仕方なかつた。その晩その劇場で、私の芝居が上演されている夢をみたくらいである。こういう舞台が可能だということは、私にとつてはなによりも大きな勇気と自信をあたえられることだつた。

（「空想的なチェコの芝居」『芸術新潮』一九五六年九月）

こういう夢を抱いていた安部のもとに、黛敏郎経由で、最初にミュージカルスの依頼が来たのは一九五七年のことであった。それは朝日放送の企画で、オルダス・ハクスレーの「猿と本質」をミュージカル化したいというものだった。〈記録芸術の会〉も発足したばかりの当時、安部はミュージカルスについて次のように述べている。

《ミュージカルとドキュメンタリーの結びつき》――まるで異質なものにみえるこの二つが、実は課題として、分ちがたく結びつけられているのである。アクションの徹底的分解は、けっきょく現実を無意味なまでの細部に解体することにほかなるまい。群衆や街や労働などを、従来の芸術の特権的主人公であった個人と同じ比重で、主役として再構成しうるという点では、この二つは双生児のように似通っているのである。(「ミュージカル発見」『キネマ旬報』一九五七年一一月上旬号)

現実の再構成という一点で、安部はドキュメンタリーとミュージカルスとを結びつける。ここで熱っぽく語られている「群衆や街や労働」の再構成という主題は、当時ようやく公開された「戦艦ポチョムキン」の影響でもあったかもしれない。〈記録芸術の会〉周辺の座談会記録を見ると、頻繁に「ポチョムキン」が話題に上っている。しかし朝日放送側に熱意がなく、その話も立ち消えになりかけた一九五八年六月、今度は観客組織の大阪労音からオリジナルものの依頼があった。朝日放送の企画は中止され、大阪労音向けのオリジナルシナリオとして書かれたのが「可愛い女」である。(41)

オペラは歌が中心であり、バレーは踊りが中心だが、ミュージカルスの中心は、単なる歌でも踊りでもなく、あえていえばそれらをむすぶ「前庭器性空間知覚」とでもいうべき、より根源的な自己感覚や、関節部位やコルジ《ママ》氏器官による姿勢ならびに運動感覚等なのである。ここでつくられる、線状加速度と角性加速度、あるいは位置や転位の知覚の組合わせが、リズムの理解となり、やがては歌や踊りという表現の母胎にもなるわけだが、出来上つたそれら表現形式よりも、その底にある、より根源的な要素に一度たちかえって、そこから現実を再構成しようという立場に近い。ここにミュージカルスの自由さと、その可能性の秘密もあるのだと思う。

（「ミュージカルス——映画芸術論（6）」『群像』一九五八年六月）

現実を根源的で物質的なパーツに分解し、それを完全に意識的に再構成しよう、という発想でミュージカルスは捉えられている。後に安部公房スタジオを創設した安部は、俳優の動きすべてを分解し、すべての動きを意識的に演じさせるという稽古を執拗に試みるが、その発想の根源がここにある。また、条件反射論から言語を物質的に捉える発想も同じ線上にあると考えられる。

「可愛い女」は大阪労音の十周年記念公演として、一九五九年八月二三日から九月六日まで、大阪フェスチバルホールで上演された。演出・千田是也、作曲・黛敏郎、美術・安部真知、振付・飛鳥亮、指揮・岩城宏之、照明・穴沢喜美男。制作費二千万円、出演者六十数名の大がかりなミュージカルスである。主催は大阪労音であるが、スタッフは俳優座のメンバーが主であった。

「プリント化できないすべて、それが演劇なのである」（「コーラス隊の精神を！」『文學界』一九六〇年七月）という安部の言葉をあらためて引くまでもなく、活字でプリントされたシナリオから、演劇を論ずることは本来できない。しかし、ここでは残されたシナリオからその概略と可能性を探ってみたい。

シナリオには『季刊現代芸術』（三号、一九五九年六月）所載のものと、『安部公房戯曲全集』（新潮社、一九七〇年一月）所載のものとの二種類がある。前者は公演二ヶ月前に「第一稿」として発表された

「可愛い女」舞台写真

ものであり、後者は一九六六年の再演を経ての決定版として全集に収録されているものである。北岸佑吉が「第一稿に相当手が加えられている」とする通り、前者から公演までの間にはそれなりの訂正があったようだが、ここでは基本的には時間的に近い前者に拠って見ていきたい。

「可愛い女」のストーリーそのものは、単純きわまりない。泥棒集団のアパートに「すべてを受け入れ」る可愛い女が住んでいる。彼女に金貸しと泥棒の頭目と刑事が相次いで求婚し、彼女はすべて承諾して、一人で三つ児の姉妹を演じる。泥棒集団は、聞くと誰もが眠ってしまう「〝みんな睡れ〟の歌」を歌って泥棒をするのだが、彼女は刑事にそのことを喋ってしまう。ところが、それで盗みがなくなると「市の経済は停滞し」、三人とも困ることになる。そこへ、敵同士の三人に彼女が八百長の提案をする。刑事は泥棒集団を見逃し、泥棒集団は刑事に仲間の一人を供出し、金貸しは貸した家に泥棒を入らせ、泥棒が入った家に金を貸しに行く。これでみな丸く収まるというわけだ。それに異を唱えた泥棒通信の発行者は、めでたく刑事に供出されることになる。結末、可愛い女が一人であったことが判明したときも、三人は次のような結論を出す。

頭目　しかし、まあ、冷静に判断してみると……
刑事　一人も二人も……
金貸し　同じことだな……
可愛い女　でも、私は一人よ！
刑事　いやいや、証拠がない。
金貸し　そうだ、証明は……
頭目　不可能だよ！
可愛い女　それじゃ、私を、許して下さるの？
頭目　むろんだよ、三人の妻が、合して一体となった……これは、ぼくらも、このように深く結ばれるようにという、有難い教えなんだと思う。
金貸し　これこそ、友愛と、信頼と、協力の精神……わしらは、兄弟！
刑事　おまえは、シンジケートの、魂！
（全景――そして、泥棒たちをふくめた、よろこびの大合唱……）
［〝正常なる循環〟の歌］

こうして舞台は終り、三人の癒着の構造は揺るがない。(42)　ストーリーの概略は以上のようなものだが、注目したいのは、ここにおける泥棒の意味である。最終的には刑事に供出されてしまう泥棒通信の発行者は、「全人民が、泥棒の思想に共鳴して、泥棒になってしまうまで、ぼくらは、石にかじりついても団結を守りぬき……」と語っていた。全人民が泥棒になるということは、互いに互いの私有財産を盗みあうということであり、結局のところ私的所有が意味をなさなくなってしまう。これは共産主義社会の戯画である。彼はまた、次のようにも歌っていた。

いつか　子供たちが
もう無くなった
泥棒という言葉の意味を
父親にたずね
父親は静かに思い出を語る
そんな平和な日のために
今日　われらは盗む

泥棒という言葉がなくなっているのは、皆が泥棒になったからでもあり、また、その状態への移行期にあった泥棒の役割が終ったからでもある。ここでの泥棒とは、泥棒共産主義社会を実現する革命家として位置づけられているのである。つまりさきの三人の癒着構造は、資本家と革命家と政治権力の癒着であり、可愛い女はその誰にでも微笑む一般大衆ということになる。泥棒集団が、中で最も先鋭な革命家であった泥棒通信の発行者を供出し、組織の安定を図ろうとするのは、六全協によって一九五一年以来の極左冒険主義を否定した日本共産党に対する諷刺であろう。全体的に、五五年体制下の日本の「現実を再構成」して諷刺しようとする意図を見てとることができる。可愛い女をめぐる三人の構図の図式化されたわかりやすさは、〈記録芸術の会〉の任務にある芸術大衆化の目標の、一つの達成と見なすこともできよう。しかし、ストーリー的には間延びした印象が否めないし、あまりに図式化が過ぎた単純なものとなってしまっている。それでは、ミュージカルスとしてはどうだったのだろうか。

シナリオをみる限り、歌の中でリフレインを多用し、さらにテーマごとに同じ歌を何回か登場させ、印象づけるようにしているのが目立つ。また、聞くと誰もが眠ってしまう「〃みんな睡れ〃の歌」を登場させ、歌そのものを芝居の道具として使うあたりも、ミュージカルス向けの工夫といえるだろう。しかし、主演のペギー葉山も指揮の岩城宏之も共に、音楽が少なく芝居が多すぎることに不満を述べている。労音の一般会員も、ペギー葉山の歌が少なく、しかも「クラシックみたいなもの」だったことについて「期待はずれ」だったとしている（朝尾直弘）。工夫された脚本ではあったが、それでもミュージカルスとしては演劇的要素が強すぎたということなのだろう。安部にもその反省はあったらしく、『安部公房戯曲全集』版では、一幕後半から二幕にかけて、説明の台詞を歌に変えたり、新たに歌を挿入したりといった工夫が見られる。

公演翌月の「新劇評」において、北岸佑吉は次のように述べる。

歌手は演技を、俳優は歌を特に練習を積んだらしく、平均がとれていた。演奏の音楽には前衛音楽もまじるが、流行歌的に卑近なメロディもある。人物の動きには泥棒の集団体操など、舞踊的な処理が、あたかも台詞と歌唱との関係のように加わるが、舞踊の面が少し弱い感じだ。（中略）若い労音PM会員には少々舌ざわりが悪かったかも知れない。しかし日本のミュージカルの試作品としては、まったく大がかりな実験であった。

また、『悲劇喜劇』の無署名「新劇界本年度五つのトピックス」は、「安倍《ママ》公房のミュージカル「可愛い女」も綜合演劇実験のうちに入るのだろうが、これ又、大掛かりなだけが売りもので、ちっとも感銘を受けなかったという人が多い」としている。結局、実験としての意義は認められるが、ミュージカルスとして成功したとは言いがたい、というのが大方の見方のようである。

安部公房は、『芸術新潮』に連載していた「新劇の運命」という演劇評に、「ミュージカルスの反省」（一九五九年一〇月）という回を設け、「可愛い女」公演を振り返っている。安部はミュージカルスを「一種の遊びの精神から出たもの」として、「遊び」について次のように定義する。

遊びの根本精神を、一口に言ってしまえば、それは方法を通して現実を枠づける精神である。現実を、きわめて単純な仕組と法則にくりこんでしまう、征服者の立場にたつた認識である。遊びを、単なる、現実の模倣とみる考え方――したがつて、子供のための教育的価値はみとめても、それ以上は認めないという立場――が一般には通用しているようだが、ぼくの考えでは、遊びの自己完結性は、決して単なる模倣のせいだけではない。現実を、単純なルールの中に閉じこめ、自由にあやつれるものにすることで、主体の優位を確保しようという、きわめて健康な精神のあらわれなのである。

この「遊び」としては、「可愛い女」のシナリオはまさしく合格だったといえるだろう。現実をきわめて単純な図式によって認識していたのが「可愛い女」だったからである。実際、安部もこのシナリオ自体には満足していたらしい。「ミュージカルの台本としては、国際的水準と思ってるんだ」という安部の発言がある（『新音楽』一九五九年五月未見、全集未収録、小沢信男による）。しかし、その上演には不満を持っていた。安部は「大阪労音という、まつたくの観客組織によつて計画され、ちよつとした映画なら二、三本は軽くつくることが出来るくらいの巨額な費用をかけて生みだされた、このまさに画期的なミュージカルスは、それだけ多くの問題もはらんでいた」と述べ、俳優の問題を並べる。混成部隊でアンサンブルが作りづらく、ケイコ不足で、台本を理解しないでアドリブをする俳優の問題が大きかったというわけだ。安部は、夢想していた「肉体の言葉」としてのミュージカルスと、現実とのギャップにいらだちを隠せない。

ミュージカルスは、だから、新しい演技を生みだすためにも、積極的な意味があつたはずなのだが……そこで、俳優の積極的参加を望んでいたはずなのだが……むろん、そうした俳優諸君も、いるにはいたが……しかし全般的には、野心も理解も、まつたく欠けていたというのが実情である。

何とも歯切れの悪いコメントである。安部の理想とする「新しい演技」とは次のようなものだ。それは、サルトルの言う透明な言葉＝散文と、不透明な言葉＝詩[43]になぞらえた、透明な演技と不透明な演技とが、「弁証法的に統一されること」である。つまり、第三章で見てきたシュル・ドキュメンタリズムの弁証法の延長を、安部は演技にまで適用しているわけである。しかし、これは無い物ねだりではないだろうか。安部は文学のアナロジーにより、どこにも存在しない演技について話している。この安部の「新しい演技」は、安部の空想の中にしか存在しえないものだったのではないだろうか。この「新しい演技」に対する態度こそ、彼ら〈零の会〉、そして〈記録芸術の会〉のメンバーの、ミュージカルスに対する態度を象徴している。菊田一夫やハリウッドのミュージカルスに対して、理想として語られた彼らのミュージカルスは、結局彼らの空想の中にしかありえなかったのだ。

ただし、「テレ・ミュージカルスへの誘い」（『放送と宣伝　CBCレポート』一九五九年三月）で活字から映画、映画から放送という進化論的なメディア論を述べた安部にとって、ラジオやテレビという放送メディアにおけるミュージカルスはまだ可能性の領野として残っていた。一九五八年二月にラジオ放送した「こじきの歌」（全集8）を手始めに、一九六〇年一二月には子供向けステージの「お化けの島」（全集12）をラジオとテレビで同時中継するという試みも手がけている。前者の録音は横浜市の放送ライブラリーで聴くことができる。軽いコメディーとして仕上がったものとは言えるが、「新しい演技」の実現とまで見るわけにはいかないだろう。

「可愛い女」公演の後、労音においては「「可愛い女」のアンチテーゼとして」（朝尾直弘）のミュージカルス上演が連続するという現象が起きるが、すぐに沈静化し、「ミュージカルも年一本はだす」（無署名「〝労音〟・ウクレレから歌舞伎まで」）という程度になっていく。菊田一夫の東宝ミュージカルスも、一九六三年九月の「マイ・フェア・レディー」の成功を機に、ブロードウェイの翻訳ものへと移行してしまう。そして菊田自身は新劇の作家として、一九七一年には皮肉にも「可愛い女」というタイトルの脚本を書き、これは芸術座で上演されることになる。一九五〇年代において熱く語られたミュージカルスへの夢は、その本来の場所である空想の中へと消えていったのである。

第一三章　〈記録〉という名の推理小説――「事件の背景」1960

一、「道」

綜合化の主張と共に、やはり、文字通りの「記録」への志向が、〈記録芸術の会〉にも存在した。安部公房編集の機関誌『現代芸術』には、テレビドラマなどの作品と共に、柾木恭介、長谷川四郎、杉浦明平といった作家のルポルタージュ作品が掲載されている。

安部は、〈記録芸術の会〉結成後、最初のルポルタージュの題材として「道」を選んだ。「道――トラックとともに六〇〇キロ」（『総合』一九五七年九月）がそれである。名古屋・神戸間の高速道路の経済および技術問題の調査のため、一九五六年五月に来日したワトキンス調査団が、「日本の道路は信じられないほど悪い」（有沢広巳）とセンセーショナルな発言をして帰国してから、一年後のことだ。ただし、ここでの「道」とは、道路のことだけではない。安部はフェリーニの「道」の主題歌、ジェルソミーナの歌を引用した後、次のように述べる。

道というやつは、不思議と人間の内部に反映されやすい。そして、その内部の道は、やたら人間の想像力をかきたてて、必要以上の意味をその言葉のまわりにつむぎだす。それは道がもっている、人生とのかかわりあいの深さのせいだろう。だが内部の道の高まりがそのまま現実の道にたいする関心と対応するとはかぎらない。いやむしろ、反対の場合が多いようでさえある。

この「内部の道」と「現実の道」の関係は、花田清輝のいう「内部の世界と外部の世界」（「林檎に関する一考察」）の変奏と見做してよいだろう。安部は「あるがままの林檎のすがた」ならぬ「道」のすがたを捉えるために、「内部の道と現実の道とのあいだのギャップ」を問題にするという方法をとる。まず「道の思想」という章で、安部は様々な「内部の道」を紹介する。ドストエフスキーの「悪霊」の道や魯迅の道[44]と、神秘化されたジェルソミーナの道や日本の神道とを対比し、ロシアや中国は現代イタリアや日本に比べて「内容と形式の矛盾が小さ」かったと述べる。そしてその矛盾とは、魯迅の言葉にならえば、「もともと地上には道はない。利益があがれば、資本家がそれをつくるのだ。」というところからくるという。「内部の道」として神道を挙げているところからも分るとおり、安部はこの「道」というものに、戦前と断絶した戦後民主主義の矛盾というテーマを読もうとしている。そしてその矛盾を具体的に捉えるために、「現実の道」を走る東京＝大阪間の長距離急行トラックに乗る決意をするのである。

さて、この後の四章以下の章題を並べてみよう。「問題の手がかり」「猛獣と旅芸人」「トラック—

出発」「トラック―道中」「犯人登場」「破局」。これは何かに似ていないだろうか。章題を見るかぎり、ルポルタージュというより、ほとんど推理小説である。安部公房は、「ネガティヴに出ている現実を、光の中でポジティヴに」見るために、推理小説という格好の手法を発見したのだ。それは、事前に持っていた認識を覆すことを目的とする安部のルポルタージュにとって、まさに理想的な手法といえる。この後、安部は探偵となり、手がかりを集めながら、犯人を探しだしていく。

安部が最初に「問題の手がかり」とするのは、『飢餓同盟』を書く際に調べたバス経営の歴史が「国鉄（＝鉄道省）からの圧迫と統制の歴史であった」ということと、前年のワトキンス調査団による『名古屋・神戸高速道路調査報告書』という本である。これらから安部は「国鉄とトラックの対立という線で追ってみよう」という捜査方針を立てる。まず捜査対象となるのは、トラックである。(45)

安部がトラックに乗ってまず驚くのは、運転台の窓からの風景が「ふだんとはまったくちがったものに見え」たことである。ざっと五台に四台というトラックの多さに、今まで全く気づかなかったというのだ。

たしかに、トラックの運転手なら、年中トラックばかりが見えていることだろう。しかし、今度は、それがあたりまえになって別の盲点がつくられ、同様、発見でもなんでもなくなってしまうのだ。必要なのは、運転台の窓そのものではなく、その窓をつうじての発見なのである。窓と方法（認識）の、結合ということなのである。

安部は認識の道具、すなわち探偵の眼として「運転台の窓」を獲得する。これまで盲点であった部分に光を当てる探偵の視線、それがすなわち「運転台の窓」なのである。「運転台の窓」から眺められた「道中」の章はこんなふうにはじまる。

だが、さて……このあとをどんなふうにすすめていったらいいだろう？ 最初にとまったガソリンスタンドも、場所ははっきり覚えていないと書いたが、おぼろげながらでも時間をおぼえていたのはまだ上出来だ。そこを出てから以後のことは、万事がどうもひどくあいまいになってしまうのである。部分的には鮮明でも、バラバラにちぎれたフィルムのように、どうしてもうまく前後がつながってこない。全体がただ、単調な律動としびれるような疲労と、油のにおいにまみれた、一本のぼろぞうきんのようにしか思い出せないのである。

そして大阪に到着するまで、「無理に順序を追ったりするのはよして」断片のままの印象が重ねられていく。この構成を放棄した断片という手法を、東欧旅行前にも、安部は試みたことがあった。「ルポルタージュ 青春のたまり場をゆく」（『婦人公論』一九五五年三月）において、「以下の断片は、あなた自身の想像力によって、まえの本論の中に消化していただくことによってのみ、意味をもってくるものである」と述べた後、安部はいくつか、断片のままの「目と耳」の記録を並べていた。しかし、今回はその時よりも意識的に方法として使っている。トラックに乗っている安部の現実はこのように断片的なものになってしまったのであり、断片こそがリアリティなのだ。「筋道立てて」再構成しようとするジャーナリズムとは違った形の現実を、安部はここに作りだしている。

旅芸人と猛獣に譬えられる運送業者と運転手の雇用関係の分析をした後、運送業者と道路という「双児の奇型児」について、安部は次のように述べる。

やはり私が最初に立てた捜査方針、すなわち、この奇型の双児どものもう一人の兄弟——国鉄——との関係までさかのぼって洗ってみることが、まず必要であるようだ。さいわいここに、わずかながら戦前の資料もある。歴史はくりかえさないともいうが、犯罪心理学によれば、同一犯人の動機と手口には、かならず一貫した傾向があるということだ。いささか常套的ではあるが、まず、その前科を洗ってみることからはじめるとしよう。

安部はこのように推理小説の枠組みを意識的に用いながら、「犯人登場」の章で国鉄を登場させる。そして今度は教養小説ばりに、「犯人」である「彼（国鉄）」の一生をたどる。「幸福な誕生」「幼年時代」「奇妙な青春」「いやがらせの年齢」……。ここで浮かび上がってくるのは、運送業を自らの支配下におくために奔走し、昭和一五（一九四〇）年、「自動車交通事業法」によって「乗用車をのぞく自動車の全面的統制支配」をなしとげる「彼」の姿である。

そして戦後、横ばいの国鉄貨物に対し、トラック輸送は激増する。しかし、道路の「もっとも高度な近代的（独占資本的）政治力によってつくられた悪さ」のために、「中世的な規模にとどまっている」という。しかし、ここにきて状況は変ってきた。国鉄もおびえる「高速自動車道」の登場である。

今度の劇の主人公が、敗戦とともにやってきた、新しい外国の独占資本だろうくらいはすでにあなたも考えていたにちがいない。まったく、トラックの運転台から、あなたも見たあのガソリンスタンドの主人たちこそ、その立役者にほかならなかったのである。

つまり「高速自動車道」構想は、ガソリンスタンドに代表される、アメリカの石油ならびに自動車資本の圧力によって生れてきたというわけだ。「トラック―出発」の章で、最初の停車場所であった「どこか町はずれのガソリンスタンド」が、思わぬところでもう一人の犯人として登場した。しかも、読み返してみると、ガソリンスタンドでの停車前に、安部は運転手と高速度道路についての会話も交わしているのである。これならば、推理小説としてもフェアに書かれていると見ることができるだろう。

さらに、米軍からうけついだ防衛道路計画という軍事問題とも結びつき、「高速自動車道」は「日本の独占資本の対米従属という、今日の政治の反映」として読まれることになるのである。これこそが道の矛盾の正体であった。アメリカこそがこの問題の真犯人だったというわけである。安部は矛盾の象徴を独占禁止法に見る。

すでに戦後ではないと人はいうが、私はそんなふうに思えない。独禁法が解除されるその日にこそ、はじめて戦後は終ったというべきではないだろうか。

独占禁止法は、GHQの指令によって一九四七年に施行された。一九四九年、一九五三年の改正によって多少緩和されてはいたが、日本が望まずに作らされた法律であることに変りはない。独禁法に関するこの言及にあらわれているのは、「裏切られた戦争犯罪人」や「日本共産党は世界の孤児だ」に見られたのと同じ問題意識である。すなわち、日本の戦後民主主義はアメリカによってつくられたものであり、日本は真の独立を獲得していないということである。安部は「道」の矛盾として、また同じ問題を提起しているのだ。独占資本に反対する安部が独禁法反対を唱えるのはちょっと奇妙にも思える。同じ月に発表された日本共産党第七回党大会綱領の草案による日本共産党の「人民民主主義革命」の任務は次の三点である。すなわち、「国の完全独立、民主主義の徹底、売国的反動的独占資本の支配を除くこと」（日本共産党『日本共産党の五十年』）。「売国的反動的独占資本の支配を除くこと」という目標が独禁法によって達成されてしまうと「民主主義の徹底」に反するし、また実際「完全独立」をしていない国においてそうはなりえないというのが共産党の論理であろう。この点においては安部も現状認識を共有しているようだ。つまり「国の完全独立」を優先し、独禁法の解除をなしとげた上で、独占資本の問題に民主的に取り組むという手順になるのだろう。

このルポルタージュの終りに、安部は「内部の道と現実の道とのあいだのギャップ」の象徴であったジェルソミーナをもう一度登場させる。「あなたにはまだ、ジェルソミーナの歌が聞こえているだろうか」と、ギャップが解消されたかどうかを読者に問いかけるのだ。それはつまり、未だに独立していない日本の内部が、現実の道への「運転台の窓」たるこのルポルタージュによって認識できたかどうかという問いかけなのである。

「道」は、推理小説、断片的描写、組織の教養小説など、直接的なリアリズムでもジャーナリズムでもない手法を駆使して書かれたルポルタージュである。安部公房なりの「記録」のスタイルをつくりあげた仕事といっていいだろう。このルポルタージュが書かれて数年のうちに、トラックは大きな社会問題となる。交通事故が急増し、一九六二年には砂利トラックやダンプカーの規制強化のため、道路交通法が改正される事態となる。その頃安部は再び「黄金道路」(『世界』一九六二年四月)というルポルタージュを書くのだが、そういった意味でも「道」は先駆的な仕事ということができる。

二、「事件の背景」

安部は、政治運動への参加、映画との対話、東欧旅行といったこれまでの体験を通じて、次のルポルタージュを書くのに格好の題材を見出した。ダムである。

一九五〇年代において、ダムは様々な記録の焦点となった。特に岩波映画をはじめとする記録映画会社は、電源開発や電力会社をスポンサーとして、ダムを記録しながら次のダムを準備していった(鳥羽「記録される現実をつくる記録」)。要するに岩波映画は、ダムを記録すると同時に、新たに記録すべきダムをつくりだしてきた。左右の方向性の違いはあれ、文字通り、記録を通じて安部のいう「現実を再構成する……すなわち革命する」(「新記録主義の提唱」『思想』一九五八年七月)行為を実践してきたのが岩波映画なのだ。しかし、安部は岩波のダムの映画について、しばしば批判を述べる。

いわゆる記録映画でダムなんかとっているだろう。あんなものはばかばかしいよ。つまりね、ダムの本質の爪の垢ほどもえぐってないんだ。たとえばダムというものは男らしい、なにか男性的な風景で、荒々しいなんとかというようにとらえるでしょう。そんなようなことではダムなんて問題じゃないんだよ。（「芸術の未来像」『記録映画』一九六〇年七月）

既成のドキュメンタリは何かというと、これはダムの問題だね、みてもいないものは感心するよ。ああこれが……こうやってダムのつくる《ママ》のかとか……僕はこの前『黒部』をみて一応感心したよ。発見というか、知らないものを教えられたり、教科書で勉強するのと大して変りはない、（中略）一方では以前に『佐久間ダム』などがつくられたが、あれはああそうですか、というだけのものだよね。美しいとか、男らしいとか、メカニズムなんて言ったって何にも出て来ないよ。（「対談・文芸時評　記録・報道・芸術」『新日本文学』一九六〇年八月［奥野健男と］）

一貫して戦後の運動体の中にあり、文化工作や日鋼室蘭の闘争にも協力してきた安部にとって、ダムを作りだす権力側の視点に立つ岩波映画は我慢のならないものであっただろう。また、記録映画とは「言語ですくいきれない偶発性」（「芸術の未来像」）を捉えていくべきだという持論もあった。事前にできあがっている「男らしい」とか「荒々しい」という言葉にそって、「教科書」のように組み立てられた岩波映画に、安部は反感を表明する。ダムのルポルタージュをはじめるとき、安部は岩波映画に対抗すべき視点の発見という使命を、最初から自分に課していたのである。「事件の背景」（『中央公論』一九六〇年七〜八月）の中で、安部はまず富士の基地反対闘争を見に行ったときの経験を、次のように語る。

いざ現地に行ってみると、村ぐるみ闘争の指導者であるはずの村長は、ただの好人物にすぎず、後ろで糸をひいている助役は、愛国的青年団の組織をもくろんでいるファシストであり、しかも村一番のパンパン宿の経営者で、赤線組合の組合長だったりする。また、農民騎馬隊の隊長は、大山林地主で、調達庁長官の旧友で、おまけに基地の司令官の親友だったというような始末。さらに、その裏には、登山道をめぐる、富士電鉄と山地主との、はげしい争奪戦がかくされていた、といったような具合なのだ。

安部はこの経験をもとに、「事件の背景とは、大体このようなものだ」という前提をもって、蜂の巣城闘争についての調査をはじめるのだ。蜂の巣城闘争とは、筑後川上流の下筌《しもうけ》ダム建設計画に対し、地主の室原知幸が中心になって行った反対闘争のことである。一九五九年八月以来、彼らはダムサイトに「蜂の巣城」と呼ばれる陣地をつくって立てこもり、闘争を続けていた。安部はジャーナリズムによる室原知幸報道が、英雄から変人へと変っていく経過を通じ、「公共性にたいする抜きがたい信仰」を読みとる。そして、ルポルタージュの目的を「一般に信じられているダムの公共性という根強い神話を、この事件を通じて否定すること」に設定するのである。さらに安部は、『石の眼』のための過去一年間の調査と、佐藤武夫『水害論』、渡辺一郎『電力』等の資料をもとに、発電と洪水調節の機能を兼ね備えるはずの多目的ダムの矛盾を指摘する。結局それは電力会社と土建会社と政治の結びつきによるもので、安部はそこに「ダム建設のためのダム建設という、自分の尻尾をくわえた蛇のような姿」を見る。この三者の間をまわる円環の構図は、安部が「永久運動」や「可愛い女」で用いたものと相似である。安部はこのルポルタージュに際し、はじめから「現実を、きわめて単純な仕組と法則にくりこんでしまう、征服者の立場にたつた認識」（「ミュージカルスの反省」）をもって臨んでいたと言えるだろう。そして、その認識を検証するために、安部はここでも「ミステリーの面白さは、結末よりも、そのプロセスにあるのだ」と宣言し、推理小説の形式を採用している。[46][47]

一九六〇年四月、安部は蜂の巣城闘争の舞台である九州に向けて出発した。安部はこの取材の日程を明確に記していないが、ある程度の推測は可能である。まず、長谷川郁夫に次のような記述がある。

（昭和）三五年四月、かれ（伊達得夫）は、安部公房、飯島耕一、江原顕、大岡信、東野芳明、瀧口修造ら総勢二〇名を越すメンバーとともに徳山に出かけ、一日出光興産の船で遊んだ。この折り、かれは礒永氏と再会した。

帰途、九州に行く安部氏に同行して、福岡まで足をのばした。（括弧内引用者註）

また、二日目の下筌・松原ダム対策協議会の場面で、室原氏を李承晩に譬える発言と共に、「ちょうどこの日、京城の大暴動のニュースが伝えられていた」という注釈が入っている。これは四月一八日の高麗大学学生デモか、二六日の一〇万人デモのことを指していると思われる。記述内容からみる限り、安部の取材は四月一七日から二一日、または二五日から二九日の五日間に行われたと推定できる。ただし、二九日は天皇誕生日の休日であり、熊本県庁訪問の日としては不適当と思われるので、前者の日程が有力である。ともあれ、安部の捜査は次のようにはじめられた。

福岡で、最初の聞き込みを開始する。たまたま、下筌ダム係の放送記者から、重要なヒントを聞きだすことができた。村上建設大臣は、現地（大分県）の出身であり、この下筌ダムの工事も、建設大臣の弟がやっている村上建設（旧大和土建）に落札することが、ほぼ内定しているらしいというのだ。

探偵らしく「聞き込み」で人間関係をつかんだ安部は、これを「まさに、典型的なケース」と呼ぶ。電力会社と土建会社と政治という三つの要素の二つが、ここに顔を見せているからだ。用意してきた「単純な仕組と法則」に、取材した事実がすっぽりとはまりこんでくれたわけである。そして、翌日、N新聞の日田支局を訪ねた安部は、借りてきた新聞のスクラップの中から、「《熊本県知事県営発電の意向をもらす》」という第二の手がかりを発見する。安部はここに、「熊本県と九州電力との対立」という背景を見出す。ついに電力会社も登場し、三つの要素が揃った。この後、安部はこの「単純な仕組と法則」の補強に専念するようになる。

変にひっそりと、陰にかくれてしまっている九州電力……いやにひかえめに、ポツンと小さなアドバルーンをあげてみせた熊本県知事（この記事はただの一回しか出ていない）……そして、妙に言葉をにごす、九地建建設事務所……この三者の柄にない謙譲さこそ、じつはかえって、そのあいだの抗争のはげしさと深さとを、暗示しているものではあるまいか。

安部は、発電所をめぐる三者からなる構図を明示し、それぞれを取材に回る。すなわち、九州電力筑後川調査所、熊本県庁、ダム建設事務所と現地出張所である。しかし、そもそも洪水調節のダムか発電用のダムかという点を含め、それぞれ曖昧にかわされて、なかなか明確な答が得られない。室原知幸の記録によれば、一九五七年二月に「治水専用として考えられていたダムに、九州電力の水没発電所の見返りとして、洪水調節と共に発電ダムとして共用される計画が附加され」たということである（「下筌ダムと私の反対闘争」）。その後も一九六〇、一九六七、一九六九年の基本計画変更の度に、発電用ダムとしての性格が強まっていったというが、それは安部の知るところではない。

安部は取材の過程で、蜂之巣城主の室原宅を訪ねるが、延々とした交渉の結果、面会を断られてしまう。すると今度はその「奇人めいた演出」の目的についての仮説をたてる。「蜂之巣城騒動」は狂言なのではないか、というのである。

そう考えてみると、彼が、奇人をよそおった理由も分ってくるし（闘争でないことを、見抜かれないために打った芝居）、また、あの娘さんや、志野部落の人々（話を聞こうとしても、室原さんに聞いてくれというだけで、決して口をきいてくれようとしない）の暗い表情のことも説明がつく。本当に闘っている人たちなら、決してあんな表情はしていないはずだ。

ここでは完全にフィクションの論理が優先されている。それが事実かどうかということよりも、フィクションとしての辻褄が合うかどうかが問題なのだ。「闘っている人々の顔は、驚くほど晴々としているのが普通である」から、ここの人々は闘っていないのだろう、という論理は、フィクションの世界のものである。名探偵の炯眼が隠された犯罪を読みといていくように、安部はダム周辺の世界を読み解き、フィクションとしての蜂之巣城を構築しているのだ。

発電をめぐる三つ巴の構図についても、蜂之巣城闘争の正体についても証拠を得られないまま、安部は東京に引き揚げる。そして社会党代議士の小松幹と坂本泰良、および熊本在住の知人からの反対意見を紹介したあと、安部は山林専門家の意見をもとに、室原について、四つのケースを想定する。パラノイヤックな訴訟狂、資本主義的な飛躍を目指す狂言闘争家、部落内での自信過剰な権力者、そして農民民主化のリーダー。第四のケースは「まず理論的に不可能」としながらも、進行中の紛争について、「どんな破局がくるのか、それを予想するには、まだちょっと資料不足だ」と結論は避ける。

建設省が強行突破してしまうか、発電が熊本県営におちるか、やるのは九電だが熊本側につくるという妥協案がでるのか。それとも純粋な洪水調節用ダムにして、発電はとりやめるということになるのか……。

はっきり県営にきまる場合以外は、室原氏の内心は、ついにわからずじまいということになるのかもしれない。

「単純な仕組と法則」の証明はできず、室原の内心もわからない。推理小説としては中途半端な結末である。大島渚が「ノンフィクション劇場　反骨の砦」（日本テレビ、一九六四年七月五日）で記録したように、結局のところは「建設省が強行突破し」、九州電力が発電をするという結末になったため、安部にとっては「ついにわからずじまい」である。そもそも、彼の東欧紀行の最初にあたる「東ヨーロッパで考えたこと」では、社会主義の前進にともなう思想上の混乱の一例として、次のようなエピソードが紹介されていた。

ある村がダムに沈むことになり、村民はあげてそこの建設労働者になることになったが（むろん給料は非常によろしい、約三万円）、いよいよ村が沈むというとき一人の男が家に残っていておぼれかかった。彼はそこで働いていたのだから知っているはずだのに、実際おぼれてみるまではダムに水が入るということをどうしても信じることができなかったというのである。

ダムに水が入ることに徹底して反対する室原に安部が関心を持ったのは、この男の面影が頭をよぎったためかもしれない。この男が社会主義の前進における混乱の一例だとすれば、このルポルタージュにおいて、室原は資本主義の前進にともなう矛盾を体現する存在として構想されたはずである。しかし、取材の結果として明らかになったのは、そんな単純な構図に収まらない不可解な存在としての室原であった。
松下竜一は、室原知幸に関するノンフィクションの中で、「事件の背景」を次のように評している。

卓抜なこのルポルタージュが、しかし今読み返して聊か滑稽であるのは、室原知幸の企む真の目的なるものを詮索して展開される彼の推理が巧緻であればある程に、その考え過ぎが実相から隔たっていくおかしさである。その実相は一片の推理を働かす必要も無く眼前に丸見えであるのに、それが余りにも単純過ぎて信じられずに、裏を裏をと読んでゆこうとする知識人安部の怜悧さの空転が滑稽めく。

すべてが終り、闘争に敗れた室原知幸も亡くなった後の視点から、まさに渦中にあった安部の論理の弱点を突くのはフェアではないかもしれない。しかし、問題は単なる「資料不足」だけではなく、安部の取り組みの姿勢なのだ。「事件の背景」において、注目すべきはその結びである。安部は「真のダム反対闘争」というものを想定し、それを次のように述べる。

つまり、全流域住民による、河川の人民官理《ママ》である。ダム絶対反対の闘争が単にダムをこわす闘いではなく、ダムをつくる闘いになったときに、はじめて公共性の神話も乗り越えられたというべきだろう。すべて闘争には、その向うに、勝利の具体的なイメージがなければならない。

　ここには、一九六〇年六月一九日、度重なる反対闘争にもかかわらず新安保条約が承認されたことの反映が感じられる。しかし、当初の目論見であった「公共性にたいする抜きがたい信仰」の否定として、これはあまりにも空想的ではないだろうか。「ダムをつくる闘い」において、公共性の犠牲となる室原知幸は出現しないのだろうか。なければならないという「勝利の具体的なイメージ」は全く見えない。一九五一年であれば革命が、一九五二～五四年頃であれば記録による認識の変革が、安部にとっての勝利のイメージであっただろう。しかし、この時点における現実から遊離した理想には、東欧紀行以後、コミュニストとして孤立していく安部の姿が感じられる。現実に存在するダムも、闘争も、次第に安部の関心事ではなくなってきたのかもしれない。

第一四章　視覚の手ざわりへ――『砂の女』1962

一九六一年一二月、日本共産党は、花田清輝、大西巨人、安部公房、泉大八、広末保らを除名処分にする（久保覚）。安部公房が、編集長として『現代芸術』の終刊号を出した月のことである。翌年二月七日には安部公房、且原純夫、針生一郎、黒田喜夫、花田清輝、大西巨人、泉大八の除名を公表（『花田清輝全集第十巻』五〇三頁）。〈記録芸術の会〉の解散とともに、会のメンバーであった彼らと日本共産党との関係も、これで終りを迎えた。安部にとっては、一九五六年末以来、五年間にわたった会の活動、そして、一九五一年三月の入党以来、一一年間に及んだ党員時代に終止符が打たれたのである。

彼らの除名の直接のきっかけとなったのは、一九六一年に発表された二つの声明であった。二つの声明とは、一九六一年七月二二日に発表され、三一日の『日本読書新聞』に掲載された「真理と革命のために党再建の第一歩をふみだそう」と、八月一八日に発表され、九月四日の『日本読書新聞』に掲載された「革命運動の前進のために再び全党に訴える」である。それらは、宮本顕治ら幹部による党の独裁状態と、安保反対闘争での彼らの無能、および反対派の不当な除名処分を批判し、党内民主主義によって党を再建しようという呼びかけである。五十音順で連名者の筆頭に上ることになった安部の、一二月の除名処分までの経緯は詳らかでない。小田切秀雄は、「安部がいつも筆頭なのはアイウエオ順で最初になるからで、安部がそれらの政治的な行動の先頭に立った組織者だというわけではない」と指摘している。当時主流派に近い立場にいた小田切は安部らを慰留し、宮本顕治に働きかけたが、結局は無駄に終ったということである。ただし、同じく名を連ねていた花田清輝が、中央統制委員会からの二度の出頭呼び出しを拒否して除名にいたっている（久保覚）ので、安部についても似たようないきさつがあったことは想像できる。

このような経過の後で発表され、ベストセラーとなった『砂の女』（新潮社、一九六二年六月）[48]が、まずメタフォリカルに読まれることとなったのは当然だろう。実際、この小説の「砂」ほど、様々に読み換えられうるメタファーも稀有である。最初から何らかの読み換え、あるいは読み込みを強制してくるような性質をもっているとさえ言える。例えば奥野健男はこの小説を、「今日の政治状況を砂によって暗喩し、先入観を排除して自らの思考実験で政治の本質をきわめようとする」「全く新しい政治小説」として評価している（「「政治と文学」理論の破産」）。これが武井昭夫、篠田一士らを巻き込んで第二次「政治と文学」論争とでもいうべき論争が交わされたのはよく知られており、『奥野健男文学論集2』には、関係文献リストが掲載さ

『砂の女』初版函

れている。それ以後、「変形小説」として読む高野斗志美や、「共同体」の問題を読む渡辺広士をはじめとして、様々な読解が試みられたが、いずれも「砂」を何らかの抽象名詞に還元していこうとする志向では共通していた。近年の石崎等編の論集をひもといて「砂」の定義を探っても、時間・セックスの隠喩を読む谷川渥、「日常」を読む小林治、〈流動〉性を読む木村功を経て、共同体の破綻を読む波潟剛に至るまで、やはり「砂」の向こうに抽象的な何かを見ようとする志向は変わっていない。

私はここで、安部がこの小説を書いた出発点に戻って考えてみたいと思う。『砂の女』は、何よりもまず、一枚の写真にインスパイアされて構想された小説なのだ。この小説の成立について、安部は次のように語っている。

ぼくがあの写真を目にしたのは、たしか今から八年ほど前、弘前の大学での講演旅行の途中だった。車中での暇つぶしのために買った週刊誌のページをめくっていると、突然その写真が、閃光（せんこう）のようにぼくの内部を照らしだし、あたかも舞台の幕が上がったように、ぼく自身予想もしていなかった一つの世界を描き出してくれたのである。

（「舞台再訪　砂の女」『朝日新聞』一九六八年六月二六日）

たまたま目にした雑誌の写真の光景に吸い寄せられてしまうというのは、「壁」のS・カルマ氏の体験を安部自らが演じているようで、いささか出来すぎの感もある。しかし、『砂の女』の世界が一枚の写真から出発したということ、写真が「閃光のように」照らしだした世界であることは、実はこのテクストの構造全体に関わる重要なポイントなのである。
テクストの分析に入る前に、安部と写真との関わりについて概観しておきたい。安部は父の代からのカメラマニアであり、家に暗室があったくらいで、子供の頃からカメラに関わっていたという（「都市への回路」『海』一九七八年四月）。自ら撮影した写真は相当な数にのぼり、『箱男』や『都市への回路』に用いられた他、没後の一九九六年にはニューヨークと東京で写真展が開かれてカタログ『Kobo Abe as Photographer』が出版され、近藤一弥装幀の全集の函裏にも彼の写真が用いられている。そもそも、〈記録芸術の会〉が、映像論から出発したことを想起してほしい。安部は映像と言語の関係について次のように述べている。

映像の価値は、映像自体にあるのではなく、既成の言語体系に挑戦し、言語に強い刺戟をあたえて、それを活性化するところにある。だがそれほど強力な映像は、めつたに発見できるものではない。言語の性質からみて、待つていてあらわれてくるものではなく、作家の側で積極的に、自分をとりまく言語の壁をつき破る努力をしなければ駄目だ。私たちが「記録芸術」の運動を主張したのも、そうした努力を方法化するためにほかならなかつたわけである。
（「映像は言語の壁を破壊する」『群像』一九六〇年二月）

言語によって認識され、形成された世界に一瞬亀裂を走らせるものとしての映像。安部はルポルタージュの意義を、現実に対する「解剖刀」としてのはたらきに見出しているが（「ルポルタージュの意義」『ルポルタージュとは何か？　日本の証言増補』柏林書房、一九五五年九月）、ここで考察されている映像の意味もそれと同じ質のものである。言語体系を揺るがし、活性化すること。安部はそれを説明するのに弁証法という言葉も用いる。

今の記録映画というのは、実に非記録的なんだ。言語ですくいきれない偶発性というか、秩序立てられないもの、それと完全にその中から秩序を発見していこうという言語のそれに対する力だな。つまり、言語というものは言語ですくいきれないものが出てくると、活発になってくるわけです。言語の力というものは、これをつかもうとして活性化してくるわけだ。つかもうとすれば現実は逃げる、また言語がさらに活性化するという弁証法がつまり記録主義なんだよね。

（「芸術の未来像」『記録映画』一九六〇年七月）

ここで語られている映像とは映画のことであるが、安部は写真についても同様の趣旨の発言をしている。「現代の写真が、偶然の発見による体系の破壊にあることは、すでに一つの常識だ」（「東松照明」『芸術新潮』一九六〇年六月）という写真家・東松照明についての文章がそれである。この映像と言語の弁証法こそ、この時期の安部が熱心に取り組んだ問題なのである。

既に第三章で述べたように、一九五八年、安部は「映画芸術論」の連載を『群像』誌上で行った。佐々木基一との同時連載という形態から考えても、この連載をはじめるにあたって、〈記録芸術の会〉の「各ジャンルの閉鎖的ワクを打破り積極的な交流を促進する」という任務が念頭に置かれていたことは間違いない。それまでにも『文学的映画論』に収められた「映画俳優」などの仕事はあったが、それらは具体的な映画に触れたものではなく、映画一般に関する概念論であった。「映画芸術論」の連載において、安部はアンドルゼイ（アンジェイ）・ワイダの「地下水道」の読解をはじめとして、この用語が普及するはるか以前のサブリミナル効果などについても言及しながら、毎回数本の映画を論じていった。実質的にはこれが、映像を言語で捉えようとする最初の本格的な実践となったといえるだろう。

そして安部が次に試みるのは、写真と言語の弁証法的コラボレーションである。一九六〇年には、安部が書いた「顔の中の旅」というシナリオを、大辻清司が組写真で再構成し、さらに安部がシナリオについて書いた文章を並べて掲載するという実験をする。「顔の中の旅　実験映画のシナリオ」（『芸術新潮』一九六〇年三月）がそれであるが、このシナリオをもとに勅使河原宏が撮るはずだった映画は製作されず、「おとし穴」（一九六二年）や「砂の女」（一九六四年）まで持ち越されたようである。翌年には「超現実ルポ・TOKYO」（『芸術新潮』一九六一年三月）と題して、自ら撮った写真にキャプションをつけながら、様々にその意味を読み換えていく。さらに一九六四年からは、朝日ジャーナル誌上で、映像の言語化ならぬ「言葉の映像化」（参加した写真家・富山治夫の用語［松本徳彦］）をテーマにした連載「現代語感」が始まり、安部もこの連載に参加している。これは、野間宏、大江健三郎らの作家が新聞の活字の中から二字の言葉を選び、それを富山治夫らの写真家が映像化するというものだった。自らの関心と合致していたこの連載に、安部は三回も参加する。「現代語感　愁訴　因果律」一九六四年一一月二二日（ナンバーがないが連載一一回目）、「現代語感15定年――委託殺人」一九六四年一二月二〇日、「現代語感19自主　種なし人間は悲劇か」一九六五年一月一七日である。これらを担当した富山治夫の写真には、アンリ・カルティエ＝ブレッソンも感嘆したという（松本徳彦）。『砂の女』は、こういった映像と言語の弁証法という流れの中に登場する。安部は、眼の中の写真と格闘しながら、「ぼく自身予想もしていなかった一つの世界」を言語によって記述していくことになるのである。

『砂の女』の前身である「チチンデラ　ヤパナ」（『文學界』一九六〇年九月）は、『砂の女』の第一章1～7節の部分に対応する内容をもった短篇小説である。(49) この短篇と『砂の女』において、男が最初に砂の穴に出会うシーンを比較してみよう。（以下、『砂の女』の引用には節の番号を付す。）

溜息をついて、しばらくじつと穴にみとれた。これこそ、砂の力の偉大さと、人間の営みのむなしさを示す、いいしるしではないだろうか。思いだしたように、カメラをとり出し、たてつづけにシャッターを切つた。（チチンデラ　ヤパナ）

いずれ、砂の法則に、さからえるはずもないのに……
カメラをかまえたのと、同時に、足もとの砂が、さらさらと流れだした。ぞっとして、足をひいたが、砂の流れはしばらくやもうともしない。なんという微妙で危険な均衡だ。（3）

「チチンデラ　ヤパナ」でシャッターを切った男は、翌日、穴のなかに閉じこめられ、女をなぐるというシーンで一応の結末を迎える。『砂の女』において、シャッターは切られない。男は、女をなぐらない。かわりに、「女をさいなむ刑吏になりはてた自分の姿が、まだらに砂をまぶした女の尻の上に、映し出される」（7、傍点引用者）のを見てしまう。男は被写体であった砂の穴の中の世界に取り込まれ、「砂ではなくて、単なる砂の粒子」（31）を見て過ごすことになる。粒子とは、つまり写真の最小単位のことでもある。男はシャッターを切るかわりに、記録対象の世界、静止した写真の世界に入りこんでしまうのである。砂丘の景色を観光用の絵葉書にしようとしたセールスマンが穴にとらえられ、死んでしまったというエピソード（17）も、これと全くパラレルな構造を持っているといえる。「チチンデラ　ヤパナ」に対応する部分が終った8節で、男は「自分の静止が、世界の動きも止めてしまったのだと」考えようとする。砂の穴の外の世界に対して、男の時間は「二時十分」（10）を指したまま静止してしまうのだ。しかし、外部の現実は、1節に要約してある通りである。ある日、男が行方不明になり、七年たって死亡の認定を受けたというのが、外側から見た現実なのだ。実際、この小説の末尾に掲げられている公文書と、文中の幾つかの手がかりによって、男が幽閉されていた期間をかなり正確に特定することは可能である。[50] しかし、それは男の側の世界を考えるとき、あまり意味のあることではない。男は二時十分で静止した側の時間を生きているからである。

そこで男が体験する事物の描写は、写真的なイメージに満ちている。男が最初に目覚めた朝、女は「顔以外の全身をむき出しにして」、匿名のヌードとして横たわっている。

しかも、その表面が、きめの細かい砂の被膜で、一面におおわれているのだ。砂は細部をかくし、女らしい曲線を誇張して、まるで砂で鍍金された、彫像のように見えた。（7）

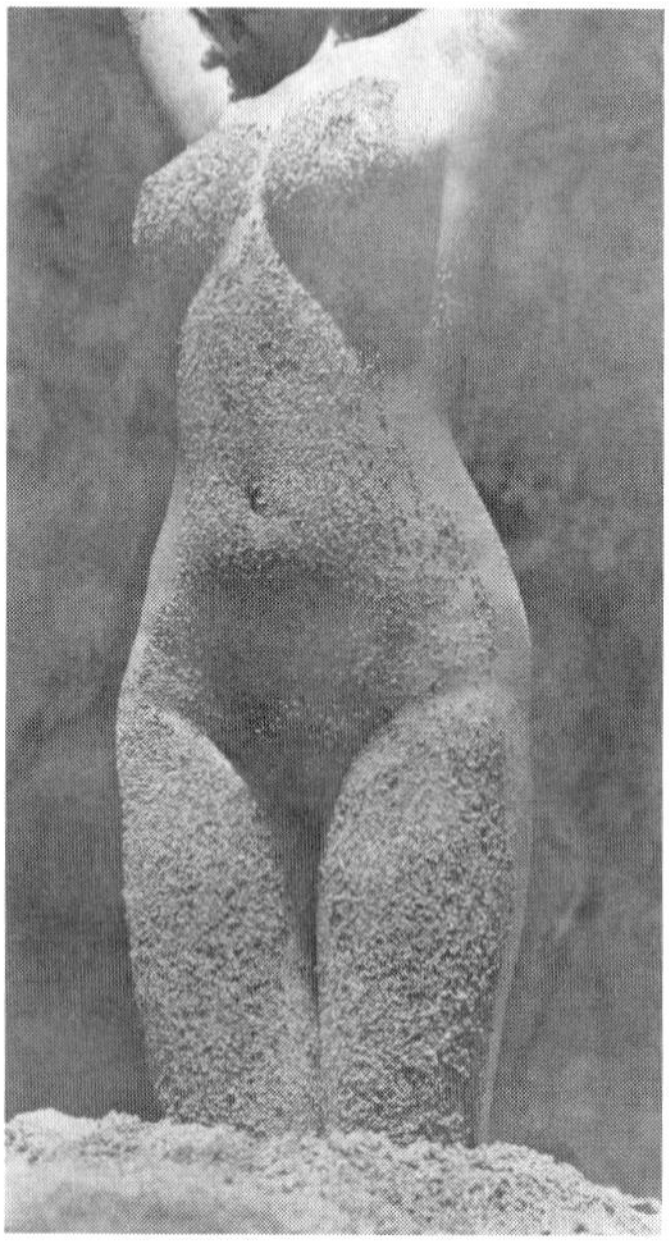

杉山吉良『裸体』より

この砂をまぶされた裸体のイメージは、杉山吉良『裸体』中のイメージそのものに見える。杉山の裸体も、顔を捨象した匿名のトルソであり、生身の人間というよりは「彫像のように」ヌードを描写したものだ。安部がこの写真を見ていたかどうかは不明だが、安部の映像・写真へのこだわりや、映像記憶の良さ[51]からすると、どこかで見て記憶していたことは十分に考えられることである。

男が閉じこめられたと知ったときには「焼けた砂から、濡れた生フィルムのようなかげろう」（7）が立ちのぼり、「焼けた砂にさらされた眼には、小屋の中はひどく薄暗く、ひんやりと濡れたような感じ」（9）に見える。穴の中での生活は、「眼の中に閉じこめられてしまったような、単調な生活」（10）と表現される。また、男が現在の皮肉な状態について考察する際には、「ネガ・フィルムの中の、裏返しになった自画像」（12）という比喩が用いられる。要所ごとに写真の中に入り込んだ男の状態を想起させるような語彙が挿入されているのである。

写真的ということは、これが様々な視線の交錯する、光と闇の世界であることも意味する。この小説は電燈のない闇の中、石油ランプの光の下で書かれた。[52] などというと、蔵の中、蝋燭の光で執筆したという江戸川乱歩の伝説でも連想されそうだが、実際、この小説は光と闇のコントラストと、その中での視線の交錯によって紡がれていくのである。

女は最初、足もとの闇のなかでゆらぐランプの灯（4）として登場する。昼でも薄暗い穴のなかには、ランプが一つしかない。これが家のなかの出来事を照らす唯一の光源として用いられるのだ。女はランプの光と男の視線を計算しながら、男にえくぼを見せつけたりもする。

　ふと、人の気配を感じて振向くと、いつの間にやら女が戸口に立って、じっとこちらをうかがっているのだった。さすがに、気まずいらしく、あわてて片足をひき、助けを求めるように、ちらと視線を泳がせる。その視線をたどっていくと、彼が背にしていた東側の壁の上からも、頭が三つ、行儀よく並んで、こちらを見下ろしているのだ。（10）

カメラで砂の穴を撮ろうとした男は、このような視線によって、見られる側にまわってしまう。同居する女も、部落の「視線の糸であやつられる、あやつり人形」（12）なのである。さらに、見る者が男の前に現れる時以外にも、この穴は火の見櫓から不断に監視されていることが判明する（21）。穴のなかの男は、様々な視線に包囲され、そこからの脱出をはかるのである。男の脱出は、見る側への転換として描かれる。「下を見るな」（23）と自分に言い聞かせつつロープで穴から這い出した男は「上目づかいに」（24）火の見櫓を見るが、火の見櫓から男は見えない。「逆光の効果」（24）を確かめながら部落の外れまで出た男の視界は開け、左手に海も見えてくる。「海には、鈍く、アルマイトの鍍金がかかり、沸かしたミルクの皮のような小じわをよせていた」（24）という描写は、まるでモノクロ写真のソラリゼーションのようである。野犬と遭遇した男は、しばらくにらみ合った後、「野犬をにらみ負かす」（24）。その後、男は「靄ににじんだ部落の明りを右に見て」（25）進み、部落を抜け出そうとするが、「視界がひらけたとたん」（25）部落の中で見られる側になってしまう。男には「ランプの薄明りに浮ぶ、村の建物」（26）が見えるだけだが、部落の人々は懐中電燈で男を捉える。男を発見した火の見櫓では、半鐘を打ち鳴らす。

半鐘の一と打ちごとに心臓がちぢみあがり、毛穴が開いて、ぷつぷつ米粒のような虫が、無数に這い出してくる。懐中電燈の一つは、焦点調節式らしく、光がやわらいだかと思うと、またいきなり白熱する針になって、つき刺さってきた。（26）

薄暗いランプの光に対して、「白熱する針」のような懐中電燈は、権力の光である。「焦点調節式」のレンズのような、シャープな視線の象徴なのだ。結局「世界中が、眼を閉じ、耳をふさいでいる」（26）ような暗さの中で捕えられた男は、明るい月の光の下、部落の人々の視線にさらされることになるのである。男はもう一度、外の空気を吸うために、自ら懐中電燈の光の下に女との性行為をさらそうと試みる（30）が、失敗に終る。

男が溜水装置によって、不意に自由の感覚を得ることも、視覚的に表象される。

穴の中にいながら、すでに穴の外にいるようなものだった。振向くと、穴の全景が見渡せた。モザイックというものは、距離をおいて見なければ、なかなか判断をつけにくいものである。むきになって、眼を近づけたりすると、かえって断片のなかに迷いこんでしまう。一つの断片からは脱け出せても、すぐまた別の断片に、足をさらわれてしまうのだ。どうやら、これまで彼が見ていたものは、砂ではなくて、単なる砂の粒子だったのかもしれない。(31)

粒子しか見えなかった眼の接写レンズを「広角レンズ」(31)につけかえて、男はより高次な、新しい視線を獲得する。「広角レンズ」の眼によって、男は砂の上の影としての自分をはじめて認識する。それは火の見櫓から見下ろすような権力の視線の獲得であった。部落の外では無効になってしまう種類の権力を手中にした男にとって、もはや脱出は意味をなさない。男は自らの意志で画面の中へと戻っていくのである。

このように、『砂の女』の砂は、奥野健男らが問題にした政治状況の暗喩というよりは、写真画面を構成する粒子のような存在であった。それでは、『砂の女』のなかに、政治状況の問題は入っていないのだろうか。よく見ると、その問題は、確かに存在する。ただし、砂とは別のところにである。

彼は、あいつとの時には、いつもかならずゴム製品をつかうことにしていた。以前わずらった淋病が、はたして全快したかどうか、今もって確信がもてなかったのだ。検査の結果は、いつもマイナスと出るのだが、小便のあとで、急に尿道が痛みだし、あわてて試験管にとってみると、はたして白い糸屑みたいなものが浮んでいたりする。医者はノイローゼだと診断したが、疑惑がとけない以上、同じことだった。(19)

この「ゴム製品」＝「帽子」に対する執着のために、男は「あいつ」から「精神の性病患者」(19)と呼ばれることになってしまう。注目したいのは、このゴム製品オブセッションのもとになる性病というものが、「コロンブスが、ちっぽけな船で、ちっぽけな港に、こっそり持ち帰ったもの」(19)、すなわちアメリカ的なものとして表象されていることである。男は砂の穴のなかで、女と「帽子なしに」(20)性交渉を持てるようになる。これは「精神の性病患者」すなわちアメリカ的思想におかされた男の、治癒の物語として読めるのである。

コロンブスが持ち帰ったもう一つのアメリカ土産であるタバコに、男が次第に執着しなくなっていく過程もこれとパラレルなものだ。男はこの砂丘への登場場面において、強い風のなかで火がつかないことにあきらめきれず、十本もマッチを無駄にする(3)。「ちょうど、タバコも切れた」(10)ことを理由に砂の穴を出ようとするが達せられず、男は一週間ぶりに配給で届けられたタバコを、インディアンの友好のしるしのようだと考える(17)。脱走に失敗した後にも「ぼんやりタバコをくゆらせ」(27)るが、それ以降、男がタバコを吸うシーンはなくなる。かわりに、男は以前の自分を「脳波のリズムだけでは満足できずに、タバコを吸う」(28)存在として認識するようになる。ようやく男が外に出たときには、「口から、息を叩きおとすように」(31)風が吹いているのだった。喫煙について「脳波のリズム」が問題にされていることに注意しよう。つまり、喫煙も思想のアメリカ化の問題を担っているのだ。

安部はこれらの脱アメリカ化の物語によって、「裏切られた戦争犯罪人」以来、様々な形で問題にしてきたアメリカについて、最終的な態度表明をしている。自覚的な「国境病」により、アメリカに対して、自らの民族性を主張すること。六〇年安保を経て、安部は再び「国境病」の必要を物語っているのである。

ではその「国境病」は、どのように発病すべきものなのか。建築に不向きな塩気の多い砂を売ることをめぐるやりとりの中にヒントがありそうだ。「かまいやしないじゃないですか、そんな、他人のことなんか、どうだって！」(29)という女の言葉は、ダム取材を基に書いた『石の眼』での不良セメント問題を、砂の提供者側の視点から語り直したものだ。倫理に欠けた女の発言は、しかし同じ「国民」だから信用できるといった類の言説に亀裂を入れる働きを持つし、その砂が用いられた建造物にも文字通りの亀裂を入れる。「愛郷精神」のため、「他人」への緩慢なテロ行為を支持するのが女の立場である。ここには明らかに内なる国境がある。男は驚いて説得を試みるが、利益は組合で公平に分配されているという女の言葉の前に立ちすくみ、「そんな、他人のことなんて……そりゃ、そうだよ……」(29)と女と同じ言葉を、ほとんど煙草を吸わなくなった口にのぼらせることになる。男は女から「国境病」を伝染された形である。安保反対の団結が敗北した後には、内なる亀裂から大きな「同盟」を破るしかないということなのだろうか。

最後の二ページの公文書のなかにも、仕掛けがある。一つは、その名前である。「不在者　仁木順平」。「夢の逃亡」(『人間』一九四九年一一月)の三太とサンチャから、先の『飢餓同盟』の面々、「人間そっくり」(『SFマガジン』一九六六年九～一一月)における甲田申由《こうださるよし》というタイポグラフィックな名前を経て、遺作「飛ぶ男」(『新潮』一九九三年四月)の保根治《ほねおさむ》(=骨治む)に至るまで、安部の小説に登場する固有名は、何らかの仕掛けを持っていると考えていいだろう。そもそも『無名詩集』(一九四七年)から出発し、無名性を「出発のための前提」(「作品の背景」『東京新聞』一九六八年一二月一三日)と呼ぶ作家にとって、登場人物の固有名も、小説の道具だての一つに過ぎないのだ。仁木順平の「にき」とは、日共と略される「にほん　きょうさんとう」の頭文字ではないだろうか。「じゅんぺい」には「日本《ジャパン》」の響きがききとれる。そうだとすると、失踪の中立人「しの」の名前にも支那、あるいは「中国の《シノワーズ》」という響きが聞こえてくるだろう。仁木順平の誕生日が、三歳下ではあるが、安部公房と同じであることも重要である。日本共産党に従順で平和であった自分に、自らの出発点である旧満州=中国側から、失踪中立をしたのがこの文書ではないだろうか。これは、安部から日本共産党への、ささやかな訣別宣言でもあっただろう。

そもそも、男が砂丘へやってきた目的が、「長いラテン語の学名といっしょに、自分の名前もイタリック活字で、昆虫大図鑑に書きとめられ」(2)ることであった。書きとめられることになるのは、苗字の「Niki」(=日本共産党)であり、たぶんその前に、ハンミョウの足の色である「黄色」を意味するラテン語が並べられることだろう。さらに、「チチンデラ　ヤパナ」においては、次のような感想が述べられる。

(いちど登録されてしまえば、永久に書きかえられることのない、虫の名前……このうつろいやすい人生とくらべれば、なんという確実さであることか！）

うつろいやすい人生の現実を離れてしまった日本共産党の「硬直した教条主義」（「真理と革命のために党再建の第一歩をふみだそう」）への皮肉を、ここに読むことはできないだろうか。

日付から見ても、興味深いストーリーを読みとることができる。失踪した一九五五年というのは日本共産党が第六回全国協議会、いわゆる六全協において方針を転換した年であり、八月一八日というのは、一九六一年、安部たちが日本共産党に対し、二回目の声明を発表した日である。催告が出されている一九六二年の二月は、日本共産党が安部らの除名を公表した月である。これらの日付によって、安部はこれまでの日本共産党との関わりをなぞっているのだ。十円パンフレットを売りに来てつかまった「帰郷運動の学生」（17）の話や、「組合活動と、私生活とが、メビウスの輪のようにつながっている」（14）ために「メビウスの輪」と呼ばれる登場人物の人物設定、彼に連れられて行った「なにかの講演会」（22）の記憶なども、かつての安部と共産党との関わりを想起させるものである。『砂の女』の出版は一九六二年六月だから、一〇月五日の失踪の審判は未来の事柄に属する。しかし、奇しくもその日は閣議が全国総合開発計画を決定し、『砂の女』に登場するような日本の海岸の景観を一変していく契機となる日なのである。

さて、もう少し、砂の穴のなかの世界を見てみよう。部落と男との権力の関係が視覚によって表象されるのとは対照的に、次第に親しくなる男と女との関係は触覚によって描かれる。『砂の女』の砂は、「口の中でざらついた」（2）という登場の仕方からして、触覚的なものでもあった。男と女の関係は、視線によるものから、次第に触覚によるものへと移行していく。女は男の脇腹をくすぐることによって親愛を表現する（5、12）。七日目、男は部落との交渉のために女を縛るが、それは「暗がりの中の、手さぐりの仕事」（15）であった。縛られた女は、男に耳のうしろを掻くことを頼む。

皮膚と、砂の膜のあいだに、融けたバターのような、濃い汗の層があった。桃の皮に爪を立てる感じだった。（17）

ここで、砂に被われた、まさに「砂の女」と呼ぶべき女が、はじめて微妙な感触を持った「桃の皮」のような物体として男の触覚の対象となる。以前は女のトルソに対して「砂にまぶされた女は、視覚的ではあっても、あまり触覚的とは言いがたい」（7）と考え、「近づいてみる気はしない」状態だったのである。ここから「汗みどろになった素肌」（19）に触れ、性交渉に至るまでには一日しか必要としなかった。

そこで男のペニスが微妙な触覚をもつ「指」として表現されるのも象徴的である。先程も述べたように、「あいつ」との時には、男は必ず「ゴム製品」を使って触覚を遮断していた。「あいつ」との性交渉の記憶は、無限に反射する視線の地獄として描かれる。

あのベットの上では、感じている男と女……見ている男と女……感じている男を見ている男と、感じている女を見ている女……男を見ている女と、女を見ている女を見ている男…

…合わせ鏡にうつる、性交の、無限の意識化（20）

男が女のラジオへの夢（25、31）には協力しながら、同じく欲しがった鏡について冷淡な態度を保ちつづけるのも頷ける。鏡とはすなわち視線による意識化に関わるものであり、このような地獄への入口であるからだ。男にとっては「片眼をうつせば鼻がかすみ、鼻をうつせば、口がうつらない」（25）いまの鏡で十分なのである。

視覚による「あいつ」の回想に対して、砂の女との関係の回想は、やはりその細部の手ざわり、感触に関するものである。

雨樋のような筋肉がういてみえるおまえの内股の肉のはずみ……焦げたゴムのような、黒い襞にたまった砂を、唾でしめして指で拭きとる、破廉恥な感触（25）

これらの細部にかかわる回想について、男は「ものの破片や断片に耽溺する傾向」（25）とも述べている。権力関係や意識化にかかわる視覚に対し、触覚は常に細部への愛情と関わっている。私には、この細部、手ざわりに対する愛情も、この時期の写真、特に東松照明の読解によるものだと思われるのだ。

一九五〇年代末から一九六〇年代の写真は、細部《ディテイル》、手ざわり《テクスチュア》への強いこだわりを見せはじめる。安部が関心を持つのもそういった写真についてである。一九六〇年、安部は発足一年目の写真エージェント、ＶＩＶＯの事務所を訪れている。ＶＩＶＯはロバート・キャパやアンリ・カルティエ＝ブレッソンらのマグナムを意識して生まれた、フリーの写真家たちの共同事務所であった。そこには粒子の粗いハイトーンの写真で一世を風靡した細江英公や、踏みつけられてしわくちゃになった日の丸などをディテイル豊かに写しだした『地図』の川田喜久治、[53] 後に安部も写真のモチーフとすることになる軍艦島[54]を写した『人間の土地』の奈良原一高をはじめ、佐藤明、丹野章といったメンバーが集っていた。

ダム映画が軌道に乗る前の岩波映画のドル箱であった岩波写真文庫（一九五〇〜一九五八年）出身の東松照明もそこにいた。岩波写真文庫の初代編集長であり、組写真の推進者であった名取洋之助に対し、東松は言葉のストーリーによらない群写真を提唱して対立していた。安部はその東松のインタビューのためにＶＩＶＯの事務所を訪ねたのである。安部はそのときのインタビューをもとにした文章（前掲「東松照明」）の中で、細部に対する東松の異常なまでの愛情について書いている。

彼は、外見もかなり風来坊的だが、実際も全くの風来坊で、一定の住居をもたず、毎日適当な安旅館を、その場その場で適当にさがしては、とまり歩いているらしい。彼に言わせると、現実の細部に対する愛情のせいだという。何かの目的をもってしまうと——たとえば家に帰ること——そこに到達するまでのプロセスが抽象化されてしまい、せっかくの細部を見のがしてしまうのが、不安なのだという。

安部はこの細部への愛情の一つの達成として、流しに置かれた魚の骨と皿の写真で有名な「家」シリーズを読む。

東松照明「家」

たとえばあの「家」という一連の作品は、単なる「家」の細部のオブジェ化などではなく、まさに彼自身の「家」が台風にであい、崩壊し、泥にうまり、そして朽ちはてていく姿の、凝視だったのだ。（中略）彼は、細部に愛情をそそぎながら、全体をつきはなす。腐り、消えさっていく自分の家のイメージに、驚きの目をみはりながらも、決して悲しまない。「家」の壊滅の凝視をたええぬいた、彼の姿勢のたしかさを、ぼくは信じないわけにはいかないのだ。

この「腐り、消えさっていく自分の家のイメージ」に、砂の穴の中の家は重なってくる。『砂の女』には、東松の「家」シリーズの読解という要素が含まれている。安部は、ここからも「一つの世界」のヒントを受けとっているのだ。ところで、これらの写真について、安部はしきりに「凝視」という言葉を強調する。この「凝視」とは何を意味するのだろうか。安部はかつて、雨が落ちる一瞬の水面の表情を捉えた「どしゃ降り」という写真における土門拳の「凝視」について、次のように述べていた。

重くなりすぎた目玉が、ぽとりと落ちて、それでも勝手に、なにか一つのものを見つめつづけているような、病的な凝視がある。たとえば、「どしゃ降り」という雨脚をうつした作品など、その生物の内臓をむきだしにしたような異様な触感は、けっして解説者が言うように、意志的な姿勢の産物などではなく、むしろおのれの歯でおのれの胸を咬むような、内部の凝視にほかなるまい。(「内向的な孤独感　現代日本写真全集2土門拳作品集」『日本読書新聞』一九五八年七月二八日)

「異様な触感」という表現に注目しよう。安部が写真から感じとっているのは、「凝視」の結果として得られる触感、手ざわり《テクスチュア》なのである。写真の読解によって成立した小説『砂の女』において、触覚が重要な要素となるのもうなずける。安部は杉山吉良の『裸体』からも、その触感を読みとっている。また安部がインタビューをした東松照明の「〈11時02分〉NAGASAKI」シリーズ(一九六一〜一九六二年)は、まさに皮膚そのもののテクスチュアを執拗に追ったものだ。多木浩二も、東松照明の「アスファルト」シリーズについて、「都市を触覚的に捉えていく」写真という受けとめ方をしている。テクスチュアにこだわった同時代写真家のなかでも、東松照明は、川田喜久治と同じく、触覚を喚起する力が強い写真家ということができるだろう。安部は様々な写真から、対象を舐めるように見つめる写真家の「凝視」を感じとる。そして、「凝視」を手がかりに、その細部の手ざわりを受けとって、小説世界をつくりだしているのである。安部が映像と言語の弁証法によって獲得するのは、触感の言語化であった。

凝視が手ざわりを生み出していく様子は、男が月を見るシーンの描写によくあらわれている。

ふるえを通して、月の表面から、彼は何かを連想しかけている。まだらに粗い粉をふいた、かさぶたのような手ざわり……ひからびた安物の石鹸……というよりはむしろ、錆びたアルミの弁当箱……それからさらに、焦点が近づいて、そこに思いがけない像を結ぶのだ……白い髑髏……万国共通の標識である、毒の紋章……殺虫瓶の底の、粉をふいた白い錠剤……そう言われてみると、風化した青酸カリの錠剤と月の表面とは、なるほど肌合いがよく似通っていた。(30)

視覚的なイメージでしかない月の凝視を通じて、男は以前埋めておいた青酸カリの手ざわり《テクスチュア》を想起する。(55) 視覚から触覚を生成していくプロセスが、ここで図式化されているのだ。男が穴の中にとどまることを最終的に決めたのも、その触覚によってであった。

泣きじゃくりそうになるのを、かろうじてこらえ、桶のなかの水に手をひたした。水は、切れるように冷たかった。そのまま、うずくまって、身じろぎしようともしなかった。(31)

この「切れるように冷た」い水の感触によって、彼は「手のなかの往復切符」（31、傍点引用者）を実感し、脱出をやめる。権力の視線の獲得と同時に、手ざわりへの愛情も、彼の脱出放棄において重要なファクターとなっていたのである。

　男の失踪を証拠立ててしまうことになる手紙は、彼の夢のなかで「ぶよぶよと、変な手触り」（12）をもったものとしてあらわれる。男が外部とのつながりとして持っていた採集箱のアルコールも、その消滅の瞬間には彼の指のあいだに「すみきった涼しさ」（16）を残していく。女が病院へ去る前にも、彼は「片手を女にあずけ、あいている方の手で、腰のあたりをさすりつづけて」（31）やる。すべてのものが手のなかの感触に変換されていった後、彼はその確かな手ざわりをもつ世界で生きていく決意をするのである。

　それはまた、手で触れることのない、砂の穴の外側の政治状況にはもうコミットしないという安部の決意表明でもあった。これは、先に述べた日本共産党への訣別宣言と結びついている。この後、安部の小説世界が、自らを密室のなかへと幽閉していく志向をもつようになるのは偶然ではない。文字通り箱の中に閉じこもる男の話である『箱男』（新潮社、一九七三年三月）や、『志願囚人』というタイトルで構想された『方舟さくら丸』（新潮社、一九八四年一一月）はその典型である。岡庭昇が「アヴァンガルドの変質」として問題視しているのは、つまりはこの志向のことなのである。

『砂の女』は、アメリカや日本共産党との関係という、一九五〇年代の安部がもっていた政治的問題意識の総決算となる小説であった。それはまた、安部が〈記録芸術の会〉において獲得した「映像と言語の弁証法」を、小説の方法として結実させた小説でもあった。〈夜の会〉や〈世紀の会〉から〈現在の会〉を経て〈記録芸術の会〉に至る安部の運動体としての活動において、二つの核となっていた記録・芸術と政治の問題に、一つの答を出したのがこの小説なのだ。しかし、答が出るということは、それを求めての運動が停止するということでもある。これは運動体・安部公房の終着点とも言える小説なのである。

エピローグ

そして安部公房にとっての運動の季節は終った。

別にこれ以降の安部が個人の世界に没頭していたというわけではない。『砂の女』の映画化をはじめ、映画やテレビや演劇にも積極的に関わっていたし、一九七三年には自ら〈安部公房スタジオ〉を結成して演劇活動に入る。しかしそうした活動は、本書で扱ってきたような運動体としての活動とは本質的に異なる。一九五〇年代までの安部の活動が、運動することでまわりの世界を変えつつ自らをも更新していった点に特徴があったとすれば、一九六〇年代以降の安部の活動は、その変わらなさに特徴があるとさえ言えるように思う。同じ原稿で何度も稼ぐと揶揄されながらも、彼は自らの旧作を様々なメディアに載せかえて変奏していった。『砂の女』以後、国際的に有名となった安部公房は、既成の前衛《エスタブリッシュト・アヴァンギャルド》とでもいうべき逆説を生きることになった。現在一般に流通している安部公房像はそのように固定化されたものであり、もう少し長生きすればノーベル賞を取ったかもしれないと言われる権威ある作家像である。

本書では、運動体という視点から見ることで、安部公房という作家像の、今まで影になっていた部分に照明をあててみた。特に政治的な運動に傾斜していた時代のものを発掘することは、いわゆる「純文学」的な価値観からすれば、安部の偉大さをおとしめることになるのかもしれない。しかし、それは決して偶像破壊といった意図からではない。そうした実践も含めたこの時代の運動体の中に、安部の最も良質で可能性に満ちあふれた部分があると思うからだ。

安部公房は運動体の中でこそ最大の力を発揮した作家である。一九五〇年代という運動の季節は、彼の青春であると同時に、生涯で最高の輝きを放った時代なのだ。そしてその運動こそ、安部の全活動の中で、今日最も参照を必要とされる部分であろう。一九五〇年前後に革命を目指した政治運動が仮に実を結んでいたとしても、スターリン主義に近い問題が生じた可能性は否めないし、二〇世紀末に相次いで幕を閉じた社会主義国の現実が、建国の理想と遥かに隔たっていたことは確かである。しかしそのことと、アメリカ型資本主義の勝利や新自由主義によるグローバル化をことほぐこととは全く別のことだろう。現実の革命の可能性が遠のくにつれ、安部らが担うことになった対抗言説としての〈記録〉の運動には、何度でも立ちもどり参照すべき問題が数多く含まれている。ジャーナリスティックな〈記録〉の場において認識を揺さぶるような試みは、認識を変えることが社会を変えることにつながるという確信に基づいて行われた。岩波映画のように大資本と結託しながら現実をつくりかえていくタイプの〈記録〉を批判した安部は、一方で現実から遊離した理想のみを掲げる日本共産党をも批判した。どちら向きであれ硬直したイデオロギーに奉仕せず、運動体の中で自ら変貌を遂げながら新しい認識と社会を目指した安部公房を読み直すことは、今日の社会を認識し直すことにつながる。

デビュー作『終りし道の標べに』を一九六五年に読み直して改稿した安部は、「《亡き友に》／記念碑を建てよう。／何度でも、繰り返し、／故郷の友を殺しつづけるために……。」というエピグラフを掲げた。私たちは、ただ単に偉大な作家の記念碑を建てるのではなく、何度でも、繰り返し、そこから何かを取り戻すために、彼の未発の可能性を殺しつづけなければならないだろう。

注釈

第一部

(1) 椎名麟三の回については「ルンペン・ジャパニーズについて」で、小田切秀雄の回については『戦後詩の方法論』で、出海渓也が紹介している。

(2) 編集部「年譜」『五味康祐代表作集第十巻』、『読売新聞』一九四八年五月一九日。

(3) 谷真介による。Schnellbächerが紹介した峯岸邦造のゴシップ記事では、「阿部《ママ》公房は、人民文学内反岩上派の真鍋呉夫、戸石泰一などという蒼白い文学青年たちをあつめて〝現在〟という同人雑誌にロウ城している」と書かれている。

(4) 谷真介によれば、勅使河原宏、白井浩司、島尾敏雄、小島信夫、奥野健男、庄野潤三、草野心平、山下肇、岡本太郎、石川淳、村松剛、針生一郎、佐々木基一、十返肇ら四十余名が芳名帳に記帳。一方、「飴太郎」による匿名批評「大波小波」『東京新聞』一九五四年三月一六日（小田切進編『大波小波　匿名批評にみる昭和文学史　第二巻』）は「このあいだ、金達寿の『玄界灘』の出版記念会が行われ、来会者百名を越えた。同じ建物で同日行われた『飢餓同盟』の出版記念会は、来会者五名だつたというから盛会である」としている。窪田精によれば『玄界灘』の出版記念会は三月九日なので、「五名」は冗談としても、まず低調の記念会があり、一月後に合同で盛大にやったということかもしれない。

(5) 谷真介による。安部自身は「闘いの中の文学」で「革命記念日前後」と記しているので、中国の一〇月一日だとすれば辻褄が合うが、ソ連の一一月七日だとすると一ヶ月ほどずれる。

(6) 五月号・岡見裕輔「アメリカ航路」、七月号・遠藤周作・林三平・村松剛「ルポルタージュ　ゴミのゆくえ」。どちらにも〈現在の会〉の名はないが、小田三月によれば「『婦人画報』が現在の会のルポルタージュのためにページをさいてくれた」ということであり、後者の「林三平」は小田の変名である。

(7)『花田清輝全集第七巻』解題、渡辺広士編著の「年譜」、久保覚による。その模様は同月の早稲田大学第一文学部学生委員会機関誌『現代』創刊号に収録されているようだが、未見。花田清輝の報告は、全集七巻に「記録芸術論――『嵐の中の青春』その他」として収められている。

(8)『長谷川四郎全集第五巻』、『花田清輝全集第七巻』の解題によると一九五八年二月までに六冊が確認されているだけだが、神奈川近代文学館に一九五八年五月の七号、一九五九年三月の九号、七月の一〇号、一一月の一一号、一九六〇年一二月の一三号が所蔵されている。ただし、次第に「月報」と呼び難いものになっているのは確かである。

(9)長谷川四郎「ありなしの風に吹かれて」の記述による人数。以上に掲げた人の数を単純に足すと五四名なので、長谷川が文章を書いていた「今のこの瞬間」、長谷川の危惧通りに会員が増えたのかもしれない。あるいは「除名されたかのごとくなった」関根弘か、「会員であるかのごとく、会員でないかのごとくである」村松剛をカウントしていなかった可能性もある。

(10)竹盛天雄が指摘しているとおり、福永武彦「めたもるふぉおず」『綜合文化』一九四七年一一月、野間宏「崩解感覚」『世界評論』一九四八年一～三月、島尾敏雄「夢の中での日常」『綜合文化』一九四八年五月、安部公房「デンドロカカリヤ」など、肉体の変形を中心に据えた作品が多数書かれている。

(11)内田栄一について、瓜生良介に「あのころ(引用者註・一九六二年)内田栄一は、安部公房の弟子だった。いわば生殺与奪の権を握られ、当時の私のいた劇団(舞芸座)にも彼の命でのりこんできたようだ」といった記述があるのが思い出される。安部の歌が最後に歌われるのには、こういった力学も働いていたのかもしれない。

(12) 同じく連続説の立場に立つ注目すべき論考として、更に近年の蘆田英治のものが挙げられるが、これに応えるには別稿が必要となろう。

(13) 北条元一によれば民主革命・民主主義的現実を描くリアリズムであり、社会主義リアリズムの一歩手前のものとされる。

(14) 『近代文学』一九四九年八月掲載の広告による。『世紀ニュース №.3』一九四九年五月一日によれば、この雑誌の表紙は岡本太郎の最近作「美女と野獣」の原色版によって飾られる予定であった。

(15) 「?」「……」「( )」「!」「——」「《 》」「『 』」および傍点などが用いられている。

(16) 全集での該当箇所を挙げれば、S・カルマ（380上14）、名刺（381下12）、立札（389下7）、広告ビラ（392下15）、ビラの裏側（411下16）、マネキン人形（426上13）、看板（429下9）、世界の果（431下1）、裁判速報（440上16）の九箇所である。なお、これらのうちの挿絵が使われている箇所は、初出では罫線などで処理されていた。

(17) 角川文庫での挿絵位置は、図版1が全集378上1〜12の上、図版2が全集387下9〜16の上、図版3が全集393下9〜394上7の上、図版4（上下転倒）が全集413上19と20の間、図版5は初版と同じ、図版6が全集444上18〜下2の上、図版7が全集451下2〜16の下となっている。

(18) 桂川寛によると、二人が読んだのは手塚富雄訳であろうとのこと。

(19) 安部公房と石川淳の関係については、重松恵美および杉浦晋の論文も参考になる。

(20) 「一九五一年一月号より六月号までの諸雑誌に発表された作品中より」候補作を選んだと「銓衡経緯」（『文藝春秋』一九五一年一〇月）には記されているが、受賞作として掲載されているのは前年一二月に『人間』に掲載された「洪水」と「魔法のチョーク」である。本文末尾には、「本編は三部作「壁」の一部を掲載したものである」と注記されているものの、三部作という単位が形成されたのは単行本が初めてなのである。

(21) 安部公房の「壁」と題されるテクストにいくつかの枠組みがあり得ることについては前章と鳥羽「何が「壁」なのか」参照。この章では『近代文学』一九五一年二月号に「壁——S・カルマ氏の犯罪」として掲載され、月曜書房版の単行本『壁』に「S・カルマ氏の犯罪」として収録された小説を「壁」と称し、その文字テクストを対象とする目的で、初出(『近代文学』版)を基本とし、必要に応じて初版(月曜書房版)を参照しながら進めていきたい。

(22) 安部公房、ナンシー・S・ハーディン、長岡真吾訳「安部公房との対話」『ユリイカ』一九九四年八月、安部公房、コリーヌ・ブレ聞き手「子午線上の綱渡り」『死に急ぐ鯨たち』新潮社、一九八六年九月。

(23) 『壁』の挿絵を担当した桂川寛は、筆者のインタビューに答え、当時、安部と『荒野の狼』について感心して語ったことを証言している。

(24) 訳によっては「ナイフ」ともなるが、安部が読んだとされる本野享一の訳語は「メス」である。

(25) 『マルクス=エンゲルス全集 二三巻第一分冊』五六頁。なお、マルクスとエンゲルスの翻訳の膨大な蓄積は、大村泉・宮川彰がまとめているが、中でも『資本論』には膨大な数の翻訳が存在し、安部が読んだ版の確定は難しい。そのため、ここでの引用は全集版に拠り、この章の『資本論』引用には二三巻第一分冊での頁数のみ示す。

(26) 以下、マルクスの引用は『マルクス=エンゲルス全集』に拠り、巻数と頁数のみ示す。

第三部

(27) このルポルタージュの原稿が新聞記事を切り貼りしたものでないことは、元の記事の部分的な省略などから推測できる。この書きうつすという動作は安部公房にとって重要な意味を持っている。すでに書かれたものの引用・再構成という手法は、『終りし道の標べに』における「青い手帳」から、『箱男』(新潮社、一九七三年三月）の断片化されたノートに至るまで、様々に変奏されており、安部の文学的営為の中心部に位置するものなのである。「校正機械」としてのワードプロセッサへの偏愛も、同じ位相から分析されうるものであろう。

(28) 未詳。『社会運動通信』にはこのような記事は見あたらなかった。ただし、同様の記述は『アカハタ』（復刊第6号、一九五二年六月七日）に見られる。

(29) 一九五〇年八月に創設された警察予備隊は、一九五二年一〇月に保安隊へ編成替え、さらに一九五四年七月には自衛隊へと発展してゆく。その間、一九五一年三月、六月、一九五二年七月に旧軍人の募集・入隊を行っている。

(30) 後に安部はルポルタージュについて次のように語っている。

「いわゆる予備知識というか、そういうものはどっか違うのじゃないかと、なるべくそうやって対象にぶつかってみる。そして一応既成概念をこわしたところで、それを再構成して行く。原理的に必ずそうしている。それは必ずそうなるんだな。最初にいつも心配になるのは既成概念がはたしてこわれるかどうか、取っかかるときに心配なんだ。他の人は余りにもそれがこわれないところで仕事をしている」

（安部公房・奥野健男「対談・文芸時評　記録・報道・芸術」『新日本文学』一九六〇年八月）

(31) 『キネマ旬報』一九五三年一一月上旬号でシナリオ発表（全集・書誌未載）、『日本シナリオ文学全集10椎名麟三・安部公房集』（理論社、一九五六年五月）にシナリオ収録、同年一〇月三一日に映画封切（『映画年鑑　一九五八年版』時事通信社、一九五八年一月による）。一〇月二四日の映倫審査時のシナリオが早稲田大学演劇博物館に所蔵されているが、理論社版とほぼ同じである。以下の引用は初出に準拠する。

(32) 安部は後にこのシナリオを回想し、「かなりフィクシャスな構成を持っているけれども、デテールにおいては、何一つ事実をもとにしなかった部分がないくらい、「記録」主義的な作品」（「実験映画のシナリオ」『芸術新潮』一九六〇年二月）と述べている。
(33) 安部が他の作家のシナリオに取り組むのはきわめて異例であり、他には一九七三年一一月にハロルド・ピンターの「ダム・ウェイター」を安部スタジオで公演した例があるだけである。
(34) 大藤論は『民族』創刊号（一九二五年一一月）の柳田國男「ひだる神のこと」にはじまる関連資料のリストを載せており、また、『民族』誌上でも南方熊楠らによる報告が寄せられているが、管見の限り「ひだる神」の憑依対象を外来者に限るとした文献は見あたらない。
(35) 重松恵美は石川淳「鳴神」を『飢餓同盟』のパロディとし、花井と多良根の関係を「鳴神」の柿夫とオヤヂの関係と重ねて読み解いている。これがパロディの意図で書かれたとすれば、「オヤヂ」と名づけた石川も、この二人のオヤコ関係に着目したことになるだろう。
(36) 改稿版ではさらに多良根のステッキの音が「どうやらマリオネットの糸よろしく、彼（花井・引用者注）の神経のそれぞれに、直結してしまっていたらしい」とされており、飢餓同盟員の操り人形としての性格をさらに強調するものとなっている。
(37) 『終りし道の標べに』一四二頁に、自分のノートを翻訳することについて、次のような描写がある。「たゞ歌ふやうな気持で訳し続けてゐたのだ。それに一度心の中で融かし去り、再び別な言葉に創り上げるのは、そのわづらはしさにも増して確証を捉んだといふ安堵があつた。」ただし、その後安部公房は、次第に外国語から遠ざかっていったようである。ドナルド・キーンは、「中学を出るまで満州で育ち、ある時までは中国語がペラペラだったというのに、安部の外国語の苦手ぶりは、びっくりするくらいなのだ」と証言している。
(38) ただし、小田切は、安部のサルトル批判などには共感できなかったが、「『アカハタ』の小役人的非難にたいしてはこの書を擁護せねばならぬと考え」てこの書評を書いたと後に述べている（『私の見た昭和の思想と文学の五十年』下六〇四～五頁）。

（39）本来ミュージカルと呼ぶべきであるが、石澤秀二によれば、一九五三年の帝劇ミュージカルス「浮かれ源氏」以来、「ミュージカルス」の呼称が定着したとのことである。実際、当時は「ミュージカルス」という用法の方が多いので、ここではこちらを用いることにした。

（40）北岸佑吉は、その「可愛い女」評の中で「幽霊はここにいる」について、「あれがミュージカルだったとはいえないにしても、どうやら、その方向にレーダーを出してみたのではないかと思った」と述べている。

（41）小沢信男による。結局、朝日放送は「可愛い女」の舞台中継を全国放送した（朝尾直弘）。

（42）『安部公房戯曲全集』版においては、「三人の妻が、合して一体と」なるかわりに、可愛い女が三人であるというフィクションを、男たちが固持する。そして女の「（感動的に）私、やっぱり、三人だったのね」と言う台詞で、「まわれ　まわれ」という大合唱に入る。泥棒通信の発行者のいう「恐るべき虚偽」を、より強調した幕切れとなっている。この円環・循環の構図は、当時の安部が好んで用いたものであった。『文學界』の「特集・演劇復興のために」で発表されたレーゼドラマ「永久運動」（一九五六年三月）も、「所有」が三人の人間をまわりつづける円環の構図で幕を閉じている。

（43）『サルトル全集第九巻　文学とは何か』の第一部「書くとはどういうことか」における詩と散文論を、安部流に要約したもの。

（44）「もともと地上には、道はない。歩く人が多くなれば、それが道になるのだ。」安部は翌年の映画芸術論を、魯迅の「絶望の虚妄なることは、まさに希望と相等しい……」という言葉で締めくくっている（『群像』一九五八年一二月）し、後年のエッセイ「消しゴムで書く」（『われらの文学7安部公房』講談社、一九六六年二月）でも、同じ言葉を「大好きである」として引用している。また、初期短篇「薄明の彷徨」『個性』一九四九年一月は、明らかに魯迅の「影の告別」の影響下にある。ドストエフスキーはもちろん、安部は魯迅からも多大な影響を受けている。
(45) 瑣末なことではあるが、六〇〇キロから七〇〇キロの業者の表で、昭和25、27、28年の業者数が棒線で示されているのは、「1」の誤植である（日本トラック協会編）。これは全集版でも訂正されていない。
(46) 奥野健男「解説」によれば、安部はこの他に佐久間ダム、奥只見ダム、御母衣ダム、黒部ダムなどを調べ歩いたという。また、長与孝子は鹿野川ダム取材に同行した時の様子を紹介している。
(47) この直前に発表された『石の眼』（新潮社、一九六〇年六月）は、文字通り「新潮社のミステリー」シリーズの一冊として刊行されている。ダムを舞台としたサスペンスというべきこの小説には、室原知幸の反映らしい人物も登場するが、かなり図式化された狂人としてである。久保覚によれば、一九五九年には花田清輝も推理小説『やぶにらみのロレンゾ』の書下ろしを予告している（結局実現しなかったが）。〈記録芸術の会〉というレベルでも、推理小説への志向が存在したのかもしれない。
(48) 「初刷り一万五千部で四日後に三千部増刷した」という売れ行きであった（谷田昌平「「砂の女」の頃」）。その後も順調に売れつづけ、一九七五年八月までに三三万部に達した（小田切進編『新潮社八十年図書目録』）。一九九三年二月発行の追悼版では四八刷となっている。
(49) 『砂の女』は、新潮社の〈純文学書下ろし特別作品〉として、「チチンデラ　ヤパナ」を「長篇化しようということで」書かれた小説である（谷田昌平「「砂の女」の頃」）。「チチンデラ　ヤパナ」と『砂の女』の違いについては、和田かほるによって、題名、仁木順平の職業（会社員から教師に変った）、女の描き方（より女性的になった）、の三点が指摘されている。
(50) 12節で出てくる新聞の日付と、末尾の公文書から、2～6節は一九五五年八月一〇日、7～10節は一一日、11～17節は一六日、18～22節は一七日と特定できる（曜日の辻褄は合わないが）。また、24節の「四十六日目の自由」という言葉から、23～26節は九月二四日、27節は二四日から二五日にかけてのことだと分る（こちらは「土曜の夜」(23)という記述も正確である）。28節以降は日付まで特定できないが、28〜30節は同年一〇月、31節は一〇月から翌年五月の終り頃までの話である。

(51) 安部は東松照明の「占領」シリーズについて、「作品の題名も、作者の名前も、すぐに忘れてしまったが、しかしその幾ページかのグラビア写真だけは、つよくぼくの記憶に、そのまま刻みこまれていたのである」（前掲「東松照明」）と述べている。また、「写真を何万枚写したか分からないけれども、どこで写したかちゃんと憶えている。（中略）八年くらい前に写したフィルムを持ち出してきて引伸ばしをすると、どこで写したかすぐに思い出すんだ」（「都市への回路」『海』一九七八年四月）といったコメントもある。

(52) 「（昭和）三十六年夏には、軽井沢の千ヶ滝西区にあった白木牧場の中の一軒屋を借りて、そこで集中的に執筆に専念された。その夏私も訪れて一晩泊めてもらったが、電燈がなくて夜は石油ランプを使っていた。」（谷田昌平「「砂の女」の頃」）。同じ著者による『回想　戦後の文学』にも同様の証言がある。

(53) 飯沢耕太郎は川田喜久治の特徴として、「反自然主義志向」「グロテスクな美意識」「触覚への異様な固執」の三点を挙げている。

(54) 前掲「都市への回路」に付された「カメラによる創作ノート」に、印刷の質は悪いが、軍艦島の写真が八枚収められている。単行本（『都市への回路』中央公論社、一九八〇年六月）に収められているのは、別ショット一枚を含む六枚である。

(55) この不吉な連想によって青酸カリが掘り起こされることはなかった。この他青酸カリは1、21、24節に登場する。生原稿が消滅するまでに切り刻まれて再編されながら書かれたこの小説（高野斗志美編、八二頁）の、今は失われてしまったプロットの小道具だったのかもしれない。24節で鴉を「とうとうつかまえて剥製にしてやる機会はなかった」と悔やんでから、28節で鴉の罠の話がはじまるのも、その種の原因によるものと思われる。

あとがき

印刷された文章とはいったいなんだろう？　要するに、白い紙の上に附着した、印刷インキのかすかな突起ではないのか。ざらざらと、不規則な形の突起が、縦横にならんでいる。この奇妙な記号の行列が、その部分だけ、白い紙の反射光線の中から色を吸収し、私の眼を刺戟する材量になっているのだとするとそれまで文章は内容として、文字はその内容を現わすための透明な窓のように意識されないものだったのに、とつぜん活字が物質として私の前にたちはだかりそこから意味が消えうせてしまった。私は狼狽する。人間の意識というものはなんて奇妙なものなんだろう。人間がまるで意味という獲物を追って遠く投網をなげる漁師のように思われてくる。活字の網は、意味をとらえる網なのだ。人間は、なんていう不思議な道具を発明したものだろうか。

安部公房「人間と言葉」『教育大学新聞』一九五四年六月二五日

私の網は、安部公房という奇妙な魚をうまく捕えることができただろうか。

近代活字文化における「上梓」とは、それまでに生成してきたテクストを、ある固定化された静的な姿にとどめるという意味があっただろう。もちろん安部の『壁』収録作のように、その「固定化」

には意外に頼りない面もあったが、紙にインクで刷られた書物の個々の文字が動き出し変化していくといった事態が起こったわけではない。一方、安部の死と前後して普及しはじめたインターネットという二一世紀のメディアは、常に動的で更新され続けることを生命としており、ある瞬間に凍りついた姿をとどめる術を持たない。

今世紀に入ってから紙の本を出版する機会に恵まれたのは幸運だが、この本で安部公房の姿を固定できるとは思っていない。むしろ、没後一〇年を経て固まってきた作家像に揺さぶりをかけ、彼の残した活字の群れを、新たな文脈に動かし解き放ちたいというのが私のモチーフである。一九五〇年代の安部の活動に絞っても今後の課題は数多い。日高昭二が提起したスペクタクルとしての演劇の問題、蘆田英治に突きつけられた連続性に関する問題、同時期を扱った Schnellbächer の綿密な議論への応答など、今後の展開の中で考えていきたい。また、運動体を追っていく中で出会ったルポルタージュやサークル運動の問題なども、さらに深く追究していきたい。

読んでいてお気づきになった方もあるかと思うが、この本の文章にはかなりの幅の時間的地層と、それらを横断する断層が含まれている。一九九六年に早稲田大学に提出した修士論文と、二〇〇五年に提出した博士論文の文章を再編し、全体を読みやすい形に整えたためである。もちろん、整えたとは言っても牛を殺さぬ程度に角のバランスを直したに過ぎず、地層の深部と浅部との発想・文体の差は歴然としてある。それでも博士論文のまま公刊するより、安部公房の一九五〇年代が立体的に見えてくるのではないかと思い、あえてこのような形に組み直してみた。文体のちぐはぐさよりも、一貫しているものに注意を払っていただければ幸いである。

最後に、本書をまとめるためにお世話になった方々に謝辞を述べたい。まず共に研究してきた仲間たち、中でも加藤禎行、神谷雅志、内藤寿子、永井聖剛、そして土屋忍には最大の感謝を捧げなければならない。あなたがたの厳しいチェックなしにこの本はありえなかった。思いがけない視野の広がりを与えてくれたイタリアの Gianluca Coci とアメリカの Margaret Key のお二人にも感謝する。

竹盛天雄先生、中島国彦先生、佐々木雅發先生、高橋敏夫先生、高橋世織先生、神谷忠孝先生には、修士・博士論文の執筆に際してご指導頂いた。〈世紀の会〉で安部と共に活動した桂川寛先生からは、貴重なお話を伺い、この本の素晴らしい装画と挿絵を提供して頂いた。その装画を見事な「とらぬ狸の書皮《カバー》」に仕上げて頂いた桂川潤さんのお仕事と併せて感謝したい。一葉社の和田悌二さんと大道万里子さんには、視野の狭い学術書にならないためのアドバイスと、最大限の時間的精神的猶予を与えていただいたことを深く感謝する。

そして妻と息子に、最も私的な感謝を捧げる。

二〇〇七年四月二六日

鳥羽耕史

関連年表

※〔発〕……会合等の日ではなく雑誌等の発行日である意の注記。

1924年（0歳）
3月7日（金）　安部公房、東京に生れる。翌年両親と共に旧満州へ渡り、1931年を北海道で過ごした他は、1940年に単身上京して成城高校に入るまで旧満州で育つ。

1938年（14歳）
9月18日（日）〔発〕瀧口修造『近代芸術』三笠書房。

1939年（15歳）
10月12日（木）〔発〕リルケ作、大山定一訳『マルテの手記』白水社。

1940年（16歳）
10月10日（木）〔発〕カフカ作、本野亨一訳『審判』白水社。
＊この年、安部公房は奉天第二中学校修了、成城高等学校理科乙類に入学。

1941年（17歳）
7月5日（土）〔発〕花田清輝『自明の理』文化再出発の会。

１９４３年（19歳）

2月　〔発〕安部公房「問題下降に拠る肯定の批判——是こそは大いなる蟻の巣を輝らす光である」『城』。

3月　安部公房、小説「題未定（霊媒の話より）」をノートに記す。

9月　安部公房、成城高校卒業、東京帝国大学医学部医科に入学。

１９４４年（20歳）

10月　安部公房、敗戦が近いという噂を聞き旧満州に渡るが、意外に平穏だったため旧奉天（瀋陽）で開業医の父の手伝いをする。

１９４５年（21歳）

8月　安部公房、敗戦後の瀋陽で「苛酷な無政府状態」を体験。

冬　安部公房の父・浅吉、発疹チブスのため42歳で死去。

１９４６年（22歳）

1月10日（木）〔発〕花田清輝「変形譚」『近代文学』創刊号。

6月　岡本太郎復員。『人間』編集部で金を借り、鎌倉の川端康成家にしばらく居候。かの子の実家の大貫家に住んだ後、多摩川の対岸の上野毛のアトリエを購入。名古屋の知り合いの新聞記者の本棚で『錯乱の論理』（『自明の理』）を借りて読み、花田はすごいと言いふらす。

10月　安部公房、大連からの引揚げ船内でコレラ発生のため、佐世保港外に十日近く繋留。

10月5日（土）〔発〕花田清輝『復興期の精神』我観社。

冬　安部公房の最初の詩集『没我の地平』を高谷治がノートに清書。

1947年（23歳）

1月　赤坂溜池三〇番地の旧東方会本部焼跡にて真善美社発足（我観社改称）。
3月　安部公房、中野の音楽茶房で山田真知子と出会い、翌月結婚。48年1月まで友人の部屋や別荘を転々としながら夫婦で行商をし、紙芝居の絵なども描く。
初夏　花田清輝、『錯乱の論理』（『自明の理』）に共感していた岡本太郎の存在を知り、東京世田ヶ谷・上野毛の岡本宅を訪ね、アヴァンギャルド芸術運動をはじめることに意見が一致する。
5月　安部公房、『無名詩集』をガリ版刷で自費出版。〈夜の会〉の最初の会合（日時不明）。岡本太郎と花田清輝が提唱者、まわりに中野秀人、野間宏、佐々木基一、椎名麟三、梅崎春生、安部公房、関根弘、埴谷雄高、渡辺一夫。渡辺はこの一回限り。次が狛江の花田清輝宅、その次が上野毛の岡本太郎家。そこに「夜」という題の絵があり、〈夜の会〉という名が付いた。その後も埴谷家で会合と会食が続き、やがて「モナミ」での連続研究会となる。
6月　〈綜合文化協会〉を設立。同協会の宣言は野間宏が起草した。
6月14日（土）　〈綜合文化協会〉第1回研究会（原則として第2、第4土曜日の午後1時から、綜合文化協会応接室にて）、「綜合文化論」中村眞一郎報告。
9月1日（月）　安部公房「故郷を失ひて」第一章脱稿。「粘土塀」と題して阿部六郎を介して埴谷雄高に送られ、『個性』に紹介される。岡本太郎、二科会第32回展（～19日）に「夜」出品。
9月25日（木）　〔発〕花田清輝『錯乱の論理』真善美社。
9月27日（土）　〈綜合文化協会〉第5回研究会「八犬伝について」花田清輝報告予定のところ、「綜合文化協会

秋以降　の在り方について」検討したいと花田が問題提出、討議した。花田はこの会を加藤周一や中村眞一郎らヤンガー・ジェネレーション中心のものとしながら、中野泰雄や加藤周一を批判。安部と同期の医学生で医師・画家となる赤塚徹の父の医院（神田）で〈世紀の会〉の最初の準備会。この時はまだ名称はなく、正式な発足は翌年春頃。

1948年（24歳）

1月　安部公房、文京区小日向台町一の三〇の画家・板倉賛治宅に借間（～50年10月）。

1月15日（木）〔発〕安部公房「終りし道の標べに」『個性』2月号。

1月19日（月）野間宏、椎名麟三、埴谷雄高、梅崎春生、小野十三郎、中野秀人らと花田清輝の7人で〈夜の会〉を結成（のちに佐々木基一、関根弘、安部公房が参加）。同会の事務は、真善美社編集部の河野葉子が担当した。

1月26日（月）〔発〕花田清輝「革命的芸術の道」『読売新聞』、〈夜の会〉のマニフェスト的文章。

2月13日（金）〔発〕岡本太郎「夜の会」『世界日報』。

2月16日（月）第1回〈夜の会〉公開研究会（月に2回、於東中野モナミ、午後2時）「神について」中野秀人報告、埴谷雄高ら討論。討論者達がみな真面目でなく、自分の意見に嘲弄的であったとして、中野秀人はすぐ会をやめた。

日時不明　第2回〈夜の会〉公開研究会（於東中野モナミ）「悪魔について」埴谷雄高報告、花田清輝、永田宣夫（月曜書房代表）、五味康祐（奈良の三興出版部の東京代表）ら出席。

3月　五味康祐、〈夜の会〉を後援する三興出版部の担当委員となり、約半年間にわたって〈夜の会〉の会合に出席し、会計係をした。11月に京都に戻った。

3月8日（月）〔発〕安部公房「牧草」『綜合文化』。

4月7日（水）安部公房、「悪魔ドゥベモオ」を『近代文学』編集の平田次三郎に預けるが、生前未発表。

5月3日（月）安部公房・上野光平・小林明・関根弘・中田耕治・中野泰雄・宮本治「二十代座談会　世紀の課題について」。安部公房、「夜ノ会で真理について話す」「〈世紀〉決定後、関根、中野（泰）、宮本、中田諸氏と話した」とノートに記す。

5月17日（月）〈夜の会〉「神学について」（於東中野モナミ、午後2時から）。

5月19日（水）〔発〕無署名「「夜の会」事務所を銀座六の四交詢ビル三興出版部に新設」『読売新聞』。

6月7日（月）〈夜の会〉「リアリズム序説」花田清輝報告。

6月21日（月）〈夜の会〉「社会主義リアリズムについて」関根弘報告、安部公房も討論。

6月末　安部公房、梅崎春生、椎名麟三、島尾敏雄、中田耕治、関根弘、武田泰淳ら16名、新たに『近代文学』同人となり、同人総数30名に。

7月5日（月）〈夜の会〉「フィクションについて」佐々木基一報告、安部公房も討論。

7月8日（木）〔発〕安部公房「名もなき夜のために」連載開始（『綜合文化』『近代文学』、～49年1月）。

7月19日（月）〈夜の会〉「実験小説論」野間宏報告。

8月16日（月）〈夜の会〉「人間の条件について」椎名麟三報告、安部公房も討論。

9月　〈アヴァンギャルド芸術研究会〉発足。

9月6日（月）〈夜の会〉「反時代的精神」埴谷雄高報告、安部公房も討論。

9月20日（月）〈夜の会〉「創造のモメント」安部公房報告。

10月　安部公房、東京大学医学部卒業。

10月10日（日）〔発〕安部公房『終りし道の標べに』真善美社。

11月20日（土）〈世紀の会〉発表記念会（於東大法文経31番教室）約300名参加、関根弘「二十代の逆流」、岡本太郎「ピカソについて」、荒正人「何を為すべきか」、花田清輝「罪と罰」の講演終了後座談会。

12月初旬　真善美社、赤坂溜池の土地を売却して本郷三丁目の安い焼ビルに移転。

12月8日（水）〔発〕「世紀について」『綜合文化』、「世紀は二十代のための二十代による二十代の文化である」にはじまるマニフェスト。「世紀は巾の広い共同研究が持ちたいもので世代を限定した以上に会員規定と云つたようなものはない。会に参加希望者の方は左記に御連絡下さい。　東京区文京区本郷三ノ二眞善美社内　世紀」。

1949年（25歳）

1月1日（土祝）〔発〕岡本太郎「ピカソ・二十世紀のイロニー──『ゲルニカ』をめぐつて」『人間』。

1月23日（日）第24回衆議院議員総選挙で日本共産党は35の議席獲得。

2月11日（金）第1回読売アンデパンダン（〜3月3日）。北代省三、井上千鶴子、柳田美代子らが参加。

2月20日（日）「詩と音楽の問題」交流懇談会（真善美社会議室）作曲者＝吉田秀和、柴田南雄、別宮貞雄、入野義雄、小倉朗、詩人＝田村隆一、三好豊一郎、北村太郎、井出則雄、関根弘、安部公房。

2月21日（月）〈夜の会〉「対極主義」岡本太郎報告。〔発〕安部公房「芸術を大衆の手へ」『読売新聞』読売アンデパンダン展評。

3月　安部公房、目黒区柿ノ木坂にあった書肆ユリイカのオフィスへ社主伊達得夫を訪ね、〈世紀の会〉の機関誌発行を依頼する（実現せず、『現在』まで持ち越しか）。

3月6日（日）〈夜の会〉「現代詩の問題」小田切秀雄報告。

3月9日（水）安部公房、「複数のキンドル氏」「キンドル氏とねこ」を書く。

3月13日（日）〈世紀の会〉第7回研究会（午後1時〜4時、東大文学部31番教室）、関根弘「兵隊文芸の展望」。

3月15日（火）安部公房、「世紀の歌」を『詩ノート』に記す。

3月25日（金）〔発〕『世紀ニュース№1』、〈アヴァンギャルド芸術研究会〉との4月合流を発表。花田清輝・埴谷雄高・佐々木基一・岡本太郎・椎名麟三・野間宏の6名を特別会員とし、4名の欠員と発表。地方会員と地方支部設置の呼びかけ。パンフレット『行方不明』の刊行予告。月曜書房内に事務所（本部）を移転したとの通告。

4月5日（火）近代文学サロンの合評会、花田清輝『二つの世界』（佐々木基一批判報告）、椎名麟三『自由を索めて』（野間宏批判報告）。

4月9日（土）〈夜の会〉と〈世紀の会〉の共催による20世紀美術講座の第1回目を本郷・喜福寺で午後2時から開催。講師は椎名麟三「新しい描写について」。〔発〕『世紀ニュース　号外』。

4月17日（日）〈アヴァンギャルド芸術研究会〉と合流した〈世紀の会〉臨時総会（午後1時より、於東大山上会議所）。会員14名参集。議事に先立ち関根弘挨拶、議長に北代省三推薦、高田準備委員より経過報告。安部会長から特別会員推薦で6名が満場一致で推薦されたが、関根副会長より推薦の某氏については疑義続出、関根氏は提案撤回。午後4時散会。

4月20日（水）安部公房より大島栄三郎への書簡。『行方不明』と『夜』は印刷直前で一時中止、『夜』は題名を変えて単行本形式で出し、『行方不明』は拡充し『仲間』という月刊誌にして10月までに実現する旨報告。

4月23日（土）〈世紀の会〉20世紀美術講座第2回、岡本太郎「アヴァンギャルドの技術」（午後2時より東大正門前喜福寺）、以下月1回の予定。

4月26日（火）〈世紀の会〉第1回理事会、理事3名の補充を決定。新役員：会長安部公房、副会長関根弘、記録書記高田雄二、通信書記平野敏子、会計河野葉子、会計監査役永田宣夫、管理人㮶沢慎一、理事北代省三、同村松七郎、同藤池雅子、同新貝博。

4月28日（木）岡本太郎・関根弘は日本鋼管川崎製鉄所を見学、同所労働組合の絵画研究会に出席。

5月1日（日）〈世紀の会〉絵画部発足。北代省三、山口勝弘、福島秀子、池田龍雄ら参加。〔発〕『世紀ニュースNo.3』、企画・会場・会員三委員会の委員は目下会長の手元で詮衡中であるが、会場委員には渡辺恒雄、高田雄二氏らが内定。『行方不明』の資金難について報告、安部公房編集の季刊雑誌『夜』（月曜書房）6月上旬刊行予定（未刊に終る）。

5月5日（木祝）〔発〕夜の会編『新しい芸術の探求』（月曜書房）。

5月14日（土）〈世紀の会〉主催 20世紀文芸講座第2回、安部公房「カフカとサルトル」於東大文学部4番教室。

5月15日（日）〈世紀の会〉詩の研究会、大島栄三郎「雨季」「兵隊」「地球の経緯」発表及び合評予定。

5月21日（土）昼〈世紀の会〉の集会。作品合評。花田清輝「絵画と文学」。

6月1日（水）〔発〕『世紀ニュース No.4』、「絵画研究部の発足について」で研究会の行き詰まり指摘。

6月3日（金）〈世紀の会〉・〈夜の会〉対月曜書房の野球試合（午後5時、飯田橋球場）、〈世紀の会〉・〈夜の会〉チームの出場者は監督兼アンパイアー埴谷雄高、ピッチャー勅使河原宏、キャッチャーはキャプテンの岡本太郎、ファースト瀬木慎一、サード関根弘、ライト椎名麟三その他。佐々木基一、梅崎春生、安部公房、埴谷夫人等多数の応援を得たが、9対2で敗退した。当日大井広介も応援に参加、同人の余りの下手さに驚嘆していた。

6月4日（土）（第1土曜日）東大8番教室にて〈世紀の会〉定例会合。9月から第三次の運動展開。研究会、アヴァンギャルド詩論研究会、新しい構想の講座をそれぞれ月1回ずつ行なう。理事会は地方会員の意見をまとめた結果、新たに小野十三郎氏を特別会員として推薦、全員一致を以て議決した。関西地区に於ける有力な地盤を確立するため、理事会は、島尾敏雄氏を理事に推薦これを決定した。

6月11日（土）〈世紀の会〉20世紀文芸講座4埴谷雄高「構成について」於東大文学部八番教室。安部公房出席。

6月14日（火）『近代文学』対小山書店の野球試合（飯田橋球場または小石川都営球場）、7対5もしくは8対3で小山書店をほうむり去った。岡本太郎捕手がハリキリすぎて突き指したため敢闘賞。

6月15日（水）〈世紀の会〉第2回詩の研究会（水曜日5時より法政大学新館会議室、出席者15名）。出席者と地方会員の作品原稿を回覧し、その後全作品を作者、地方会員は代理の人が朗読、次に一作毎に再び朗読して批評に移った。秋田支部の大島栄三郎氏らが中心となって刊行したパンフレット、季刊『雨季』も合評。

6月25日（土）〈世紀の会〉20世紀文芸講座5中橋一夫「観念小説と記録文学」（於東京大学文学部8番教室）。安部公房出席。

7月2日（土）〈世紀の会〉絵画部の第1回研究会（2時より法政大学会議室）。北代省三がオストワルドの色彩学について報告。以後しばらく毎週火曜3時半より法政大学に於いて継続。

7月6日（水）〈世紀の会〉定例会合（於東京大学文学部8番教室）、安部公房出席。

7月10日（日）モダンアート講習会、第一期は上野毛・多摩造形芸術専門学校で（～16日）。講師＝岡本太郎、村井正誠、瀧口修造、花田清輝、阿部展也ら。聴講料500円。〔発〕『世紀ニュース№5』。

7月18日（月）モダンアート講習会、第二期はお茶の水・文化学院で（～23日）。講師＝岡本太郎、村井正誠、瀧口修造、花田清輝、阿部展也ら。聴講料500円。

7月20日（水）〈世紀の会〉第3回詩部会（水曜5時半、於法政大学新館会議室）。

7月23日（土）〈世紀の会〉文芸講座、鶴見俊輔「二人のジェームズ」（土曜日、於東大8番教室）。

7月29日（金）池田龍雄、田原太郎と、岡本太郎宅へモダンアート展用の絵を見せに行く。

7月30日（土）〔発〕『近代文学同人ニュース』二つの野球試合報告。

8月1日（月）〔発〕安部公房「デンドロカカリヤ」『表現』終刊号、『夜』広告（『近代文学』）。

8月5日（金）『行方不明』原稿締切、B5版16頁で9月初旬発行予定。「集つた作品を検討の結果、時期尚早であるとの結論に達し一時発刊を取止め、会員の主体性の恢復を待つて再準備することになつた。「行方不明」がでるまでのあいだは、「あるてみす」紙上を会員に解放、意思疎通を図ることになつたので投稿を期待する」。

8月13日（土）〈世紀の会〉サルトル「唯物論と革命」をめぐる討論会（午後2時、於法政大学法学部研究室）。関根弘司会、花田清輝、佐々木基一、大井広介、田中英光ら参加。

9月1日（木）〔発〕赤松俊子『絵ハ誰デモ描ケル』（真善美社最後の新刊）。

9月23日（金祝）第2回「モダーン・アート展」（三越本店、～29日）に〈世紀の会〉の主要メンバー参加。岡本太郎、北代省三、北見和夫、村松七郎、池田龍雄、柳田美代子、山口勝弘、福島秀子が出品。

10月　桂川寛、〈世紀の会〉に加入。

10月13日（木）夜、池田龍雄、内田重遠（共産党細胞の一人）、桂川寛、田原太郎宅で議論。

10月15日（土）池田龍雄、桂川寛、田原太郎、東京八重洲口のラサ工業で美術講習会。その後法政大学で〈世紀の会〉、関根弘「メカニズムに就いて」。夜は桂川寛の学生会館で、以後数回のラサ工業での話の打ち合せ。

10月19日（水）夜、池田龍雄、田原太郎、桂川寛、安部公房宅（文京区小日向台の板倉賛治家の洋間で真知夫人と二人世帯）で議論。

10月29日（土）〈世紀の会〉研究会、3時より新日本文学会館にて、安部公房「イメージに就いて」。

10月30日（日）池田龍雄、桂川寛、田原太郎宅で〈世紀の会〉絵画部集合の打ち合せ。

11月1日（火）〔発〕岡本太郎「芸術観――アヴァンギャルド宣言」『改造』。

11月3日（木祝）〈世紀の会〉メンバーの田中英光自殺。

11月12日（土）〈世紀の会〉研究会、花田清輝「転形期の二重性」（土曜2時、於法政大学第1校舎18番教室）。

11月19日（土）安部公房、中埜肇の依頼で愛知県半田市の高校で文芸講演。開口一番で志賀直哉を罵倒し聴衆を驚かす。

11月25日（金）〔発〕〈世紀の会〉機関誌『あるてみす』月曜書房。

12月25日（日）池田龍雄、田原太郎、桂川寛、安部公房宅を訪れる。桂川寛、「壁」にも登場するスペインの雑誌（表紙なし、誌名不明）を持参。安部公房、革命の「動機と手段」について語る。


1950年（26歳）　＊この年、安部公房と桂川寛は一晩おきぐらいに行き来し交流。

1月2日（月）〈世紀の会〉の常連、安部公房、桂川寛、村松七郎、福島秀子、石川勇、北見和夫、西村悟、藤川曜子ら、田原太郎宅で飲む。

1月4日（水）池田龍雄と田原太郎、安部公房宅を訪れ、〈世紀の会〉のことなど話し9時頃帰る。

1月6日（金）コミンフォルム機関紙による日本共産党の平和革命論批判。池田龍雄萬崎仕事始め、5時、田原太郎、西村悟、桂川寛ら来て、地下室で飲み、絵画部のスケジュール組む。

1月12日（木）日本共産党、コミンフォルム批判に対する「所感」発表、所感派と国際派の分裂へ。

1月28日（土）〈世紀の会〉公開研究会、安部公房「芸術の論理性について」。

2月11日（土）〈世紀の会〉研究会、田原太郎「対極主義以後」の予定が風邪で流れ、機関紙編集の打ち合せ。池田龍雄「芸術の運命」10枚程度。他に村松七郎、桂川寛でアンデパンダン出品作の意図を、集まった分だけまとめて今村（早稲田の学生か）に渡す（おそらく『BEK』用のものだが、池田は脱会したため掲載されず）。

2月18日（土）　第2回読売アンデパンダン展（〜3月8日）。桂川寛「開花期」50号、清水正策「おどけの生態」40号出品。他に山口勝弘、池田龍雄、石川勇、福島秀子、福田恒太、井上千鶴子、村松七郎、田原太郎、石館敏子出品。開会日、2時半より美術館食堂にて行われた岡本太郎の対極主義宣言に反発した画家たち退場。安部公房はじめ皆萬崎の地下で飲む。8時半頃まで。安部は岡本から東京芸術大学の学生だった勅使河原宏を紹介され、勅使河原は〈世紀の会〉に参加。

3月5日（日）　安部公房「壁　S・カルマ氏の犯罪」擱筆。

3月11日（土）　〈世紀の会〉研究会、花田清輝（テーマ不明）。

3月25日（土）　〔発〕安部公房「序にかえて」（大島栄三郎詩集『いびつな球体のしめつぽい一部分』文学地帯社）。

4月1日（土）　〔発〕花田清輝「寓話について」『改造文芸』。

4月8日（土）　〈世紀の会〉第43回研究会、安部公房「反ブルジョア論」（於法政大学50番教室。出席者約20名）。

4月15日（土）　〈世紀の会〉第44回研究会、瀬木慎一「モダニズム批判」（於法政大学50番教室）安部公房出席。

4月20日（木）　安部公房、中埜肇宛書簡でマルクシズムへの接近を語る。

4月29日（土祝）　〈世紀の会〉第45回研究会、桂川寛「造型の問題」（午後2時より、於法政大学50番教室）安部公房出席。池田龍雄、北代省三、山口勝弘、村松七郎、田原太郎、福田恒太、山野卓造（山野卓）、瀬川昌二、西村悟、北見和夫ら画家たち一斉に脱会。桂川寛、勅使河原宏他数名だけ残る。

5月13日（土）　安部公房「バベルの塔の狸」擱筆（『人間』51年5月）。グループ Pouvoir 結成。池田龍雄、北代省三、村松七郎、山口勝弘、田原太郎他17名。〈世紀の会〉脱会者中心で1年ほど活動。

5月15日（月）　安部公房、ノートでマルクスやコミュニズムを批判。

6月1日（木）〔発〕『BEK　1　芸術の運命　特集号』桂川寛編集。

6月24日（土）〈世紀の会〉研究会、野間宏「新しい人間の條件」。

6月25日（日）朝鮮戦争はじまる（〜53年7月27日休戦）。

6月26日（月）マッカーサーの『アカハタ』発行停止指令（〜52年4月27日）。

7月9日（日）〈世紀の会〉研究会、平田次三郎「批評の方法」。

7月25日（火）〈世紀の会〉研究会、伊藤整「私小説とリアリズム」。

8月　〔発〕『世紀 news 1』、投げ込みで『世紀群』発刊予告。

8月12日（土）芸術運動の推進のため、〈世紀の会〉と〈前衛美術会〉の相互の代表者による第1回の会合。9月2日の企画を決める（土曜日、場所不明）。

8月19日（土）〈世紀の会〉研究会・福田恆存「ドラマについて」。

9月1日（金）〔発〕花田清輝「林檎に関する一考察」『人間』。

9月2日（土）〈世紀の会〉と〈前衛美術会〉の共同研究会、『アヴァンギャルドと社会主義リアリズム』。

9月中旬　〔発〕「世紀群」刊行開始（〜12月）。杉並の勅使河原宅（のち安部公房宅）を拠点に、200〜300部製作、10円で頒布。瀬木・桂川が責任者となり安部・勅使河原・鈴木秀太郎・藤池雅子らと共同制作、大野斉治もフリーで、関根は企画のみ参加。なお画集の安部、鈴木の版の半ば又はすべては桂川が鉄筆で描き起している。

9月29日（金）〔発〕花田清輝訳、桂川寛挿絵『世紀群1カフカ小品集』、投げ込みで続巻予告。最後に桂川寛『絵画とは何か』とあるが未刊。

9月30日（土）〈世紀の会〉研究会、瀧口修造「絵画の機能性」（市ヶ谷・法政大学）。

10月　安部公房、板倉賛治宅から文京区茗荷谷五七の物置小屋へ転居（〜56年4月）。桂川、瀬木、池田らが改装に協力。

10月18日（水）講演と討論・安部公房「現代と狂気」、桂川寛「ピカソについて」（夜、雪印KK職組文化部のまねきに応じて）。

10月22日（日）〔発〕『世紀ニユゥス2』、「ぼくらの画集（季刊・別冊世紀群）がいよいよ11月中に第1号を発刊することになつた」地方支部設置について、『関西文学』と『でりぶらんす』から要望の声ありという記事。理事を運営委員と改称し、運営委員住所録には安部公房、榑澤愼一、藤池雅子、桂川寛、大野斉治、関根弘、鈴木秀太郎（元・城崎誠）、勅使河原宏の名。

10月28日（土）安部公房「紙片のこと」擱筆（『紙片』投げ込み）。〈世紀の会〉カフカ研究会（土曜日1時半、目白文化協会、下落合の桔梗屋にて）。安部公房責任報告「カフカ研究（世紀群1「カフカ小品集」中心に）」。次回予定講師は石川淳。

10月30日（月）〈世紀の会〉ムーラン・ルージュでの芸能文化会のマリオネット公演の舞台稽古参観予定。

11月 〔発〕（推定）鈴木秀太郎著、大野齊治美術『世紀群2紙片』。ピエト・モンドリアン、瀬木慎一訳『世紀群3アメリカの抽象芸術――新しいリアリズム』（「翻訳ノート」擱筆は9月12日）。安部公房著、勅使河原宏美術『魔法のチョーク　世紀群4』。

11月1日（水）〔発〕『人民文学』創刊。

11月3日（金祝）『世紀画集』画稿締切。

11月4日（土）〈世紀の会〉技術研究会。具体的な創作方法について打合せ、運営委員による作品の審査。

11月15日（水）上京中の島尾敏雄が〈世紀の会〉事務所を訪問。

11月18日（土）作品批評会・鈴木秀太郎「紙片」。

12月 〔発〕（推定）安部公房著、桂川寛表紙、勅使河原宏扉、鈴木秀太郎・桂川寛挿絵『事業　世紀群

12月1日（金）　5』。関根弘著、桂川寛表紙、安部公房扉、勅使河原宏・桂川寛・大野齊治・安部公房挿絵『世紀群6詩集　沙漠の木』。勅使河原宏、鈴木秀太郎、大野斉治、桂川寛、安部公房『世紀画集1』。

12月23日（土）　〔発〕安部公房「三つの寓話」『人間』。

12月27日（水）　〈世紀の会〉総会、九段・家政学院で開催。講師は安部公房。会費20円。

　〔発〕『世紀ニュッス№3』、「既報「関西文学」が此度世紀関西支部として発足し、その機関誌も「世紀派」と改称した。今後は一層相互の密接な協力が期待される。尚「世紀派」8号に関根弘が詩をおくつた。世紀群及び画集・展覧会等世紀の運営する諸機構に関し、運営委員による審査機関を設けることに決定した。絵画関係では画集を中心としたメチエの研究と併行して来年度1月より近代前衛作家を対照として一貫した作家論の研究を行う予定である。月1回、各人が任意のテーマによつて研究と資料の発表を行う」。

12月27日以降　〔発〕ア・ファーデエフ（訳者不明）、瀬木慎一美術『世紀群7文芸評論の課題について』。

1951年（27歳）

2月1日（木）　〔発〕安部公房「壁」、『近代文学』に掲載（挿絵なし）。
3月25日（日）　〔発〕『文京解放詩集』（ガリ版。安部、桂川、勅使河原ら）。
3月末頃　安部公房、桂川寛、勅使河原宏、日本共産党に入党申込。その前後、同じ3人で草月流機関誌『季刊　草月』を編集し、運動資金を稼ぐ。
春　北辰電機の職場サークルの活動家たちを中心とする〈下丸子文化集団〉結成。中心メンバーの高橋元弘の部屋で安部、桂川、勅使河原も指導・協力。
5月　安部公房、桂川寛、勅使河原宏、増山太助を入党推薦人として東京都委員会の直属委員として登録される。

5月1日（火）〔発〕安部公房「バベルの塔の狸」、『人間』に掲載（桂川寛の挿絵）。

5月13日（日）〈世紀の会〉解散。安部公房は勅使河原宏、池田龍雄、桂川寛らと〈人民芸術集団〉を設立。

5月19日（土）安部公房、石川淳宛書簡で『壁』序文の礼を述べる。『壁』の「あとがき」も同日。

5月28日（月）〔発〕月曜書房より『壁』刊行。石川淳序文、勅使河原宏装幀、桂川寛装画。

6月1日（金）〔発〕『季刊 草月』創刊、安部公房「チーズ戦争」。

6月10日（日）〈人民芸術集団〉第一回集会（於港区田町の社会主義研究所［向坂逸郎主宰］会議室。瀬木慎一、池田龍雄、福田恒太、山野卓ら参加）。

7月3日（火）〈人民芸術集団〉会合1時。

7月7日（土）〔発〕『詩集 下丸子』（安部公房「たかだか一本の あるいは二本の腕は」の詩掲載、表紙は桂川の版画と題字）。

7月10日（火）〈人民芸術集団〉理論研究会（於田町［社研］夕方）。「平和祭」に関する二〜三の経過報告や打合せ、終って更に勅使河原宅で仕事の打合せ。

7月17日（火）〈人民芸術集団〉平和祭への参加が不可能に。

7月20日（金）〈人民芸術集団〉最後の会合。

7月30日（月）安部公房、下丸子の工場街に仮泊しながら文学サークルのオルグ中、早朝のラジオ・ニュースで芥川賞受賞を知る。

10月1日（月）〔発〕安部公房「詩人の生涯」『文芸』。

10月10日（水）〔発〕『詩集 下丸子』二号。桂川寛の版画が表紙、勅使河原宏の版画挿絵。

1952年（28歳）

1月　安部公房、雑誌『エスポワール』のスタッフ・ライターに加わる。

3月　〈現在の会〉第一回総会。真鍋呉夫、安部公房、戸石泰一、小山俊一、吉岡達一発起人。島尾敏雄、阿川弘之、庄野潤三、三浦朱門、前田純敬ら六十数人が集まるが、阿川、庄野、三浦、前田はまもなく退会。

3月1日（土）〔発〕安部公房、『人民文学』に最初の寄稿（アンケート回答）。

3月10日（月）〔発〕詩誌『列島』創刊。安部公房ら編集委員。

4月10日（木）花田清輝、『新日本文学』の編集長になる（〜54年7月14日）。

4月28日（月）対日平和条約、日米安全保障条約による「単独講和」で日本独立。

5月1日（木）血のメーデー。〔発〕『アカハタ』復刊。安部公房「恋愛詩か思想詩か」『人民文学』。

5月30日（金）安部公房、新宿駅前で五・三〇事件目撃。

6月1日（日）〔発〕『現在1号』（書肆ユリイカ）伊達得夫編集発行人、安部公房、島尾敏雄、戸石泰一、真鍋呉夫、吉岡達一編集担当。安部公房「プルートーのわな」、眞鍋呉夫・小山俊一・戸石泰一・吉岡達一・藤池雅子・笠啓一「座談会 危機と文学」掲載。安部真知表紙（3号まで同じ絵の色違い）。

6月21日（土）〔発〕安部公房「闘いは明日から始まる　破防法は人々を黙らせはしない」『早稲田大学新聞』。

7月1日（火）〔発〕安部公房「夜蔭の騒擾　五・三〇事件をかく見た」『改造』。

7月4日（金）破壊活動防止法成立。

8月1日（金）〔発〕『現在2号』（書肆ユリイカ）伊達得夫編集発行人、小山俊一、戸石泰一、島尾敏雄、石浜恒夫、吉岡達一編集担当。安部公房・泉三太郎・江口美奈子・戸石泰一・那珂太郎・山本太郎「座談会　危機と文学（続）」掲載。安部公房「新しいリアリズムのために――ルポルタージュ

8月22日（金）の意義」『季刊　理論』。

9月8日（月）《国民文学をどう見るか》公開座談会（雑誌記念会館）安部公房、荒正人、岩上順一ら14名。

〔発〕アジア太平洋平和会議日本文学者準備会（10名）梅崎春生、石川淳、安部公房、藤森成吉、徳永直、江馬修、檀一雄、深尾須磨子、大田洋子、江口渙。

10月1日（水）第25回衆議院議員総選挙で日本共産党全員落選。〔発〕座談会「日本文学の中心課題は何か」『人民文学』で安部公房司会。

10月15日（水）〔発〕『現在3号』（現在の会）伊達得夫編集発行人、安東次男・島尾敏雄・戸石泰一・河辺美智子・吉岡達一編集担当。安部公房「課題――衆除選挙のあとに」掲載。

12月1日（月）〔発〕安部公房「イソップの裁判」『文芸』。安部公房「「静かなる山々」をめぐつて」『人民文学』。

12月15日（月）〔発〕安部公房「新イソップ物語」『草月』（～53年6月）。

12月31日（水）〔発〕安部公房『安部公房創作集　飢えた皮膚ほか6篇』書肆ユリイカ（「デンドロカカリヤ」改訂版収録）。

1953年（29歳）

1月20日（火）〔発〕理論編集部編『壁あつき部屋　巣鴨BC級戦犯の人生記』理論社（安部公房の同題シナリオの題材）。

2月　安部公房、〈現在の会〉会員の真鍋呉夫を説得して共産党に入党させる。

2月1日（日）〔発〕座談会「映画「真空地帯」をめぐつて」『人民文学』で安部公房司会。

2月半ば　安部公房、巣鴨プリズンの戦犯K氏を訪ねて話を聞く（「裏切られた戦争犯罪人」）。

2月25日（水）〔発〕『現在4号』（現在の会）稗田一穂表紙（5号も同じ絵）。

4月1日（水）〔発〕安部公房「裏切られた戦争犯罪人　巣鴨に十字架を背負う人びとを訪ねて　若い魂の「今日のリポート」」『改造』。安部公房「文学運動の方向」『人民文学』。

6月10日（水）〔発〕『現在5号』（現在の会）伊達得夫編集発行人、覺正定夫・関村つる子・眞鍋呉夫・吉岡達一・伊達得夫編集担当。共同報告・覚正定夫・関村つる子・河辺美智子「レポート　基地東京その実体と國民のたたかい」掲載。

6月15日（月）内灘で米軍試射再開。〈現在の会〉のルポルタージュのため、真鍋呉夫内灘で取材（～16日）。

6月25日（木）軍事基地反対全国大会（於渋谷公会堂、～26日）。安部公房傍聴して感想を記す（『日本の縮図内灘』）。〔発〕杉浦明平『ノリソダ騒動記』（未来社）。

7月4日（土）新日本文学会臨時中央委員会（～5日）で新執行部誕生。会の再編・再組織へ。

7月13日（月）〔発〕花田清輝「柳田國男著『不幸なる芸術』」『日本読書新聞』。

7月27日（月）朝鮮休戦協定調印。

7月31日（金）お茶の水雑誌会館で『人民文学』の安部公房、野間宏、真鍋呉夫、広末保らと『新日本文学会』の常任幹事中野重治との間で『人民文学』廃刊などについて密かに会合（『評』）。

8月15日（土）〔発〕現在の会編、真鍋呉夫『私たちの報告1内灘』朝日書房。

8月20日（木）徳永直・野間宏「日本文学学校設立趣意書」（『人民文学』53年10月）。

9月1日（火）〔発〕安部公房、柾木恭介、真鍋呉夫、6月にストライキを行った日鋼赤羽の労働者たちと現地座談会「戦車工場と文化のたたかい」『人民文学』。

9月20日（日）〔発〕安部公房、〈下丸子文化集団〉メンバーの高島青鐘の詩集『埋火』に序文を寄せる。

10月　安部公房シナリオの映画「壁あつき部屋」完成するも56年まで公開されず。

11月4日（水）松川事件公判（仙台高裁）安部公房傍聴。以後翌年3月までの間に松川事件をテーマにした映画シナリオ「不良少年」の取材のため福島近辺の農村をまわる。

11月22日（日）日本文学学校入学試験。定員100名に480名応募したため、「わたしの生いたち」という作文を課した。

11月29日（日）1時日本文学学校追試（70名）。6時開校式、阿部知二校長から祝辞、諸講師列席。120名入学。

12月1日（火）日本文学学校開講、阿部知二「文学とは何か」、野間宏「文学者の生き方」。〔発〕「日本文学学校開校のおしらせ」『人民文学』（この号で終刊）。佐々木基一「記録映画に関するノート」『映画評論』から今村太平との論争（〜54年10月）。

12月21日（月）日本文学学校科外講座（一般対象）、椎名麟三、木下順二、安部公房による講義、聴衆305人。安部公房は「条件反射の話」か。

12月30日（水）日本文学学校第二回学生自治委員会。

1954年（30歳）

1月1日（金祝）〔発〕松田解子、真鍋呉夫、柾木恭介、三木冬吉「共同報告　米」（『文学の友』創刊号。『人民文学』53年12月号予告によれば〈現在の会〉の仕事）。同号に三村義夫、坂本ゆり、安田幸雄「日本文学学校（1）入学の記」安部公房「わたし達の文学教室」連載開始（〜4月）。安部公房「壁あつき部屋」（『エスポワール（希望）』）（公開されない映画の要旨）。

2月1日（月）〔発〕安東次男「詩のことば」（日本文学学校講義。『文学の友』）。

2月2日（火）日本文学学校、安東次男「講座2詩はどうして創るか」（『文学の友』）。

2月4日（木）安部公房・真知に長女ねり誕生。

2月15日（月）〔発〕安部公房『飢餓同盟』（大日本雄弁会講談社）。

3月1日（月）〔発〕安東次男「講座2詩はどうして創るか」（日本文学学校講義。『文学の友』）。

3月6日（土）　松川事件の取材を基にした安部公房の録音ルポルタージュ「社会の表情　人間を喰う神様」（文化放送）。

3月9日（火）　安部公房『飢餓同盟』出版記念会。

4月1日（木）　〔発〕足柄定之、小林勝、春川鐵男、安部公房、野間宏の座談会「働くことと書くこと」。

4月4日（日）　真鍋呉夫『嵐の中の一本の木』（理論社1月20日発行、『内灘』収録）と安部公房『飢餓同盟』（大日本雄弁会講談社2月15日発行）の合同出版記念会。勅使河原宏、白井浩司、島尾敏雄、小島信夫、奥野健男、庄野潤三、草野心平、山下肇、岡本太郎、石川淳、村松剛、針生一郎、佐々木基一、十返肇ら四十余名が芳名帳に記帳。

4月25日（日）　新日本文学会中央委員会で安部公房ら加入。〔発〕『現在6号』（現在の会）柾木恭介編集兼発行人、安部公房・安東次男・泉三太郎・針生一郎・野原一夫・柾木恭介・真鍋呉夫・島尾敏雄・宇留野元一責任編集。安部公房「評論　二十世紀文学の潮流（一）地図の地図」掲載。安部真知表紙、勅使河原宏カット。

5月1日（土）　〔発〕氷川九「マンガルポ　日本文学学校をのぞく」（『文学の友』）。

5月12日（水）　〔発〕安部公房「映画化する松川事件　シナリオ「不良少年」（仮題）を脱稿して」（『早稲田大学新聞』）

5月20日（木）　この前後、日本文学学校第二期生入学試験（『文学の友別冊第一集』）。

6月1日（火）　日本文学学校第一期卒業式。91名卒業、文学学校機関誌『海燕』発刊。〔発〕安部公房「人間の心をおそう死の灰」（『文学の友』）。

6月15日（火）　日本文学学校第二期生入学。

7月1日（木）　〔発〕山岸外史「日本文学学校　第一期生の一つの成果」（『文学の友』）。

7月14日（水）　花田清輝、欠席した常任中央委員会で『新日本文学』編集長を罷免され、企画部委員に。
夏　針生一郎、安部公房に誘われ、党員となることを条件に日本文学学校の教務主任に。
8月1日（日）　〔発〕特集「文学学校第一期をおわる」卒業制作の文章と第二期生の工場勤務記録。針生一郎講師コメント（『文学の友』）。
9月下旬　安部公房、日本製鋼室蘭製鉄所の労働争議支援のため室蘭に赴き、労働者の家に泊めてもらう（〜10月上旬）。
10月1日（金）　〔発〕安部公房「水爆と人間　思想のたたかい」（『文学の友』への最後の寄稿）。
11月　〈現在の会〉総会（日時不明）。この後二回の編集委員会で「現在の会をもっと有機的に運営して行くために、委員の責任を明確にする必要があることを認め」分担を決める。研究会——安東次男・針生一郎・宇留野元一。雑誌——眞鍋呉夫・泉三太郎。シリーズ——安部公房・戸石泰一。事務局——柾木恭介・増永香。この各部門を常に掌握し会内・会外に対する責任を負う会の議長を安部、副議長を柾木・眞鍋と選挙で決定。
11月1日（月）　〔発〕安部公房『シナリオ文庫第26集　不良少年』（映画タイムス社）（家城巳代治監督で映画化のはずが実現せず）。
12月　〈現在の会〉研究会（日時不明）。宇留野元一「あこがれとしての革命概念——太宰治と田中英光」。〔発〕『現在7号』（発行所記載なし。以後12号までガリ版）イエ・ジユウルビナ、泉三太郎訳「オーチェルク芸術」連載開始（〜12号）。

1955年（31歳）

1月　〈現在の会〉研究会（日時不明）。針生一郎「ブレヒトとスタニスラフスキー」。

1月11日（火）　日本文学学校第三期開講。

1月18日（火）　新日本文学会第七回大会（〜21日）で徳永直らも常任幹事に迎えて新日本文学会の統一が完了。安部公房は新日本文学会の幹事として国民文化会議の文学部常任委員となり、総評と共催の「現代文化講座」の講師も引き受ける。

2月　〈現在の会〉研究会（日時不明）。竹内実「魯迅と趙樹理」。〔発〕『現在8号』（現在の会）池田龍雄表紙。

2月1日（火）　〔発〕『文学の友』（『人民文学』後継誌）最終号。財政難で別冊第四集は未刊に終る。

2月20日（日）　〔発〕日本文学学校事務局編『日本文学学校文学講座（第一集）』（日本文学学校）。

2月23日（水）　〔発〕戸石泰一著、園田正写真『ルポルタージュ日本の証言4夜学生』（柏林書房）。

3月　〔発〕『現在9号』（現在の会）E・E・キッシュ「芸術形式および斗争形式としてのルポルタージュ」、石崎津義男・西本裕・玉井五一・小田三月「ルポルタージュの地図1」掲載。高山良策表紙。

3月1日（火）　〔発〕安部公房「ルポルタージュ　青春のたまり場をゆく」（『婦人公論』）。

3月6日（日）　〈現在の会〉合評会（1時於宇留野元一宅）。

3月13日（日）　〈現在の会〉編集会議（1時於泉三太郎宅）。

3月20日（日）　〔発〕柾木恭介著、池田龍雄絵『ルポルタージュ日本の証言1原子力』（柏林書房）。

3月26日（土）　〈現在の会〉研究会（6時於国鉄労働会館）。小林勝「ルポルタージュ方法論」。

4月　〔発〕『現在10号』（現在の会）宇留野元一「書評　現在の会編　戸石泰一著「夜学生」」掲載。勅使河原宏表紙。

4月10日（日）　〔発〕小林勝著、勅使河原宏絵『ルポルタージュ日本の証言5刑務所』（柏林書房）。

4月20日（水）〔発〕上野英信著、千田梅二絵『ルポルタージュ日本の証言7せんぷりせんじが笑った！』（柏林書房）。

4月29日（金祝）〈現在の会〉研究会。泉三太郎報告「『雪どけ』をめぐって」林光・戸石泰一・安部公房・真鍋呉夫・藤池雅子討論。

5月 〈現在の会〉研究会（日時不明、最後の記録）。関根弘「アレゴリイについて」。〔発〕『現在11号』（現在の会）羽山英作・島原健三「ルポルタージュの地図2」、小田三月・竹内康広（竹内泰宏？）「対談 青俳「制服」新人会「家庭教師」を観て」掲載。ピカソ表紙。

5月31日（火）〔発〕杉浦明平著、池田龍雄絵『ルポルタージュ日本の証言8村の選挙』（柏林書房）。

6月 〔発〕『現在12号』（現在の会）竹内康宏（竹内泰宏？）「現地ルポルタージュ 富士山麓の砲火（第一報）」、藤池雅子・宇留野元一・安部公房「現在の眼」、富士正晴「書評・せんぷりせんじが笑った！」、野間宏・佐々木基一・堀田善衛・現在編集委員「特集〈座談会〉戦後文学の諸問題」、ブブリーク「文学的ルポルタージュの創造問題」、中島力「新日本地図（基地）」掲載。

6月15日（水）〔発〕関根弘著、池田龍雄絵『ルポルタージュ日本の証言6鉄 オモチャの世界』（柏林書房）。

7月5日（火）〔発〕安東次男著、安部真知絵『ルポルタージュ日本の証言2にしん 凶漁地帯を行く』（柏林書房）。

7月12日（火）〔発〕齋藤芳郎著、中谷泰絵『ルポルタージュ日本の証言3米作地帯』（柏林書房）。

7月14日（木）〈現在の会〉『日本の証言』出版記念会〈未来への出発〉。安部公房、安東次男、戸石泰一、真鍋呉夫の講演と、「極地の生態」を上映。五百人を越す盛会。

7月27日（水）日本共産党第六回全国協議会（～29日）。

7月30日（土）〈現在の会〉安部公房作、俳優座上演「どれい狩り」合評会。（司会）小田三月、安部公房・菅井幸雄・新田朝男・小林勝・針生一郎・竹内康弘・柾木恭介・花田英三・竹内実。出席21名。

8月　〔発〕『現在13号』（現在の会。この号からA5タイプ版に）広津和郎「松川被告諸君に代って（昭和三十年五月）」、現在の会編集委員会「松川事件に関する広津氏の声明にこたえる」掲載。

9月　〔発〕『現在14号』（現在の会）真鍋（呉夫）、泉（三太郎）、小田（三月）編集。現在の会「「快速船」観劇について」掲載。最終号。

9月5日（月）　〔発〕安部公房、小林勝、エゴン・エルヴィン・キッシュ、ラディスラフ・ブブリーク著、針生一郎訳『ルポルタージュ日本の証言増補　ルポルタージュとは何か？』（柏林書房）。

11月1日（火）　〔発〕『生活と文学』創刊（〜57年3月）。新日本文学会の編集による『文学の友』後継誌で安部公房も編集委員。

11月5日（土）　〔発〕新日本文学会編『日本文学の現状とその方向』（河出書房）巻末の役員リストで安部は常任幹事。

12月17日（土）　安部公房、文化人グループの一人として米軍基地のある砂川町を訪問。

1956年（32歳）　＊この年、安部は杉浦明平『台風十三号始末記』のミュージカル化を試みたが未完に終わる。

2月2日（木）　日本文学学校第五期開講。

2月14日（火）　ソ連共産党第20回大会（〜2月25日）。秘密会でのフルシチョフのスターリン批判演説は6月4日に米国務省が公表。

4月　安部公房、茗荷谷から中野区野方一の六七一の二階建て借家に転居（〜59年4月）。

4月24日（火）　安部公房、チェコスロヴァキア作家大会出席のため出国。ローマ、パリ、プラーグ、スロヴァキア、ブカレスト、コンスタンツァをまわって6月24日帰国。

5月1日（火）　〔発〕岡見裕輔「アメリカ航路」（『婦人画報』）。小田三月によれば〈現在の会〉の仕事）。

5月15日（火）　安部公房「壁あつき部屋」「不良少年」シナリオ出版（『日本シナリオ文学全集10椎名麟三・安部公房集』理論社）。

6月28日（木）　ポーランドのポズナンで反政府暴動。

7月1日（日）　〔発〕遠藤周作・林三平（小田三月）・村松剛「ルポルタージュ　ゴミのゆくえ」（『婦人画報』。小田三月によれば〈現在の会〉の仕事）。

8月1日（水）　〔発〕『生活と文学』の「編集室から」で安部帰国レポート。

9月1日（土）　〔発〕安部公房「東ヨーロッパで考えたこと」（『知性』）。

10月1日（月）　〔発〕安部公房「日本共産党は世界の孤児だ――続・東ヨーロッパで考えたこと」（『知性』）。

10月23日（火）　ブダペストでハンガリー事件の発端となる学生・労働者の反政府暴動。翌日にはソ連軍が鎮圧に出動。

10月31日（水）　映画「壁あつき部屋」封切。

12月　〈記録芸術の会〉の母胎となる会合はじまる。花田清輝、安部公房、佐々木基一、野間宏、長谷川四郎、玉井五一にまもなく武井昭夫が加わる。

1957年（33歳）

1月15日（火祝）〔発〕野間宏他『文学的映画論』中央公論社。

1月21日（月）〔発〕安部公房・長谷川四郎・中原佑介・武田泰淳「現在の眼　ミュージカルス」（〜28日。〈現在の会〉のメンバー紹介あり。安部公房会長、真鍋呉夫副会長、柾木恭介事務局をはじめ、安東次男、泉三太郎、池田龍雄、遠藤周作、江原順、江川卓、小林勝、関根弘、菅原克己、関鏡、竹内実、中原佑介、針生一郎、林光、長谷川四郎、村松剛、山下肇ら。他に一般会員約20名がおり、会員外の協力者として武田泰淳、野間宏、花田清輝、佐々木基一、小島信夫らの名が挙げられている)。

2月4日(月) 〔発〕安部公房・村松剛・花田清輝・佐伯彰一「現在の眼 ハードボイルド」(~11日)。

2月15日(金) 〔発〕安部公房『東欧を行く ハンガリア問題の背景』大日本雄弁会講談社。

2月18日(月) 〔発〕安部公房・関根弘・針生一郎・小林勝・野間宏「現在の眼 ドキュメンタリー」(~25日)。

5月19日(日) 〈記録芸術の会〉第一回総会。安部公房、井上俊夫、小林勝、佐々木基一、関根弘、玉井五一、徳大寺公英、中原佑介、野間宏、針生一郎、花田清輝、長谷川四郎、埴谷雄高、長谷川龍生、羽仁進、真鍋呉夫、柾木恭介、村松剛、吉本隆明、武井昭夫、奥野健男、大西巨人、清岡卓行、瀬木慎一、井上光晴の25名。岡本太郎、林光、武田泰淳、瀧口修造、杉浦明平、鶴見俊輔、勅使河原宏の7名は、会員ならびに発起人になることを承諾したが出席できなかった。

6月 〈現在の会〉一度解散の上再編。

6月2日(日) 〈記録芸術の会〉第一回研究会、長谷川四郎「ハンガリイ問題——ペテフィ・クラブをめぐって」。

7月 〈記録芸術の会〉研究会(日時不明)、野間宏「実行と芸術の問題—啄木の自然主義批判の批判」。

8月 〈記録芸術の会〉研究会(日時不明)、羽仁進「日本映画はどう変つたか——シナリオ批判の必要」。〔発〕長谷川四郎「経過報告」『記録芸術の会月報No.1』。

8月1日(木) 〔発〕梅崎春生、椎名麟三、武田泰淳、野間宏、埴谷雄高、堀田善衛「文学的ミュージカルス論」『中央公論』。

9月1日(日) 〔発〕安部公房「道——トラックとともに六〇〇キロ」『総合』。

9月5日(木) 〔発〕『記録芸術の会月報No.2』アンケート「オールド・ボーイとヤンガー・ジェネレーション」に埴谷、長谷川のみ回答。岡本太郎放言。

9月14日（土）〈記録芸術の会〉第四回研究会（於雑誌会館）、中原佑介「政治のコミュニケーションと芸術のコミュニケーション」。

10月　〔発〕長谷川四郎「わたし記録」『記録芸術の会月報No.3』。

10月1日（火）〔発〕玉井五一「芸術運動紹介1記録芸術の会」『新日本文学』。

10月5日（土）〈記録芸術の会〉第一回公開討論会（於雑誌会館）、花田清輝「記録芸術の会否定論」。

11月1日（金）〔発〕柾木恭介「芸術運動紹介2現在の会」『新日本文学』。

12月　〔発〕長谷川四郎「事実と解釈」『記録芸術の会月報No.4』。

1958年（34歳）

1月1日（水祝）〔発〕安部公房「映画芸術論」、佐々木基一「現代芸術はどうなるか」『群像』に連載（～12月）。

1月15日（水祝）〔発〕長谷川四郎「報告と意見」『記録芸術の会月報No.5』。ここまでに4回の研究会と2回の公開討論会。

2月　〔発〕長谷川四郎「ナンセンス・バレエ」『記録芸術の会月報No.6』。

4月26日（土）〈記録芸術の会〉運営委員会。

5月　〔発〕『記録芸術の会月報No.7』。

6月23日（月）安部公房「幽霊はここにいる」（俳優座、千田是也演出、黛敏郎音楽、於俳優座劇場、～7月22日）。

7月5日（土）〔発〕安部公房「新記録主義の提唱」『思想』。

7月28日（月）〔発〕安部公房「内向的な孤独感　現代日本写真全集2土門拳作品集」『日本読書新聞』。

8月20日（水）第四回原水爆禁止世界大会宣言決議発表大会第二部の新劇合同公演にて、安部公房作のシュプレヒコール「最後の武器」上演。

10月29日（水）　花田清輝「泥棒論語――「土佐日記」によるファンタジー」（舞芸座、土方与志・鄭泰裕演出、いずみたく音楽、於俳優座劇場、～11月6日）。
10月31日（金）　〔発〕『季刊現代芸術Ⅰ』（佐々木基一編集）。

1959年（35歳）
2月28日（土）　〈記録芸術の会〉第二回総会（於東中野モナミ）、会員47名中23名出席。事務局長は長谷川四郎から柾木恭介に。
3月　〔発〕『記録芸術の会月報№9』。
3月25日（水）　〔発〕『季刊現代芸術Ⅱ』（佐々木基一編集）。
4月　安部公房、調布市入間町二一二の七六に住居新築、中野区野方より転居（終のすみか）。
6月30日（火）　〔発〕安部公房「可愛い女」、小沢信男「音楽劇延期経緯」『季刊現代芸術Ⅲ』（佐々木基一編集）。
7月　〔発〕『記録芸術の会月報№10』。
8月29日（土）　安部公房「可愛い女」（大阪労音、千田是也演出、黛敏郎音楽、於大阪フェスチバルホール、～9月6日）。
10月28日（水）　〈記録芸術の会〉運営委員会。安部公房、江原順、佐々木基一、竹内実、玉井五一、野間宏、長谷川四郎、花田清輝、柾木恭介、宮内嘉久出席。
11月　〔発〕『記録芸術の会月報№11』。大西巨人、和田勉新入会員。

1960年（36歳）
3月1日（火）　〔発〕安部公房、大辻清司写真「顔の中の旅　実験映画のシナリオ」『芸術新潮』。

4月17日（日）　安部公房、蜂の巣城闘争の取材旅行（〜21日）。

6月1日（水）　〔発〕安部公房「東松照明」『芸術新潮』。

6月19日（日）　新安保条約自然承認、安保闘争終結。

6月22日（水）　〔発〕安部公房『石の眼』新潮社。

7月1日（金）　〔発〕安部公房「事件の背景」『中央公論』（〜8月）。

8月　〔発〕『記録芸術の会月報No.12』。

8月9日（火）　第六回原水爆禁止世界大会宣言決議発表大会第二部にて、〈記録芸術の会〉（執筆担当・内田栄一、木島始、竹内実、長谷川龍生）作のシュプレヒコール「武器のない世界へ」上演。

9月1日（木）　〔発〕安部公房「チチンデラ　ヤパナ」『文学界』。

9月下旬　〈記録芸術の会〉総会。安部公房、野間宏、大西巨人、花田清輝、佐々木基一ら出席。

10月1日（土）　〔発〕〈記録芸術の会〉作（執筆担当内田栄一、木島始、竹内実、長谷川龍生）「シュプレッヒ・コール　武器のない世界へ」『現代芸術』1巻1号（安部公房編集）。

11月1日（火）　〔発〕『現代芸術』1巻2号（安部公房編集）。

12月　〔発〕『記録芸術の会月報No.13』。

12月1日（木）　〔発〕『現代芸術』1巻3号（安部公房編集）。

1961年（37歳）

1月1日（日祝）　〔発〕『現代芸術』2巻1号（安部公房編集）。

1月14日（土）　〈記録芸術の会〉研究会（於雑誌会館）、江藤文夫「芸術のヌーベル・バーグについて」。

2月1日（水）　〔発〕『現代芸術』2巻2号（安部公房編集）。

2月11日（土）〈記録芸術の会〉研究会、花田清輝「構造的改良と革命の問題について」。

2月18日（土）〈記録芸術の会〉定例研究会（非公開）、1～5時、雑誌会館。テーマ：「ラッサールへの手紙」、テキスト：「マルクス・エンゲルス芸術論」（岩波書店・大月書店版）、報告：花田清輝。『現代芸術』東京定例読者会第一回例会、5～8時、雑誌会館。テキスト：『現代芸術』3月号、報告者：長谷川龍生。

3月1日（水）〈発〉安部公房「超現実ルポ・TOKYO」『芸術新潮』。『現代芸術』2巻3号（安部公房編集）。

4月1日（土）〈発〉『現代芸術』2巻4号（安部公房編集）。

6月1日（木）〈発〉『現代芸術』2巻5号（安部公房編集）。

6月8日（木）『現代芸術』第三回読者会（東京）、5時～8時、雑誌協会会館（お茶の水・文化学院前）。

7月1日（土）〈発〉『現代芸術』2巻6号（安部公房編集）。

7月6日（木）『現代芸術』読者研究会（東京）、6時～8時、お茶の水・雑誌協会会館。テキスト：7月号、会費不要。

7月22日（土）安部公房ら声明「真理と革命のために党再建の第一歩をふみだそう」。

8月1日（火）〈発〉『現代芸術』2巻7号（安部公房編集）。

8月18日（金）安部公房ら声明「革命運動の前進のために再び全党に訴える」。

9月1日（金）〈発〉『現代芸術』2巻8号（安部公房編集）。

10月1日（日）〈発〉『現代芸術』2巻9号（安部公房編集）。

10月5日（木）〈記録芸術の会〉公開討論会（於お茶の水の雑誌記念会館）。花田清輝「現代芸術の課題1記録芸術論」報告、佐々木基一、鶴見俊輔、関根弘、野間宏、安部公房、日沼倫太郎、長谷川龍生、岡本太郎討論。

10月15日（日）　〈記録芸術の会〉総会（於神田雑誌会館）。解散決議。
12月　安部公房ら日本共産党を除名される。
12月1日（金）　〔発〕安部公房「編集後記」（いよいよ終刊の辞を書かなければならなくなった。それと同時に、会の解散をもあわせて報告しなければならないという、まことにつらい立場に立たされたのだ）。『現代芸術』2巻10号（安部公房編集、終刊号）。

1962年（38歳）
2月7日（水）　日本共産党、定例記者会見で安部公房、花田清輝、大西巨人らの除名発表。
6月8日（金）　〔発〕安部公房『砂の女』新潮社。

1965年（41歳）
12月10日（金）　〔発〕安部公房『終りし道の標べに』冬樹社、デビュー作の改訂版。

1968年（44歳）
4月20日（土）　〔発〕安部公房『夢の逃亡』徳間書店、改訂版初期短篇集。「名もなき夜のために」を「未完」とする。

1970年（46歳）
9月25日（金）　〔発〕安部公房『飢餓同盟』講談社、改訂版。

［参考文献］

安部公房のテクスト

『安部公房全集』新潮社、一九九七年〜、全二九巻＋別巻未刊

『Kobo Abe as Photographer』ウイルデンスタイン東京、一九九六年

安部公房「乾いた陽気さ」『読売新聞』一九五二年三月三日（全集未収録）

安部公房「闘いは明日から始まる　破防法は人々を黙らせはしない」『早稲田大学新聞』一九五二年六月一一日（全集未収録）

阿《ママ》部公房他一三名「《国民文学をどう見るか》公開座談会」、高沖陽造他『国民文学論　これからの文学は誰が作りあげるか』厚文社、一九五三年四月（全集未収録）

安部公房（題不明）神田正男・久保田保太郎『日本の縮図　内灘』所収（全集未収録、初出未詳）

安部公房「壁あつき部屋」『キネマ旬報』一九五三年一一月上旬号（初出だが全集・書誌未載）

安部公房「映画化する松川事件　シナリオ「不良少年」（仮題）を脱稿して」『早稲田大学新聞』一九五四年五月一二日（全集未収録）

安部公房（題不明）『新音楽』一九五九年五月未見（全集未収録、小沢信男による）

全　集

『マルクス＝エンゲルス全集』大月書店、一九五九〜一九九一年、全四一巻＋補巻四冊＋別巻四冊

『長谷川四郎全集』晶文社、一九七六〜一九七八年、全一六巻

『花田清輝全集』講談社、一九七七〜一九八〇年、全一五巻＋別巻二冊

『埴谷雄高全集』講談社、一九九八〜二〇〇一年、全一九巻＋別巻
『定本柳田國男集』筑摩書房、一九六八〜一九七一年、全三一巻＋別巻五冊

書籍・論文

Rilke, Rainer Maria, "Sämtliche Werke Sechster Band", Insel-Verlag, 1966
Schnellbächer, Thomas, "Abe Kobo, Literary Strategist", IUDICIUM, 2004
朝尾直弘『大阪労音十年史』大阪勤労者音楽協議会、一九六二年二月
蘆田英治「連続する「変貌」――安部公房論序説」『遊卵船』二〇〇五年五月
有沢広巳『日本産業百年史（下）』日本経済新聞社、一九六七年五月
有村隆広「カフカと安部の小説」、有村隆広・八木浩編『カフカと現代日本文学』同学社、一九八五年一〇月
飯沢耕太郎『日本人の写真・歴史と現在』日本放送出版協会、一九九四年四月
池田龍雄『夢・幻・記』現代企画室、一九九〇年五月
李貞熙「安部公房『デンドロカカリヤ』論――または、「極悪の植物」への変身をめぐって」『稿本近代文学』一九九四年一一月
石黒健夫「癲癇」『世界大百科事典』平凡社、一九八五年
石崎等編『安部公房『砂の女』作品論集』クレス出版、二〇〇三年六月
石澤秀二「日本の創作ミュージカルへの道程」、野村喬編『新劇便覧１９８４今日のミュージカル』テアトロ、一九八三年一二月
出海渓也「ルンペン・ジャパニーズについて」『芸術前衛』一九四九年二月
出海渓也『戦後詩の方法論』知加書房、二〇〇二年一〇月

市川孝「安部公房の文章」『言語生活』一九五五年一〇月
井之川巨「下丸子文化集団――一九五〇年代、労働者詩人の群像」、思想の科学研究会編『共同研究　集団』平凡社、一九七六年六月
今村太平『映画の綜合形式』大塩書林、一九三八年五月
今村太平『記録映画論』第一芸文社、一九四〇年九月
今村太平「記録芸術論」『人間』一九四九年六月
今村太平『イタリア映画』早川書房、一九五三年七月
今村太平「イタリア映画はドキュメンタリズムか――佐々木基一の所論によせて」『映画評論』一九五四年三月
今村太平「私の映画論――佐々木基一に答える」『映画評論』一九五四年八月
岩成達也「寓意なきアレゴリー」『ユリイカ』一九七六年三月
岩橋邦枝「文学学校と私」『新日本文学』一九七七年一〇月
ヴァレリー、滝田文彦訳「書物の顔かたち」『ヴァレリー全集　補巻』筑摩書房、一九七一年一〇月
植村鷹千代「近代絵画の次元変革と立体派　キュビズムの検討・メトード解析」『創美』一九四八年四月
臼井吉見「解説」『現代日本文学全集８８』筑摩書房、一九五八年八月
臼井吉見「ルポルタージュ文学」『戦後８』筑摩書房、一九六六年七月
執筆担当U＆K（内田栄一と木島始）「シュプレが俺たちを蟹にした！　共同製作強行記」『現代芸術』一九六〇年一〇月
梅崎春生、椎名麟三、武田泰淳、野間宏、埴谷雄高、堀田善衛「文学的ミュージカルス論」『中央公論』一九五七年八月
瓜生良介「内田栄一ともども」『映画評論』一九七三年五月

大井広介「五三年版コムミニズム文壇――四年越しの内輪モメの教訓」『新潮』一九五三年一〇月、『文学者の革命実行力』青木書店、一九五六年四月
大浦康介「宣言の時代とアヴァンギャルド」、宇佐美斉編『アヴァンギャルドの世紀』京都大学学術出版会、二〇〇一年一一月
大岡昇平・埴谷雄高『二つの同時代史』岩波書店、一九八四年七月
大藤時彦「ひだる神」『民間伝承』一九四三年五月
大村泉・宮川彰編『新 MEGA 第Ⅱ部（『資本論』および準備労作）関連内外研究文献・マルクス／エンゲルス著作邦訳史集成』八朔社、一九九九年七月
大山定一・吉川幸次郎『洛中書簡』秋田屋、一九四六年一一月
岡庭昇『花田清輝と安部公房』第三文明社、一九八〇年一月
岡本太郎『岡本太郎の本1呪術誕生』みすず書房、一九九八年一二月
岡本敏子、篠藤ゆり聞き手『岡本太郎　岡本敏子が語るはじめての太郎伝記』アートン、二〇〇六年七月
小川徹「『壁あつき部屋』『あれから七年』『虐待の記録』」『近代文学』一九五三年八月
荻正「安部公房「S・カルマ氏の犯罪」におけるキャロル、カフカ――裁判について」『国語国文学研究』一九九七年一二月
奥野健男「「政治と文学」理論の破産」『文藝』一九六三年六月
奥野健男「解説」、安部公房『石の眼』新潮社、一九七五年一月
奥野健男『奥野健男文学論集2』泰流社、一九七六年一〇月
小沢信男「音楽劇延期経緯――大阪労音と安部公房のミュージカルス」『季刊　現代芸術』一九五九年六月
小田切進編『新潮社八十年図書目録』新潮社、一九七六年一〇月

小田切進編『大波小波　匿名批評にみる昭和文学史　第二巻』東京新聞出版局、一九七九年五月
小田切秀雄「「東欧を行く」評」『群像』一九五七年四月
小田切秀雄『私の見た昭和の思想と文学の五十年　上下』集英社、一九八八年三～四月
小田三月「安部公房と現在の会」『欅』二〇〇二年七月、『美について考える』審美社、二〇〇六年一一月
五十殿利治「戦後アヴァンギャルドの出発」『「草月とその時代1945-1970」展カタログ』草月とその時代展実行委員会、一九九八年一〇月
桂川寛「花田清輝と〈世紀〉の会」『新日本文学』一九八四年一二月
桂川寛「私の〈戦後美術〉」『社会評論』一九八九年三月
桂川寛『廃墟の前衛』一葉社、二〇〇四年一一月
加藤周一「時間　寓話的精神」『一九四六・文学的考察』真善美社、一九四七年五月
角田旅人「「安部公房」断章――「詩人の生涯」その他」『国語』一九七四年六月
金田静雄「光と翳――阿部公房　詩人の生涯」『浜松短期大学研究論集』二〇〇〇年一二月
カフカ、本野亨一訳『審判』白水社、一九四〇年一〇月
亀井勝一郎「教師としての告白　夜学生の社会的考察」『図書新聞』一九五五年四月九日
神田正男・久保田保太郎『日本の縮図　内灘』社会書房、一九五三年九月
ドナルド・キーン、金関寿夫訳『声の残り　私の文壇交遊録』朝日新聞社、一九九二年一二月
菊田一夫「ミュージカルの火は消えず」『中央公論』一九五八年四月
菊田一夫「演劇とは何ぞや」『芸術新潮』一九五八年七月
菊田一夫「可愛い女」『東宝』一九七一年二月
北岸佑吉「新劇評」『新劇』一九五九年一〇月

城戸昇「下丸子文化集団の若き詩人たち」、井之川巨『詩と状況　おれが人間であることの記憶』社会評論社、一九七四年七月
木村徳三『文芸編集者その跫音』TBSブリタニカ、一九八二年六月
清岡卓行・奥野健男・佐々木基一「「壁あつき部屋」をめぐって」『新日本文学』一九五七年一月
久保覚「年譜」『花田清輝全集別巻Ⅱ』講談社、一九八〇年三月
窪田精『文学運動のなかで　戦後民主主義文学私記』光和堂、一九七八年六月
窪田般彌「リルケのパリ」『リルケ全集　第2巻　詩集Ⅱ　月報1』河出書房新社、一九九〇年九月
栗栖継「安部公房と翻訳の問題」『ユリイカ』一九七六年三月
黒井千次「事務局員の思い出」『新日本文学』一九七八年一〇月
郷静子「ブンガクへのはるかな道——文学学校まで」『新日本文学』一九七七年一〇月
神品芳夫編「リルケ翻訳文献」『無限　詩と詩論XI』一九六二年夏季号
神品芳夫『新版　リルケ研究』小沢書店、一九八二年一〇月
紅野謙介「「五〇年問題」と探偵小説」、吉田司雄編『探偵小説と日本近代』青弓社、二〇〇四年三月
国民文化調査会編『左翼文化運動　日本共産党文化統一戦線の実相』国民文化調査会、一九五四年三月
小宮山量平・鈴木正・渡辺雅男『戦後精神の行くえ』こぶし書房、一九九六年九月
小山弘健『戦後日本共産党史』芳賀書店、一九六六年一一月
佐々木基一「記録映画に関するノート」『映画評論』一九五三年一二月
佐々木基一「書評　安部公房著　飢餓同盟　講談社刊」『群像』一九五四年四月
佐々木基一「記録映画に関するノート（2）——今村太平の駁論にふれて」『映画評論』一九五四年五月
佐々木基一「ネオ・リアリズムの発生について」『映画評論』一九五四年一〇月

佐々木基一「解説」『日本シナリオ文学全集10椎名麟三・安部公房集』理論社、一九五六年五月
佐々木基一「記録芸術の会について」『群像』一九五七年一〇月
佐々木基一『現代芸術はどうなるか』講談社、一九五九年一月
ヨーゼフ・F・ザツエク「チェコスロヴァキアのナショナリズム」、P・F・シュガー、I・J・レデラー編、東欧研究会訳『東欧のナショナリズム　歴史と現在』刀水書房、一九八一年九月
佐藤泉『戦後批評のメタヒストリー　近代を記憶する場』岩波書店、二〇〇五年八月
佐藤武夫『水害論』三一書房、一九五八年一〇月
サルトル、加藤周一・白井健三郎訳『サルトル全集第九巻　文学とは何か』人文書院、一九五二年一月
重松恵美「石川淳と安部公房――「鳴神」「飢餓同盟」の描く労働運動の諸相」『梅花日文論集』二〇〇四年三月
白井浩司「書評『飢餓同盟』安部公房著」『文学界』一九五四年四月
白川正芳編「年譜」（埴谷全集別巻、二〇〇一年五月）
新日本文学会編『日本文学の現状とその方向』河出書房、一九五五年一一月
菅本康之「『アヴァンギャルド芸術』論――唯物論、アヴァンギャルド、リアリズム」『フェミニスト花田清輝』武蔵野書房、一九九六年七月
杉浦晋「石川淳、日本共産党、そして安部公房」『国学院雑誌』二〇〇四年一一月
杉浦明平「小さな町から」『潮流』一九四九年三月
杉浦明平『ノリソダ騒動記』未来社、一九五三年六月
杉浦明平『基地六〇五号』『群像』一九五三年一〇月～一二月、大日本雄弁会講談社、一九五四年三月
杉浦明平『村の選挙』柏林書房、一九五五年五月
杉浦明平『台風十三号始末記』岩波書店、一九五五年八月

杉山吉良『裸体』ソアレ光房、一九五一年一月
瀬木慎一「戦後の岡本太郎」『岡本太郎著作集1月報』講談社、一九七九年一〇月
瀬木慎一監修・綜合美術研究所編『日本アンデパンダン展全記録』総美社、一九九三年六月
瀬木慎一『戦後空白期の美術』思潮社、一九九六年一月
瀬木慎一『アヴァンギャルド芸術』思潮社、一九九八年一一月
瀬木慎一『日本の前衛 1945 - 1999』生活の友社、二〇〇〇年一月
関根弘『針の穴とラクダの夢　半自伝』草思社、一九七八年一〇月
綜合文化協会編『二十世紀の世界』真善美社、一九四八年一〇月
杣谷英紀「安部公房「異端者の告発」の意義——分裂・死・「実存的方法」」『日本文藝研究』一九九五年一二月
杣谷英紀「安部公房『壁——S・カルマ氏の犯罪』の方法」『日本文藝研究』二〇〇〇年六月
高野斗志美『安部公房論』サンリオ山梨シルクセンター出版部、一九七一年四月
高野斗志美編『新潮日本文学アルバム51 安部公房』新潮社、一九九四年四月
瀧口修造『近代芸術』三笠書房、一九三八年九月
瀧口修造「三角の窓——最近のフランス画壇の展望とイタリーの古典美術」『アトリエ』一九四六年一一・一二月
　合併号
多木浩二「未熟だった「写真と言語の思想」」『デジャ=ヴュ14号』一九九三年一〇月
武井昭夫「政治のアヴァンギャルドと芸術のアヴァンギャルド」『美術批評』一九五六年三月
武井昭夫『武井昭夫批評集1　戦後文学とアヴァンギャルド』未来社、一九七五年三月
武田勝彦「海外における安部公房の評価」『解釈と鑑賞』一九七一年一月
竹本賢三「社会主義社会での矛盾について　安部公房氏に」『アカハタ』一九五六年九月一九〜二〇日

竹盛天雄「戦後文学の様相」『日本文学研究資料叢書　昭和の文学』有精堂出版、一九八一年九月
伊達得夫『詩人たち――ユリイカ抄』日本エディタースクール出版部、一九七一年七月
田中裕之「『デンドロカカリヤ』論――《植物病》の解明を中心に」『國文學攷』一九九〇年一二月
田中裕之「安部公房とシャミッソー」『梅花女子大学文学部紀要』一九九九年一二月
谷真介編著『安部公房評伝年譜』新泉社、二〇〇二年七月
谷田昌平『回想　戦後の文学』筑摩書房、一九八八年四月
谷田昌平「「砂の女」の頃」『新潮』一九九三年四月
玉井五一「芸術運動紹介1記録芸術の会」『新日本文学』一九五七年一〇月
玉井五一「液体の軌跡」『テレビドラマ』一九六五年五月
塚越敏「解説」『リルケ全集　散文Ⅱ』河出書房新社、一九九〇年一二月
塚崎幹夫訳『新訳　イソップ寓話集』中央公論社、一九八七年九月
塚原史『アヴァンギャルドの時代　一九一〇―三〇年代』未来社、一九九七年三月
塚谷裕一「小石川植物園の「デンドロカカリヤ」」『漱石の白くない白百合』文藝春秋、一九九三年四月
十返肇「長編小説合戦」『現代文学白書』東方社、一九五五年三月
ドストエフスキー、江川卓訳『地下室の手記』新潮社、一九六九年一二月
トドロフ、三好郁郎訳『幻想文学論序説』東京創元社、一九九九年九月
鳥羽耕史「ルポルタージュ・シリーズ『日本の証言』について――〈現在の会〉は何を見たのか」『文藝と批評』一九九九年一一月
鳥羽耕史「何が「壁」なのか――安部公房「壁」についての書誌的ノート」『文藝と批評』二〇〇一年一一月～二〇〇二年五月

鳥羽耕史「「諷刺小説」から「ルポルタージュ」へ――杉浦明平『ノリソダ騒動記』の成立」『昭和文学研究』二〇〇二年三月
鳥羽耕史「〈世紀の会〉と安部公房を語る――桂川寛氏インタビュー」『言語文化研究　徳島大学総合科学部』二〇〇四年二月
鳥羽耕史「記録される現実をつくる記録――一九五〇年代のダムとルポルタージュ」『思想』二〇〇五年一二月
永井潔「美術に於ける近代主義」『文化革命』一九四八年三月
中田耕治、安部ねり文責「世紀」『贋月報　安部公房全集2サブ・ノート』新潮社、一九九七年九月
中務哲郎『イソップ寓話の世界』筑摩書房、一九九六年三月
中薗英助「安部公房著『壁』」『近代文学』一九五一年一一月
中野達彦「『復興期の精神』刊行まで」『花田清輝全集　月報一』一九七七年九月
中野泰雄『政治家／中野正剛　下』新光閣書店、一九七一年一一月
中野泰雄「真善美社始末」『花田清輝全集　月報一七』一九八〇年三月
中村義一「日本近代美術の帰結と出発――リアリズム論争」『日本近代美術論争史』求龍堂、一九八一年四月
長与孝子、安部ねり文責「四国」『贋月報　安部公房全集10サブ・ノート』新潮社、一九九八年六月
奈街三郎「トラ王とキツネの役人」「ハゲタカの邸」『民衆の旗』一九四六年七月
日本共産党政治局「〝日本の情勢について〟に関する所感」一九五〇年一月一二日、日本共産党中央委員会五〇年問題文献資料編集委員会編『日本共産党五〇年問題資料集1』新日本出版社、一九五七年一二月
日本共産党『日本共産党の五十年』新日本出版社、一九七五年一月
日本出版共同株式会社編集『出版年鑑　昭和一九―二一年版』日本出版共同株式会社、一九四七年七月
日本トラック協会編『日本トラック協会二十年史』日本トラック協会、一九六七年二月

日本文学学校事務局編『日本文学学校文学講座（第一集）』日本文学学校、一九五五年二月
野間宏『真空地帯』河出書房、一九五二年二月
野間宏「ミュージカルについて」『群像』一九五七年二月
野間宏「冷凍時代」『文學界』一九五七年一二月
野間宏「記録について——セミ・ドキュメントを中心に」『現代詩』一九五八年一月
野間宏他『文学的映画論』中央公論社、一九五七年一月
長谷川郁夫『われ発見せり　書肆ユリイカ・伊達得夫』書肆山田、一九九二年六月
長谷川四郎「経過報告」『記録芸術の会月報No.1』一九五七年八月→「「記録芸術の会」成立までの経過報告」（全集五巻）
長谷川四郎（匿名）「一頁作家論」『群像』一九五八年六月（全集五巻）
長谷川四郎「ありなしの風に吹かれて」『新日本文学』一九六一年一〇月（全集六巻）
花田清輝「変形譚」『近代文学』一九四六年一月（全集二巻）
花田清輝「芸術家の宿命について——太宰治論」『新小説』一九四七年六月→「二十世紀における芸術家の宿命——太宰治論」（全集三巻）
花田清輝「わたし」『近代文学』一九四八年一月（全集三巻）
花田清輝「寓話について」『改造文芸』一九五〇年四月→「奴隷の言葉」（全集四巻）
花田清輝「林檎に関する一考察」『人間』一九五〇年九月（全集四巻）
花田清輝「二つのスクリーン」『映画評論』一九五一年一〇月（全集五巻）
花田清輝「イソップの歌」『小説朝日』一九五二年八月→「歌いりイソップ」（全集五巻）
花田清輝「柳田國男著『不幸なる芸術』」『日本読書新聞』一九五三年七月一三日→「あざむかれの倫理」（全集四巻）

花田清輝「笑い猫」『群像』一九五四年三月（全集四巻）
花田清輝「制服の芸術家」『文学』一九五五年二月→「思い出」（全集六巻）
花田清輝「『転向と抵抗の時代』回顧」『日本プロレタリア文学大系8月報』三一書房、一九五五年二月→「手れんくだ」（全集六巻）
花田清輝「『記録芸術の会』第一回公開討論会　報告」『現代』一九五七年一〇月→「記録芸術論――『嵐の中の青春』その他」（全集七巻）
花田清輝「シュル・ドキュメンタリズムに関する一考察」『映画批評』一九五八年二月（全集七巻）
花田清輝「人物スケッチ　安部公房」『日本読書新聞』一九五八年一一月一〇日→「安部公房」（全集七巻）
花田清輝「読み方書き方斜眼流　アヴァンギャルド読書法十五年」『図書新聞』一九五九年一〇月三一日→「アヴァンギャルド読書法十五年」（全集八巻）
花田清輝「柳田国男について」『近代の超克』未来社、一九五九年一二月（全集八巻）
花田清輝「現代芸術運動裁断」『週刊読書人』一九六一年一一月一三日→「戦後の幻影」（全集十巻）
花田清輝・武井昭夫「芸術綜合化の問題」『新劇評判記』勁草書房、一九六一年七月（全集別巻Ⅰ）
埴谷雄高「安部公房『壁』」『人間』一九五一年四月（全集一巻）
埴谷雄高「安部公房のこと」『近代文学』一九五一年八月（全集一巻）
埴谷雄高「『夜の会』の頃」『展望』一九七三年六月（全集九巻）
埴谷雄高「『夜の会』のこと」『文藝』一九七六年八月（全集九巻）
埴谷雄高「『近代文学』の存続」『文藝』一九七六年九月～一九七七年一月（全集九巻）
埴谷雄高「解説」『岡本太郎著作集第一巻　今日の芸術』講談社、一九七九年一〇月→「『夜の会』の頃の岡本太郎」（全集十巻）

羽場久美子『統合ヨーロッパの民族問題』講談社、一九九四年九月
浜田新一・村松剛・米川和夫「読書ノート・小説の新しい展開」『新日本文学』一九五四年六月
林尚男「書評　安部公房「飢餓同盟」」、理論社編集部編『国民文学芸術運動の理論』理論社、一九五四年九月
速水保孝『つきもの持ち迷信の歴史的考察　狐持ちの家に生れて』柏林書房、一九五三年一一月
針生一郎「ヴィルヘルム・テルの林檎」『美術批評』一九五六年四月
針生一郎「極私的安部公房ノート」『ユリイカ』一九七六年三月
針生一郎「日本文学学校の二十五年――その原点と今後」『新日本文学』一九七八年一〇月
針生一郎「「うつし」と「しるし」の総合を求めて」『悲劇喜劇』一九九三年六月
土方定一「レアリズムと模写説」『創美』一九四八年八月
日高昭二「幽霊と珍獣のスペクタクル――安部公房の一九五〇年代」『文学』二〇〇四年一一月
平塚武二「キツネノオサツ」『民衆の旗』一九四六年七月
平野義太郎・畑中政春編『アジアはかく訴える』筑摩書房、一九五三年一月
福池立夫「東大陸・文化再出発の会・花田清輝」『花田清輝全集　月報一六』一九七九年三月
福澤一郎「キユービズム」『創美』一九四八年四月
船戸洪「戦後画壇史〈8〉」『美術手帖』一九五四年九月
ヘッセ、手塚富雄訳「荒野の狼」『決定版ヘルマン・ヘッセ全集第十四巻』三笠書房、一九四二年一二月
編集部「年譜」、五味康祐『五味康祐代表作集第十巻』新潮社、一九八一年一一月
北条元一『民主主義芸術論』彰考書院、一九四八年三月
保昌正夫・坂田早苗「『壁』をめぐって（往復書簡）」『國文學解釋と鑑賞』一九六九年九月
本多秋五「変貌の作家安部公房」『週刊読書人』一九六二年一月二二日～三月一二日、『物語　戦後文学史（中）』

岩波書店、一九九二年四月
柾木恭介「芸術運動紹介2現在の会」『新日本文学』一九五七年一一月
増山太助『戦後期左翼人士群像』つげ書房新社、二〇〇〇年八月
松下竜一『砦に拠る』筑摩書房、一九七七年七月
松本俊夫「残酷をみつめる眼」『記録映画』一九六〇年一二月
松本徳彦『昭和をとらえた写真家の眼』朝日新聞社、一九八九年三月
マヤコフスキー「南京虫」、小笠原豊樹・関根弘訳『マヤコフスキー選集第二巻』飯塚書店、一九五八年七月
丸山眞男「憤怒と諷刺のルポ　杉浦明平の『ノリソダ騒動記』を読んで」『日本読書新聞』一九五三年七月六日
三島由紀夫・越路吹雪「対談　ミュージカルスみやげ話」『中央公論』一九五八年三月
峯岸邦造「宮本顕治の粛清名簿　敵味方、入り乱れる左翼作家」『全貌』四一号、一九五六年
無署名「新しい資質をどう活かす　安部公房著『壁』月曜書房」『週刊朝日』一九五一年一〇月二一日、週刊朝日編『春も秋も本!』朝日新聞社、一九九三年一〇月
無署名「製作界　松竹」時事通信社編『映画年鑑　一九五五年版』時事通信社、一九五四年一二月
無署名「主張　民族のほこりを高く」『アカハタ』一九五六年一月四日
無署名「プラスの矛盾　安部公房著『東欧を行く』」『朝日新聞』一九五七年三月一一日
無署名「新劇界本年度五つのトピックス」『悲劇喜劇』一九五九年一二月
無署名「〝労音〟・ウクレレから歌舞伎まで」『アサヒグラフ』一九六二年一一月二日
室原知幸「下筌ダムと私の反対闘争」『ダム日本』一九六四年一〇月未見、下筌・松原ダム問題研究会『公共事業と基本的人権』帝国地方行政学会一九七二年一〇月
森鷗外「家常茶飯附録　現代思想（対話）」『太陽』一九〇九年一〇月

柳田國男「田舎対都会の問題」『時代ト農政』聚精堂、一九一〇年一二月（定本一六）
柳田國男『おとら狐の話』玄文社、一九二〇年二月（定本三一）
柳田國男「ひだる神のこと」『民族』一九二五年一一月（定本四）
柳田國男「野の言葉」『農業経済研究』一九二九年六月→「オヤと労働」『家閑談』（定本一五）
柳田國男『明治大正史　世相篇　明治大正史　第四巻』朝日新聞社、一九三一年一月（定本二四）
柳田國男「親方子方」『家族制度全集　第一部第三巻』河出書房、一九三七年一二月（定本一五）
柳田國男『国史と民俗学』六人社、一九四四年三月（定本二四）
柳田國男『先祖の話』筑摩書房、一九四六年四月（定本一〇）
柳田國男『家閑談』鎌倉書房、一九四六年一一月（定本一五）
柳田國男監修『民俗学辞典』東京堂、一九五一年一月
柳田國男・中野重治「文学・学問・政治」『展望』一九四七年一月
山本健吉「創作月評――3月号」『日本読書新聞』一九五一年三月七日
山本薩夫、亀井文夫、今井正、佐々木基一、梅崎春生、椎名麟三、花田清輝「座談会　映画におけるリアリズム」『新日本文学』一九五二年五月
山本光雄訳『イソップ寓話集』岩波書店、一九四二年二月
山本良夫「日本文学学校私史覚え書・序」『新日本文学』一九七七年一〇月
油井一人編『戦後美術年表』美術年鑑社、一九九五年一二月
吉本隆明「「記録芸術の会」について」『週刊読書人』一九九五年一一月一七日
夜の会編『新しい芸術の探求』月曜書房、一九四九年五月
リアリズム研究会編『現実変革の思想と方法――戦後民主主義文学運動の再検討』新読書社、一九六三年四月

李徳純、杉山太郎・高橋政陽・谷部弘子・長堀祐造・芳賀晴一・林芳・藤重典子訳『世界の日本文学シリーズ1 戦後日本文学管窺——中国的視点』明治書院、一九八六年五月
マックス・リュティ、小澤俊夫訳『《増補版》ヨーロッパの昔話』岩崎美術社、一九七六年二月
マックス・リューティ、野村泫訳『昔話の解釈』福音館書店、一九八二年一二月
リルケ、大山定一訳『マルテの手記』白水社、一九三九年一〇月
理論編集部編『壁あつき部屋　巣鴨BC級戦犯の人生記』理論社、一九五三年一月
レーニン「ソヴィエット・ロシアの対内及び対外政策（一九二〇年十二月、第八回全露ソヴィエット大会に於ける演説）」、山川均監修、西雅雄訳『レーニン著作集第五巻ソヴィエット政権』レーニン著作集刊行会、一九二六年六月
和田かほる「「砂の女」論」『宮城学院女子大学日本文学ノート』一九七三年三月
渡辺広士編『野間宏全集別巻　野間宏研究』筑摩書房、一九七六年三月
渡辺広士『安部公房』審美社、一九七六年九月
渡辺一郎『電力』岩波書店、一九五四年二月
渡邉正彦「「〈分身小説〉の系譜」序説」『群馬県立女子大学紀要』一九九八年二月

［初出一覧］

第一章　「安部公房の戦後――真善美社から〈世紀の会〉へ」『國文學　解釈と教材の研究』二〇〇三年四月
第二章　書下ろし
第三章　書下ろし
第四章　「安部公房「名もなき夜のために」――大山定一訳『マルテの手記』との関係において」『比較文化』一九九六年一一月
第五章　「「デンドロカカリヤ」と前衛絵画――安部公房の「変貌」をめぐって」『日本近代文学』二〇〇〇年五月
第六章　「月曜書房版『壁』について――共同制作としての書物」『言語文化研究　徳島大学総合科学部』二〇〇三年二月
第七章　「S・カルマ氏の剽窃――「壁」のインターテクスチュアリティ」『国文学研究』二〇〇三年一〇月
第八章　「実践としての寓話――安部公房とイソップ」『国文学解釈と鑑賞』二〇〇五年一一月
第九章　「記録と芸術のあいだで――安部公房のルポルタージュ」『繍』一九九五年三月
第一〇章　書下ろし
第一一章　「「国境」の思考――安部公房とナショナリティ」『文藝と批評』一九九七年五月
第一二章　「安部公房「可愛い女」――可能性としてのミュージカルス」『比較文化』一九九八年一月
第一三章　「記録と芸術のあいだで――安部公房のルポルタージュ」『繍』一九九五年三月
第一四章　書下ろし

※それぞれに大幅な加筆・修正を施した。

人名索引

＊並びは、外国人名も含めてすべて五十音順とした。
＊本文中に登場する人名のみ記載し、頁数は各章ごとの初出の頁のみ記した。
＊安部公房と鳥羽耕史は省略した。

サ

タ

マ

ヤ

ラ

ワ

鳥羽耕史（とば こうじ）
徳島大学教員。近現代日本文学専攻。
1968年、東京生まれ。北海道大学文学部卒業、早稲田大学大学院文学研究科修了。博士（文学）。
共著に、清水良典編『現代女性作家読本5松浦理英子』（鼎書房、2006年）。論文に、「キャッチャー・岡本太郎――〈夜の会〉前後の芸術運動」（『國文學 解釈と教材の研究』2007年2月）、「サークル誌ネットワークの可能性――『人民文学』と『新日本文学』から見る戦後ガリ版文化」（『昭和文学研究』2006年3月）、「『人民文学』総目次」（『言語文化研究　徳島大学総合科学部』2005年2月）などがある。

運動体《うんどうたい》・安部公房《あべこうぼう》

2007年5月30日　初版第1刷発行
定価　3000円＋税

著　　者　鳥羽耕史

発 行 者　和田悌二
発 行 所　株式会社 一葉社
〒114-0024 東京都北区西ケ原1-46-19-101
電話 03-3949-3492／FAX 03-3949-3497
E-mail：ichiyosha@mail.udn.ne.jp
振替 00140-4-81176
装 丁 者　桂川 潤
印刷・製本所　株式会社 シナノ

ISBN978-4-87196-037-3

一葉社の本

桂川　寛 著　　A5判・384頁　3800円

廃墟の前衛　回想の戦後美術

安部公房、勅使河原宏、山下菊二、池田龍雄、岡本太郎、花田清輝……あの時代、ジャンルを超えて「綜合芸術」をめざした人びとの青春群像！戦後のアバンギャルド運動に深く関わった著者が、半世紀後の今改めてその底流を照射し、知られざる空白期の芸術運動の本質を抉りだした体験的証言ドキュメント集。貴重な絵画・写真多数収録。

メディアの危機を訴える市民ネットワーク編

番組はなぜ改ざんされたか

——「NHK・ETV事件」の深層

A5判・500頁　2800円

07年1月末、東京高裁は、NHKが安倍現首相ら政治家の意を忖度して番組を改編したのは違法と認め、その責任を問う画期的な判決を出した——この事件のすべてがわかる一冊。

井之川巨 著

詩があった！

——五〇年代の戦後文化運動から不戦六十年の夜まで

4600円

真にラディカルでやわらかな詩人は言葉を武器にたたかい続け、そして逝った——「五〇年代」「死と詩と」「反戦詩の系譜」の三部からなる「戦後」を底辺と原点から問い返し凝視した遺稿集。

井之川巨 著

偏向する勁《つよ》さ

——反戦詩の系譜

四六判・384頁　2800円

小野十三郎、壺井繁治、西東三鬼、峠三吉、船方一、秋元不死男、鶴彬、槇村浩、金龍済、申有人、栗原貞子他——道理の通らぬ状況下で言葉に賭け続けた人たちがいた。「詩の力」がここに！

松本昌次 著

戦後出版と編集者

四六判・256頁　2000円

「戦後の先行者たち」——西谷能雄、安江良介、庄幸司郎、丸山眞男、花田清輝、埴谷雄高、平野謙、本多秋五、野間宏、木下順二、山本安英、宇野重吉、井上光晴、朴慶植他への証言集第2弾。

田中伸尚 著

さよなら、「国民」

——記憶する「死者」の物語

四六判・336頁　2400円

二度と国家のためには死なない！ 殺さない！ たとえ〈平和〉や〈安全〉や〈民主主義〉のためでも。だから「国民」から身をすべらし、「死者」を胸に刻む——ナショナリズムの欺瞞を正面から切る。

田中伸尚 著

天皇をめぐる物語

——歴史の視座の中で

四六判・336頁　2400円

憲法を食い破り、歴史を空洞化させ、虚構を再構築・再生産しながら、天皇（制）は如何に生き延び、21世紀何処へ行くのか——時代と対峙し続ける著者がその正体を読み解く。

大川一夫 著

裁判と人権

——平和に、幸福に生きるための法律ばなし

四六判・296頁　2200円

「靖国訴訟」「在日参政権訴訟」などの担当弁護士が、わたしたちの生命までも左右する、知ってるようで知らない法律の基礎から実情、意義、真髄、あるべき姿形までを具体的に説き明かす。

（2007年5月末現在・価格は税別）